本书获得中国博士后科学基金会一等资助金项目

（编号为20080430176）出版资助

系黑龙江省首届省属本科高校战略后备人才出国研修资助项目成果

20世纪汉语新诗语言研究

陈爱中◎著

人民出版社

目 录

上 编

下　编

序

4月去大连开会，见到罗振亚教授，不约而同说到远在荷兰莱顿大学访学的陈爱中。爱中师从罗振亚教授专治中国现代诗歌研究，获得博士学位后又从北国到江南，在苏州大学跟随我做博士后研究工作。爱中的博士论文《中国现代新诗语言研究》入选中国社会科学博士文库，出版后受到同仁的关注，我也是由这本书开始了解他的研究特质和路向的。印象之中，2007年爱中是带着这本书进站的。

七十年代中期我读中学时，写过一些革命的、抒情的朗诵诗，也写过几首儿歌，内容几乎都忘记了，只记得当年情绪高昂。前几年偶然有诗兴，也涂过几首，但未敢示人。文人骨子里大概都有写诗的愿望。在学术研究中，我一直觉得仅以小说为中心的文学史著作是偏颇的，应当兼顾到诗文。散文研究的冷落不必说，新诗的研究也被置于次要位置。所以，我一直对那些长期坚持诗歌研究的同仁怀有敬意。就自己的学术历程而言，八十年代初期关于"朦胧诗"的争论，对我的诗学观产生了深刻的影响。九十年代末我曾经写过一篇短文《永远的诗——关于谢冕的几个侧面印象》，以表达我对诗评家谢冕先生的敬意。

爱中申请进站时提出，在博士论文《中国现代新诗语言研究》的基础上,将研究对象延伸到当代汉语新诗,集中讨论当代汉语新诗的语言生成机制问题。这不是我熟悉的领域,但我意识到爱中提出的这一问题有重要价值,如果能将"现代"与"当代"的"汉语新诗"在"语言"层面上打通,不仅对汉语新诗,对整个新文学的研究都具有启发意义。尽管我们是两代学人,但在文学研究中都受到"语言学转向"的影响,在讨论一些问题仍然有"共同语言"。爱中对诗歌的理解也有所纠正了我在文学史研究中的一些偏颇,教学相长,此之谓也。经过两年的研究和写作,爱中完成了博士后研究报告《中国当代新诗语言生成机制研究》。现在我们读到的爱中新著《20世纪汉语新诗语言研究》,就是在此研究报告基础上修订而成的。

如果用一句话来概括爱中研究汉语新诗的特点,便是"中国新诗的一种语言学阐释",他把这样的学术路径视为"回归故乡",试图在本体论和价值论层面上讨论汉语新诗的语言问题。这样一种情绪的学术路径和"回归故乡"的学术抱负,贯穿着爱中汉语新诗语言研究的全过程。从《中国现代新诗语言研究》到《中国当代新诗语言生成机制研究》再到《20世纪汉语新诗语言研究》,爱中在汉语新诗研究领域的特色越来越清晰而且逐渐具有了个人的学术特征。尽管还不能说,爱中的这些成果促进了汉语新诗研究的转型,但毋庸置疑的是,爱中研究汉语新诗语言的理论、观点、方法和相关成果为汉语新诗研究打开了另一条通道。

正像爱中意识到的那样:任何一种阐释体系的逻辑起点都无法在真正意义上是"绝对正确"的,任何一个逻辑起点所引致的较为合理的阐释体系必然是"局部的真理",是一种片面的深刻,走"偏锋"是其必然命运。以如此理性的观察视角,这决定了爱中在他的研究中既尊重、承继了汉语新诗研究的既有成果,又深入反省了建构汉语新诗阐释理论的逻辑起点自身的局限性以及研究中的相关问题。在提出自己对汉语新诗的语言学阐释之前,爱中批判了汉语新诗研究中的"政治话语"和以域外诗歌理论为中心的他者意识所形成的狭隘对立思维,显示了他对汉语新诗研究史的准确而深刻的把握。这样的清理和批判,为爱中试图参与为汉语新诗建立一个较为合理的阐释体系创造了条件。就学术的传承而言,爱中对两种"绝对正确"的话语理论的反省,亦是八十年代以来文学研究发生革命性变化的一个部分。

从语言学角度研究汉语新诗,其实也是汉语新诗研究的一种学术传统,八十年代以后的革命性变化在于对"语言"的理解,从"工具论"到"本体论"的转换。无论是对传统的重新发现还是西方语言哲学的重新阐释都标志着现代意义上的语言已经由先前的"表述工具"论和单纯的形式论走向了本体论和价值论,超越了语言仅为媒介而且表意透明的"幼稚"想法,将语言作为思想的家园和目的。这种走向必然会带来文本阐释的系列重组。——这是我们今天已经形成的共识。正是在这样的学术影响之下,爱中明了"语言的本体论和价值论认识对于诗歌而言尤为重要,因为无论是传统汉语诗歌还是西方的诗歌传统,都是通过外在或内在的语言尺度来界定和分析诗歌的"。他由此在反思汉语新诗阐释现状的基础上将研究的逻辑起点放在诗歌语言的层面上,从而探讨并呈现了重新阐释汉语新诗文本的理论可能。以我的理解,爱中在许多方面,都对汉语新诗的语言问题做了创造性的阐释,比如:从认同危机与汉语新诗的文体意识的关系;从传统诗学的视角对汉语新诗格律困境问题的重述;从现代实证思维的元素来检视汉语新诗语言的构成;从时间维度考量汉语新诗语言的发展轨迹;从译介的视野来论述汉语新诗命名的异质性;以及在诗学概念上对"朦胧诗"的重述,等等。

爱中对这一学术工作的意义有清醒的认识和期望期许,他觉得以诗歌语言作为切入视角是一个老而弥新的选择:之所以"老",是因为无论何时何地,无论谈及汉语新诗的何种问题,总是难以回避语言的思考,而且已经有很多学者或多或少地涉及过这个层面的问题,产生过诸多的争论。之所以"新",是缘于在对语言认识的观念实现转化之后,至今为止对之尚未有一个较为系统的讨论。爱中自己想做的工作是克服以下的问题:"新视阈所带来的诸多重述尚未得到有力的辨析,许多看似定论的结论尚未得到深切地反思,中国新诗的语言问题依然是诸多的学者和现代诗人感到困惑的核心命题。更为重要的是人们仍然没有从意识的深层摆脱传统庸俗社会学的批评视角,并没有真正确立诗歌语言的本体论意识,从内容出发仍然是中国新诗阐释的居于主流的阐释视角选择。"这当然是一个巨大的学术任务,也非一人之力可以完成,但这样一个宏大的目标对爱中始终是一种召唤。

显然,《20世纪汉语新诗语言研究》深化了他的博士后研究报告。以话语语言学为切入点,试图来重构20世纪汉语新诗的语言格局。比如他对杨炼诗学理论的书写。对于汉语新诗而言,杨炼以其独特的历史性、现场性和间离性,他的诗歌创作对于汉语新诗有着独特的意义。爱中从文学空间理论来关注杨炼诗歌的空间诗学,从汉语字符的本体化角度来阐释杨炼的诗歌,从文本细度到理论阐释,等等,都是一个扎实的贡献。

爱中于2010年5月以优秀的成绩出站。在发展之中,爱中对自己的学术研究怀有深厚的忧患意识,孜孜以求的是重构知识背景、深化研究领域和拓展学术空间。于是有了去欧美大学访问的计划,最终落实到了欧洲汉学研究的重镇莱顿大学。我曾经访问过这所大学,和爱中的指导老师柯雷教授有一面之缘。莱顿大学和莱顿小镇都给我留下了深刻的印象。爱中到达以后,我建议他除了学术之外,应当好好享受欧洲小镇的风情。当他后来告诉我新著《20世纪汉语新诗语言研究》即将出版时,我想他还是把主要精力用在了学术上。

在新作付梓时,爱中多次写邮件来希望作序。爱中温和、敦厚,善解人意,很少麻烦我什么事,我感觉自己没有任何理由回绝。但这学期特别忙碌,短短的序言拖延了很长时间,深感歉意。我愿意和研究诗歌的朋友一起分享爱中的新成果,因而说了一些自己对爱中新诗研究的想法。

王　尧

2013年初夏于苏州三槐堂

导论 汉语新诗：从语言到话语

　　语言的研究已经成为汉语新诗研究的核心域块，从被放逐于工具形式的尴尬，到跃出水面，在短暂的时间内成为研究的重镇，再到今天颇有研究拥挤之感的"过度"繁荣，汉语新诗的语言问题终于得到了应有的重视，硕果累累。在目前的研究视域内，瑞士语言学家索绪尔所开创的结构主义的研究视角应该是主导，语言和言语、能指与所指，这些概念曾经为汉语新诗的语言研究提供了诸多新鲜的研究视角，充分的理论依据，它非常适合理性主义主导下的"通过现象看本质"的本质主义研究思路。从汉语新诗的种种具象出发，经过归纳和总结之后的抽象化过程，寻找某个诗歌现象的内在规律和结构模式，这是一种现代认识论的思维程式。结构主义的研究优势在于，通过这种分析和把握可以迅速的感触到汉语新诗的某些实质，理清其发展脉络，客观知识的呈现颇为丰沛。但这种研究的局限性也是显而易见，这就是它依然是一种静态的、抽象化的研究方法，将汉语新诗的语言状态视为客观不可变迁的静态对象来展开构图，将传统语言概念作为逻辑起点，立足于音韵、节奏、意象等传统研究节点，来建立评价体系。在突破形式与内容相分离的二元研究格局之后，赋予汉语新诗语言形式以本体的意义，视其为内容的一部分，从而消弭掉汉语新诗将语言研究作为附从地位所带来的负面影响。应该说,目前的汉语新诗语言研究已经基本完成了此一历史使命。因此,本书的着力点不再过多的着意于此。

记得哲学家李泽厚在新世纪初从文学研究与现实生活相结合的角度说,"有些所谓后学,玩语言嘛,文本就是一切,对现实生活呢,并没多大影响。中国玩语言,现在我觉得太过奢侈了。"① 当然,这里显然是宽泛而言的,并不是针对汉语新诗来说的,但20世纪80年代以来文学的语言研究,往往也是集中体现在汉语新诗上,因此说,他的这段话却也是映衬出汉语新诗语言研究的某些薄弱之处,这就是太顾及、太囿于小圈子内的"喧嚣",学术在追求纯粹性的同时,势必容易流于孤立和自言自语。近几年来,认识到这些问题的研究者们开始逐步修补这些传统做法的局限,尝试运用话语语言学的方法来重新打量汉语新诗的语言问题。所谓话语语言学,是"同逻辑学、心理学、心理语言学、社会语言学、翻译学等都有十分密切的联系"② 的语言学研究,是一个相对松散的语言研究体系,"话语是言语交际单位,是实际语言运用中具有一定交际目的和内容及形式上的完整性的书面语或口语成品(也有人将口语排除在外)。小至电文、便条,大至长篇多卷巨著,都可理解为'话语'。重要的是,话语不是语言体系的表现,而是体系运用的表现。""总起来说,话语语言学主要研究话语在交际过程中表现出的整体性特点,包括话语的形式语法特点,话语的结构模式和构成法则,不同话语单位的结构和区分,话语类型和话语的语体变体,话语交际中的各种语义特点,话语生成和接受过程汇总表现出的语用特点,等等。"③ 20世纪初的捷克语言学家威廉·马泰休斯创立的"布拉格语言学小组",提出了能够突破传统语法理论体系的句法分析理论,强调语境对语句意义表达的决定性意义。随着苏联哲学家巴赫金的出现,话语语言学的研究臻至巅峰。他在集中写于20世纪20—40年代的著作,譬如,《陀思妥耶夫斯基的诗学问题》一书中提出了"超语言学"概念,也就是"这里的超语言学,研究的是活的语言中超出语言学范围的那些方面","无论语言学还是超语言学,研究的都是同一个具体的、非常复杂而又多方面的现象——语言,但研究的方面不同,研究的角度不同。"④ 并进而阐释说,超语言学"不是在语言体系中研究语言,也不是在脱离对话交际的'篇章'

中研究语言;它恰恰是在这种对话交际之中,亦即在语言的真实生命之中来研究语言。"⑤ 这是他在综合研究了之前德国语言学家威廉·洪堡特的语言学理论和索绪尔的结构主义语言理论后,在深入剖析这些语言理论的局限性的基础上所做的超越性研究。显然,作为一种语言学研究方向,"超语言学"跳出了传统的语言学概念范畴和逻辑言说体系,试图再次回到语言产生的本源,从意识形态与符号、符号与语言等术语关系中重新建构语言阐释的构架。

巴赫金曾提出"话语"的概念,所谓话语:"不只是最典型的和纯粹的符号,除此以外,话语还是普遍适应性的符号。所有的其他符号材料在意识形态创作的一些个别领域都被专门化了。每一个领域都有自己的意识形态材料,形成自己的,在其他领域无法运用的专门化符号与象征。这里符号是由专门的意识形态作用创造的,并无法与它分离。而话语却是普遍适用于专门的意识形态功能的。它可以承担任何的意识形态功能:科学的、美学的、伦理的、宗教的。"⑥ "超语言学"和"话语"两个概念集合起来,就产生了一种新的语言观念,将语言视为一种动态的、交际的、互文的、开放的符号系统。"历时"的而非"共时"的空间观念将语言视为变动不拘的表述对象,无论是文本的互涉还是语境的更迭都是在变化中影响和成就着语言的意义和结构的。

因此,本书所关注的,将是在这样一种语言观念下的 20 世纪汉语新诗的语言问题。

全书分两编,第一编主要侧重于宏观视野下的综合研究,从现代汉语为汉语新诗提供的语言表述空间、语言思维与汉语新诗的关系、从命名角度审视西方诗歌对汉语新诗的影响,汉语新诗的认同危机,以及从价值取向和精神向度上考察汉语新诗在格律建构上面临的困境。

自诞生以来,汉语新诗所呈现出的语言状态,追根究底是由现代汉语的语言特性来决定的。因此,第一章主要探讨的就是现代汉语的实证性和逻辑化的语言表述方式,在为汉语新诗摆脱传统汉语诗歌表述形式的同时,提供了新鲜的表述空间,比如对诗歌"表述个体性的侧重"、外在语言形式上的多样化等。和第一章相适应,第二章主要是深入发掘现代实证思维对汉语思维方式的改变以及对汉语新诗表述形式的影响。这两章的着力点就在于将现代汉语的语言构成作为汉语新诗语言表述现象的内在资源,从而将汉语新诗的语言问题引向思维问题,一个同汉语文学的现代化息息相关的思维变迁历程上,在更为广阔的社会文化视野中打量汉语新诗的萌生和建构命题。

第三章则是从翻译的角度来探讨汉语新诗表述体系的建构的。如果说第一章和第二章讨论的是汉语新诗语言如何呈现的话,那么这一章则是要讨论如何说出汉语新诗语言的呈现的问题,当然寥寥数语不可能说的很全面,只是选择从汉语新诗命名的角度来说的,力争做到窥一斑而见全豹。西方诗歌的文本和理论组成的话语的翻译直接影响到汉语新诗的文本语言和批评语言的建构,这种影响甚至是根本性的。这也直接造成汉语新诗至今无法完善的建立独立的阐释话语体系和文本表现体系。因此本章重点论述的就是汉语新诗命名的异质性问题。从翻译现象和命名机制的形成机理等角度来论述,尤其重点论述的是这种命名机制给汉语新诗带来的各种危机。比如"自由诗"的误读,比如"小诗"的翻译资源,比如现代媒介对汉语新诗命名的侵入,十七年诗歌对马雅可夫斯基"楼梯式诗歌"的曲解,等等。这些都涉及到汉语新诗基本概念的重新梳理。不同语言形态下的诗歌文本和诗歌理念,因为语言形态的迥异和诗歌本身的不可翻译性,决定了汉语新诗不能长期沿袭翻译机制下的命名思路,而应该重新回归自身,回归现代汉语的本土,重新建构阐释话语,这也是后来王光明教授提出"现代汉语诗歌"概念的现实基础。

正是因为汉语新诗所面临的诸多矛盾和冲突,缺陷和危机,长期以来,汉语新诗就缺乏正面的自我认同感。因此,第四章谈到的话题就是汉语新诗的认同危机。从汉语新诗初期的"非诗化"的启蒙功利选择开始论起,谈及汉语新诗从整体上放弃了"主体性"建构,从高度自觉的理论建构和现实诗歌文本的巨大差异出发,探求汉语新诗呈现出的分裂性的认同观念,以及文体意识的迷途,等等。虽然,依然采取的是负面的、否定性的论述方式,但无论如何,还是综述和阐释出了汉语新诗内在的身份焦虑问题。

认识任何一种文学形式,最后往往要归结于它的文体样式,无论是小说、戏剧还是散文,文体的成熟与否是判定一种文学形式繁荣与否的重要指标。在这个层面上,汉语新诗是窘迫的,长期纠缠于"自由诗"与"格律诗"的二元概念中,甚至因此还曾经举办过全国性的讨论会,收效自然甚微。当人们知晓自由诗在文体概念上的似是而非后,按照中外诗歌传统的惯势,总是力图建构汉语新诗的格律形式,但百年的探索并没有实现理想的预期,这其中的原因有多种,但最不能忽视的应该是建构模式的精神取向问题。因此,在第五章,就着重从语言选择的精神向度上探讨了汉语新诗格律的困境。汉语新诗在萌生之初,拥有了现代意义上的自由之后,本来可以卸下历史的包袱轻装前进,但新月诗歌的格律建构给它重新扛起了"古典"的重担。试图按照古典诗歌的格律内涵来营构汉语新诗的格律规范,无论是新月的"三美"还是田间的"新七言体",何其芳的"顿诗体",郭小川的"新辞赋体",李季的"新鼓词体",甚至包括西方的十四行诗,等等,都是殊途同归。从古典汉语到现代汉语,汉语习得方式的变迁,以及语言组织方式的更迭,都决定了汉语新诗必须从精神向度上抛弃掉中外传统诗歌的格律精神,从技法上而非从价值观念上来塑造汉语新诗的文体形式。

有了宏观的叙述,理论体系的搭建,必然需要具体现象的分析以做支撑。因此,本书的下编则立足于具体的诗歌诗潮和诗人,做以具象的论述。这一编,基本上是按照时间的顺序来进行的。在诗潮上选择的是新月诗歌、1949—1979 年的汉语新诗、朦胧诗、第三代诗歌,在诗人及其作品上选择的则是胡适的《尝试集》、杨炼的诗歌和张曙光的诗歌。之所以如此选择,是因为从诗潮上说,这四种诗潮代表的几乎都是汉语新诗每个发展阶段的一次独特的话语形式。新月诗歌是对汉语新诗萌生后乱象的第一次纲领性的梳理,从解构到建构,自然值得关注。因为众所周知的原因,1949—1979 年的 30 年,诗歌呈现出的"空前绝后"的景象令人乍舌,深入分析之,能为汉语新诗的某种价值取向提供支持。朦胧诗和第三代诗歌共同组成了 80 年代汉语新诗的全民狂欢,其中所蕴含的各种社会文化的交织,甚至已经超越了诗歌的范畴,这对于从话语语言学的角度来分析汉语新诗来说,是恰如其分的不二选择。胡适的《尝试集》是汉语新诗的开山,也是转换期的汉语新诗最初的呈现,初期新诗的诸多理论架构和文本构成,几乎都可以在这个诗集里找到样本。杨炼因为生活时空的变化和个人诗歌的坚持,使得他几乎成了80年代到新世纪汉语新诗创作的常青树,他能够始终坚持独立的诗学选择,不怎么为时代所左右,从朦胧诗时期开始,他的独异风格就为诗评家所瞩目,虽然很多时候并不是赞许的目光。他离开大陆后,异域的生活又使得他具有了更为开阔的视野来思考汉语新诗,因此有了更为丰硕的创作,在诗歌理论上的建树也是不菲。选择他的诗歌进行分析,几乎可以见证20世纪80年代以来的30年汉语新诗的可贵探索。张曙光的诗歌是20世纪90年代汉语新诗中具有典型意义的诗歌文本。他的语言叙事、意象组合乃至意境的个人化,都可以成为考量90年代汉语新诗的最好标的,我丝毫不掩饰对其的喜爱。

需要说明的是,本书采用"汉语新诗"这个概念来描述研究对象,而放弃运用"现代新诗""现代汉语诗歌"或者笼统的"新诗"这样的概念。主要原因有两个,第一,目前来说,关于20世纪汉语诗歌的研究对象的命名虽然依然处在混乱的状态,但不少研究者在做正本清源的工作,其中"新诗"的概念是运用的比较频繁的。但显然这是个宽泛的概念,既没有具体国别的限定也没有语言类别的规范,只是从"新与旧"的时间观念上和诗歌的文体概念上做以限定的,这是不符合一个规范的阐释学术语的要求的。之所以沿用至今,大多是约定俗成的力量。运用"汉语新诗"的概念就是对之做语言类别的规范。第二,"新诗"是针对"旧诗"提出来的,当初的设想是以新的诗歌生命取代旧的诗歌样式,但文学本身的发展规律否定了这个理想愿景,"旧诗"依然不绝如缕,新诗也没有独占雀巢。因此,使用"汉语新诗"的概念,既可以沿袭"新诗"研究的约定俗成的传统,又可以对此一时期汉语诗歌的研究对象做更为清晰的界定。另外,相对于"近代""当代"等时间性的词汇,"现代"的词语往往被赋予更多的正面价值内涵,这种先验的倾向性赋予,并不适合做学术上的分析。

注释：

① 李泽厚、陈明：《浮生论学》，华夏出版社 2002 年版，第 317 页。

② 王福祥、白春仁主编：《话语语言学论文集》，外语教学与研究出版社 1989 年版，第 3 页。

③ 王福祥、白春仁主编：《话语语言学论文集》，外语教学与研究出版社 1989 年版，第 382 页。

④ ［俄］巴赫金：《巴赫金全集》第 5 卷，河北教育出版社 1998 年版，第 239—240 页。

⑤ ［俄］巴赫金：《巴赫金全集》第 5 卷，河北教育出版社 1998 年版，第 241 页。

⑥ 转引自萧净宇：《超越语言学——巴赫金语言哲学研究》，上海人民出版社 2007 年版，第 60 页。

上　编

第一章　汉语新诗的语言表述空间

20世纪初,现代白话取代传统文言成为汉语诗歌的表述媒介,诞生了后来称之为汉语新诗的诗歌形式。现代白话是以西洋现代语法为主要语词组织方式,在汉语传统词汇的基础上,大量融合来自西洋、日本等域外词汇的语言表达系统。这种语言表述系统的更迭体现为本体的意义,其对汉语诗歌的影响非同一般。那么,现代白话为汉语新诗提供了怎样的言说空间? 现代白话下的汉语新诗语言又是如何建构而成的呢?

第一节　从意会到实证

无论是弱化虚词在语句中的作用,还是简单到不能再简单的"句读"断句法,都彰显着古代汉语无论是在语法层面上,还是在意义表达的层面上,都表现为一个尚虚而又相对散漫的语言系统,它不太注重信息传达者如何说,而过于重视信息接受者如何接受,过于强调语言表情达意的局限性,所谓"只可意会不可言传",也就是《周易·系辞》中所表达的"书不尽言,言不尽意"的困境。这集中表现在古典汉语诗歌上,名词的单纯组合可以成就脍炙人口的名言警句,如"鸡声茅店月,人迹板桥霜",甚至可以几乎完全放弃语法上的逻辑联系,语词任意组合成诗,如历史弥久、数量繁多的回文诗。

曾自嘲为汉语新诗"敲边鼓"的鲁迅道出了现代白话萌生的缘由:"欧化文法的侵入中国白话中的大原因,并非因为好奇,乃是为了必要……要说得精密,固有的白话不够用,便只得采些外国的句法。比较的难懂,不像茶淘饭似的可以一口吞下去是真的,但补充着缺点的是精密。"①"精密的所谓'欧化'语文,仍应支持,因为讲话倘要精密,中国原有的语法是不够的,而中国的大众语文,也决不会永久含胡下去。"②汉语的这种渐趋"精密"主要表现在两个方面。首先是西方语系的标点符号取代了传统的"句读"成为意义区分的主要方式。一般而言,传统汉语在语言实践中并没有标点之说,中国文化的元典诸如《孟子》《论语》等并不采用任何表示语言表述时间和意义完成的标志,后来的所谓"句读",并不是作者创作时语言表述的特征,而是一种读者的阅读行为,并且这种句读的断句方式,会因为读者阅读视阈的不同而迥然相异,具有浓厚的个人化色彩。因此,不同的句读方式会带来理解上的偏差,而且句读的出现仅仅标志着一个完整的意义表述的实现,而其本身并不参与句子意义的表述。面对因思维的现代化而带来的语言表述变革的历史需求,"五四"文学改革的先驱者胡适曾说"今当力求采用一种规定之符号,以求法之明显易解,及意义之确定不易"③。随着胡适的《文学改良刍议》、钱玄同的《句读符号》和《注音字母》以及慕楼、胡适合作的《论句读符号》等一系列文章的出现,现代白话的语法符号体系显现出了最初的雏形。1919年,《新青年》以本志编辑部的名义发表了《本志所用标点符号和行款的说明》一文,详细说明了句号、逗号等新式标点符号的用法,并以通告的形式,要求作者遵守,这标志着西式标点已经成为了现代白话的语词断句方式,取代传统的"句读"断句方式。现代白话在断句上使用严格的西式标点符号,这种标点符号从作者创作语言表述的角度来说,不仅仅表示语言时间上的割断,而且它还介入到整个句子意义的表达,进一步明确了语词在意义表达中的单位划分。这样,与传统汉语诗歌相比,汉语新诗语言因为采用现代白话的这种断句方式,就先天地拥有了一种表述上的界定,消解了读者因阅读视阈的不同所带来断句方式的差异。其次,语词修饰关系在语句表达上的表面化。这里面有两个方面的表述,一是叙述人称的出现,传统汉语诗歌囿于天人合一的哲学观,往往将叙述者隐藏于诗歌表述的背后。譬如尽管诗歌描述的是个人经验,但因为在语言表述上呈现为"无我"的言说状况,消解具体的时空界限,在意义阐释上缺少必要的限制,往往模糊叙述者和阅读者之间的分野,使个人经验混同为普遍经验,为读者提供了丰富的想象空间,增加了诗歌语言表述的张力,李商隐的很多诗歌之所以至今仍然众说纷纭,和这种语言媒介有直接的关系。因为强调个人的发现,在汉语新诗的语言描述上,"我""你"等表示叙述人称的词汇往往被作为诗歌语言的主词而被凸显出来,叙述人称的出现标志着诗歌的叙述构成了一个完整的意义叙述场景,处处体现出叙述者的声音,在一定程度上限制了读者对诗歌的解析空间,读者很难忘我地融入到诗歌体验中。同传统汉语诗歌的读者的融入创造性地阅读经验不同,汉语新诗的阅读演变为一种聆听式的阅读体验,诗人的叙述者声音始终在引导读者的阅读路向,不断地纠正读者的自我融入,叙述者的内容成为了诗歌解读的唯一真值,读者的一切阅读想象都围绕这一真值而展开,从而形成作家中心论的阐释格局。譬如,郭沫若的长诗《凤凰涅磐》,单看这首诗,可以有很多的意义理解,可以当做神话故事,也可以作为爱情诗,等等。但创作者郭沫若在《我的作诗的经过》中说:"那诗是在象征着中国的再生,同时也是我自己的再生,"④他的这番宣言就宣告了读者所有与此无关的想象都成为了伪阐释。另一种是受西洋句法的影响,现代白话在词义和句子意义的表述上都趋于实证化和逻辑化,纯粹表示语法关系的连词、虚词等语词被表面化,动词、名词等词语的语法性质被进一步明确。并且,随着双音词的增加、纯粹表示语法关系的词汇的进一步细化,比如对"的""地""得"等虚词用法的清晰界定等,现代白话在语词上的逻辑表达能力得到本质性的提高,尽可能的限制了传统汉语中为弥补词性的不足而惯用的词类"活用"技巧。有了这种体系化的改造,现代汉语的"道出"能力显然要强于传统汉语。台湾诗评家叶维廉先生曾经评论过胡适的诗《寄给北平的一个朋友》,诗歌原文这样:

藏晖先生(昨夜)作一梦

（梦见）苦雨庵中吃茶（的老）僧

（忽然）放下茶钟出门去

飘萧一杖天南行

天南万里岂不（大辛）苦？

（只为）智者识得重与轻

醒来（我自）披衣开窗坐

谁人知我（此时一点）相思情！

叶维廉认为如果去掉括弧中表示时态和人称的词语，这其实是一首用现代白话写作的古典诗，⑤ 从这里我们可以看出，汉语新诗语言表述相对于传统诗歌而言侧重于阐释性的语言表述，侧重于语句表达的完整性。林语堂曾经描述过现代白话对汉语文学的影响："白话文学提倡以来，文体上之大变有二，一则语体欧化，二则使用个人笔调。语体欧化，在词汇上多用新名词，在句法上多用子母句相系而成之长句。此种句法半系随科学而来，谓之科学化亦无不可，因非如此结构缜密之句法，不足以曲达作者分辨入微之意。"⑥ 尽管笼统，在这里面还是道出了传统汉语和现代白话在语词组织上的区别以及给文学带来的影响，所谓"在句法上多用子母句相系而成之长句"，也就是现代白话在语句形式上，多使用互有隶属关系的立体层次结构。传统汉语诗歌的语言形式是建立在传统汉语的单音、象形字符和松散的语法关系上的，从传统汉语到现代汉语的这种变迁，势必对汉语文学尤其是汉语新诗这种尤其依赖语言特性的文学形式进行重组。

第二节　从片段到整体

诗歌语言有独立的语言表达形式，相对于小说、戏剧等文学形式来说，它尤其要远离日常语言的表述方式，这已经是共识。应该说，诗歌在语言表述上要想突破日常语言的范畴而实现诗意的表达，就不得不依靠象征或者隐喻等曲折的语言表述，也正是这种象征或隐喻，为诗歌语言提供了更为充分的再创造空间，正是这种语言张力为语言承载更多的、更丰富的诗歌感受提供可能。朱自清在《中国新文学大系·诗集·导言》中将中国初期象征诗派的语言表述归结为"远取譬",道出了这个诗派在语言表述上的核心特征。克里斯安·布鲁克斯将现代诗歌的表述技巧视为"重新发现隐喻并且充分运用隐喻"的过程。⑦"诗始于印象,恰似一江生活之水中的一小滴,结晶为意象。"⑧意象作为诗歌语言表述的基本要素,其本身就是一种象征或隐喻的表述,诗歌之意图必须通过诗歌之象来映现出来,而非说出来,这是众多诗歌的共性。在这一点上,现代白话为汉语诗歌带来了新的语言诗学结构。

　　自《诗经》以来,"比兴"一直是传统汉语诗歌的基本写作技法。刘勰在《文心雕龙》中说:"比者,附也;兴者,起也。附理者切类以指事,起情者以微以拟议。"这里的"切类以指事"是说,依靠经验通过对万事万物的归类来表达相同或相近的思想,这说明传统诗歌的"比兴"在思维方式上是一种依靠经验和习惯而形成的类比思维。所谓类比思维,是一种依靠经验感悟做出判断的思维习惯,这种思维讲求的是类似场景所带来的相似或相近体验之间所形成的关联想象,所谓"关关雎鸠,在河之洲;窈窕淑女,君子好求",雎鸠的嬉戏场景和"淑女、君子"男女之间的耳鬓厮磨、情爱缠绵景象,一个发生在动物之间,一个发生在人类之间,并没有意义逻辑上的必然联系,而只是在人类的情感经验上具备相似性,因此,这种意象间的象征是比附而非理性的推理演绎,二者之间无所谓主次和从属而是相得益彰。这种偶发性的关联想象不断在人们的体验中重复出现,历时弥久,就会由具象的个人体验上升到集体体验,被作为一种思维惯势而遗传下来,成为不容怀疑的先验语言表述为后来者所遵守,从而形成传统诗歌中所谓的原型意象,甚至成为集体无意识中的一部分。如果非要寻找一个现代的踪迹的话,那么类比思维有点类似于哲学家休谟所说的相继论思维,休谟认为"当我们感知到一种事件与另一种事件之间有规则的相继发生许多次时,我们就形成一种心理习惯,期望一个事件后会发生另一个事件。"⑨这也可以说是人类经验经过长期相似性积累之后的一种条件反射。

　　其实,不仅是类比思维,汉字语符的视觉性特点也深深地影响着传统汉语诗歌的语言表述。从字源学上说,汉字是象形文字,在接受感觉上侧重于人类的视觉,以区别于拼音文字所侧重的听觉,本身就具备浓厚的绘画因子。中国传统文化中,诗歌、书法以及绘画是融合在一起的,诗歌和绘画的关系尤为密切,曾经在诗人群体中甚为流行"题画诗"这么一种诗歌形式,无论是杜甫还是李白都曾对题画诗乐此不疲,苏东坡在《书摩诘蓝田烟雨图》中评价王维的诗说:"味摩诘之诗,诗中有画;观摩诘之画,画中有诗"。中国画讲求虚空,在突出静物的同时亦竭力消解它们之间的逻辑联系,以留白的形式来留足阅读者参与创作的愿想,促发欣赏者的想象,增其韵味。这样,画中所涉及的各个静物之点处于一个地位相互平等的平面之中,相互之间没有必然的主次和从属关系。单个的局部静物可以成画,多个静物组合在一起亦可成画,从而体现出绘画思维的缺乏逻辑推理性。这样,类比思维和绘画的审美意识的融入,决定了传统汉语诗歌的意象语言在很大程度上呈现为一种平面化的态势,这种态势强调的是意象之间相互映衬所引发的意义联想作用,所谓"文必相辅,气不孤申"。在意象与意象之间,甚至语句与语句之间都可以构成相对独立的诗歌意境的表达。"无边落木潇潇下,不尽长江滚滚来"可以脱离杜甫的《登高》全诗而自成体系,"沧海月明珠有泪,蓝田日暖玉生烟"同样可以不依靠李商隐《锦瑟》的整体意境而独成佳句。

如果说传统汉语诗歌多采取的是一种图画式的类比隐喻或象征,允许局部或片面象征自成系统的话,那么,汉语新诗则呈现为一种整体隐喻的语言格局。在汉语新诗,无论是语句之间还是语篇之间,都呈现为较为严谨的意义关联,相互之间呈现为一种线性的意义阐释结构,在每段之间和每个语句之间都有一个逻辑秩序在支撑,有开头,有结尾,叙述结构上形成一个相对闭合的语言表述空间,局部语句无法脱离开诗歌整体的意义表述而自成系统,这同传统汉语诗歌的开放性表述是不同的。譬如艾青的诗《我爱这土地》:

> 假如我是一只鸟,
> 我也应该用嘶哑的喉咙歌唱:
> 这被暴风雨所打击着的土地,

　　这永远汹涌着我们的悲愤的河流，
　　这无止息地吹刮着的激怒的风，
　　和那来自林间的无比温柔的黎明……
　　——然后我死了，
　　连羽毛也腐烂在土地里面。

　　为什么我的眼里常含泪水？
　　因为我对这土地爱得深沉……

　　以一只鸟的歌唱为叙述开端，中间经过"土地""河流"等意象的烘托和展现，最后揭示出诗人对土地的一往情深，道出诗人对多灾多难的祖国的热爱。在这首诗中，无论是"假如我是一只鸟"还是"为什么我的眼里常含泪水"，诗篇的任何一个语句或语篇单独拿出来都很难获得独立的诗意表达，只能成为一个意义单一的语言表述，无法形成一个诗意的呈现。也就是说，汉语新诗的整体隐喻化的语言叙述昭示着诗歌表述自足性的同时，在表层的语词意义磁场的背后隐藏着多个意义磁场，其中诗人所要表述的诗意即隐藏其中，读者只有将诗歌作整体的观照才能够最终捕捉到个中真意。或者说，汉语新诗无论是句子，还是表述语词本身都能找到确切的语言解读，并能表达相对独立的意思，但当这些句子联结成一首诗时，其意义表述则在整体效应上发生了转变。如朱自清的《仅存的》：

　　　发上依稀的残香里，
　　　我看见渺茫的昨日的影子——
　　　远了，远了。

　　每个句子拆开来都能表达一个完整自足的意思，但并不能代表诗歌的真实意义，当这些单句组合为一个整体时，则彰显出诗人用通感的手法，写出了时光易逝的感叹，意境深远。

　　众所周知，汉语新诗借鉴并广泛使用了西洋诗歌表述中的跨行法，形成以行为单位而非传统汉语诗歌中的以句为单位的语言组织形态，这样，更彰显出汉语新诗语言表述上的整体关联。如冯至的诗《我是一条小河》：

> 我是一条小河，
> 我无心从你的身边流过，
> 你无心把你彩霞般的影儿
> 投入了河水的柔波。
> 我流过一座森林，
> 柔波便荡荡地
> 把那些碧绿的叶影儿
> 裁剪成你的衣裳。
>
> 我流过一座花丛，
> 柔波便粼粼地
> 把那些彩色的花影儿
> 编织成你的花冠。
>
> 最后我终于
> 流入无情的大海，
> 海上的风又厉，浪又狂，
> 吹折了花冠，击碎了衣裳！
>
> 我也随着海潮漂漾，
> 漂漾到无边的地方；
> 你那彩霞般的影儿
> 也和幻散了的彩霞一样！

在这首诗中，诗人将一个完整的句子拆分为两行或者三行来表示，以局部取消单句表述上的意义完整性，无论是语句意义还是隐喻意义都在鲜明地彰显汉语新诗的整体隐喻化趋向。

如果仔细梳理,我们会发现汉语新诗语言的整体隐喻结构大致呈现为两种形态,一种是为纯粹描述的平面结构,这一类诗歌在语言整体上描述的大多是一种客观场景,并不将诗人所要彰显的主旨表述出来,而是在整体描述中借助特定的象征意象将其隐藏在诗歌的背景中。一般来说,大多单纯的写景诗应归入此类。评论家苏汶在评论戴望舒的《望舒草》时认为:"我们体味到诗是一种吞吞吐吐的东西,术语的地来说,它底动机是在于表现自己与隐藏自己之间。"⑩这里是说,汉语新诗在清晰地完成意义的表象描述后,而又要设法消解这种表象意义,而引导读者籍此去捕捉隐藏在其后的隐喻意义。比如,著名诗人戴望舒的《雨巷》就是一个较为典型的例子:

雨　巷

撑着油纸伞,
独自彷徨在悠长
悠长又寂寥的雨巷,

我希望逢着
一个丁香一样的
结着愁怨的姑娘。

她是有
丁香一样的颜色,
丁香一样的芬芳,
丁香一样的忧愁,
在雨中哀怨,
哀怨又彷徨;

她彷徨在这寂寥的雨巷,
撑着油纸伞

像我一样，
像我一样地
默默彳亍着
冷漠、凄清，又惆怅。

她静默地走近，
走近，又投出
太息一般的眼光。

她飘过
像梦一般地，
像梦一般地凄婉迷茫。
像梦中飘过
一枝丁香地，
我身旁飘过这女郎；

她静默地远了，远了，
到了颓圮的篱墙，
走尽这雨巷。
在雨的哀曲里，
消了她的颜色，
散了她的芬芳，
消散了，甚至她的
太息般的眼光，
丁香般的惆怅。

撑着油纸伞，独自
彷徨在悠长，悠长
又寂寥的雨巷，

　　　　我希望飘过

　　　　一个丁香一样的

　　　　结着愁怨的姑娘。

　　该诗运用线性的场景发展脉络,叙述了"我"同一个"女郎"相遇的整
个过程,表达了自己对女郎以及"雨巷"的主观感受,但这只是一种意义的
表象描述,这种表象描述所隐喻的是其背后的"爱情感伤""人生困境"以
及"阴郁的时代所带来的落魄心境"等复杂而深蕴的诗歌主旨,而这些主
旨是不表现在诗歌语言的表层意义的。呈现为这种整体隐喻结构的诗歌
还有林徽因的《笑》、徐志摩的《雪花的快乐》,等等。另外一种模态则是
融诗歌主旨于语言叙述中,体现出一种层递的象征和指示关系。这种诗歌
的隐喻形式是通过对具体的象征意象的描述,有所感发,或有总结性的陈
述显现于诗歌语言的表述中,叙述者的感发或者总结性叙说往往起到对
诗歌隐喻的明确化作用。这一类的诗大多同某种哲学观念结合在一起,比
如,"中国新诗派"诗人辛迪的《航》:

　　　　帆起了

　　　　帆向落日的去处

　　　　明净与古老

　　　　风帆吻着暗色的水

　　　　有如黑蝶与白蝶

　　　　明月照在当头

　　　　青色的蛇

　　　　弄着银色的珠

　　　　桅上的人语

　　　　风吹过来

　　　　水手问起雨和星辰

　　　　从日到夜

从夜到日

我们航不出这圆圈

后一个圆

前一个圆

一个永恒

而无涯涘的圆圈

将生命的茫茫

脱卸与茫茫的烟水

　　这首诗的后两节通过一种哲理性的言说将"帆""黑蝶与白蝶"甚至"雨""星辰"等关联意象所象征的内在意蕴给揭示出来，圆的永恒和生命与烟水混融在一起表达了作者对生命的超脱之感。这一类的诗人多是卒章显其志，因为将诗歌作为宣传手段而急于表达某种理念，中国诗歌会诗人的诗以及早期的汉语新诗、新中国成立之后的大多数诗歌属于这类范畴。

第三节 从定则到自由

　　无论是黑格尔将诗歌视为"一种内在于意识的现实"[11]，还是朱光潜将诗歌的内容归结为"情趣"的表达，传统汉语诗歌和现代汉语新诗对人类体验的关注并无本质性的差别。但是，当把这种人类体验借助于语言媒介表述出来时，因文化内质和种族特征的差异所带来的诗歌形态的千姿百态便得以彰显。传统汉语诗歌，尤其是近体诗以来，其语言形态大多表现为程式化的特征，而且这成为能否被称为诗歌的主要依据。表现在以下几个方面：一是字数上的定型化，尽管传统诗歌曾出现过四言诗、五言诗、律诗以及词等不同的语言形式，但相对于每一种诗歌类别而言，固定的字数是任何一个诗歌形式都必须遵守的规则，"四言诗"以四个字为一个意义单位，"五言诗"以五个字为一个意义单位，七律以七个字为一个意义单位等等,虽然词的出现打破了相对均衡的诗歌意义表述单位,但"标准的词,必须具备了下列三个特点:(一)全篇固定的字数;(二)长短句;(三)律化的平仄。"⑫二是语词选择的规范性,传统汉语诗歌对语词的选择有自己的审美原则,乡间俚语,土白方言很难进入诗歌的表述中,相对稳定的典故语词成为传统诗歌语言使用最为频繁的语词范畴;第三,韵律使用的规则化,传统诗歌的韵律要严格遵循规则,《佩文韵府》《切韵》等韵书为传统诗人提供了确切的具有词典效应的工具书。在韵律的使用技法上,同样有着严格的要求,所谓"一三五不论,二四六分明",如果不符合作诗的规范,还要作出补救,称为"拗救"。现代语言学家王力说:"唐代以后,大约因为科举的关系,诗的形式逐渐趋于划一,对于平仄,对仗和诗篇的字数,都有很严格的规定。"⑬

汉语新诗则不然。端木蕻良说:"在诗的世俗意义里,只落得对仗工整声韵铿锵的当儿,汉语新诗的出现,自然应该受到启示。汉语新诗与旧诗之间,所表现的对立性未免太大,"继而认为:"中国'五四'运动所加给诗的最大的改变,是形式的改变。这里所说的形式包括节奏,韵脚和排列"。⑭其实,汉语新诗创立之初的首要动作,就是用矫枉必须过正的姿态来消解传统诗歌的程式化语言表述。汉语新诗始作俑者胡适说:"推翻词调曲谱的种种束缚;不拘格律,不拘平仄,不拘长短;""我们做白话诗的大宗旨,在于提倡'诗体的解放',有什么材料做什么诗,有什么话,说什么话,把从前一切束缚诗神的自由的枷锁镣铐拢统推翻。这便是'诗体的解放'。因为如此,故我们极不赞成诗的规则。"⑮以《女神》奠定诗坛地位的郭沫若说:"诗之精神在其内在的韵律(Intrinsic Rhythm),内在的韵律(或曰无形律)并不是甚么平上去入,高下抑扬,强弱长短,宫商徵羽;也并不是甚么双声叠韵,甚么押在句中的韵文!"⑯在弃置传统汉语诗歌的程式化、规则化的语言表述征候后,以现代白话为表述媒介的汉语新诗,呈现为以自由和随即为特征的语言表述表征。汉语新诗的这种选择并非故意为之,而是语言和诗歌互动的一个结果,以语言的实证性为基础的现代汉语决定了汉语新诗无法实现传统汉语诗歌的文体形式,这从长期以来汉语新诗格律探讨的失败中可以印证。

　　首先,对汉语新诗语言表述个体性的侧重。汉语新诗反对派的代表胡先骕曾详细分析过写作古诗的前提条件:"故学为诗者,必先知四声之异同,平仄相间之原理,古诗律诗之性质,起首结尾阴阳开合之宜忌,题目之性质与各种诗体之关系,进而博读褚家之名著,审别其异同,籀绎其命意遣词造句练字行气取势之法,再则其一二家与己之嗜好近者,细意模仿之,久久始可语于创造也。"⑰ 因此说,在传统汉语诗歌的语言表述中,外在的语言表述规则限制了诗人个体经验的充分表达,同一个诗歌形式很难彰显出不同诗人对语言的个体理解,无论是杜甫还是李白,都无法更改律诗的语言要求而只能让诗意的表达去归趋。《如梦令》的词牌,无论是李清照还是辛弃疾,他们都不能改变其中的字数和平仄要求,他们的区别在选词和韵律上,或者在风格上。带着镣铐跳舞,镣铐是一样的,变化的只不过是步履。而在汉语新诗中,此一格局则大变,徐志摩的诗歌同郭沫若的诗歌、卞之琳的诗歌不光在风格上迥然相异,在语言表述的外在形态上亦是莫衷一是。而且,因为具体诗意的不同和抒发情景的变幻,单个诗人的每首诗歌都会有不同的语言审美表现,同样表述男女之情,徐志摩的《沙扬娜拉》和《再别康桥》在语言表现上差池甚大,前者呈现为自由诗的形式:

　　　　最是那一低头的温柔,
　　　　象一朵水莲花不胜凉风的娇羞,
　　　　道一声珍重,道一声珍重,
　　　　那一声珍重里有蜜甜的忧愁——
　　　　沙扬娜拉!

　　而后者则相对显示出语词排列的某种规律化的章法,"轻轻的我走了,/正如我轻轻地来。/我轻轻的招手,/作别西天的云彩。//那河畔的金柳,/是夕阳中的新娘,/波光里的艳影,/在我的心头荡漾。"基本是四句一篇,押尾韵,等等。

　　其次,汉语新诗语言表述形态的多样化。汉语新诗从诞生时起,都是在域外诗歌遮蔽下生长的。自由诗、十四行诗、意象派诗歌以及象征派诗歌等一系列的西方诗歌潮流,都曾在汉语新诗领域留下了深深的足迹,在纵向的历史演变进程中,几乎域外的每一种诗歌形态都取得过相当的创作和阅读影响力,都是汉语新诗所渴望实现的梦想。在西方诗歌发展历史中呈现为历时发展和纵向替代关系的各种诗歌文本以共时的、横向的共生状态,展示在现代汉语新诗面前,这样,汉语新诗在建构自己的语言审美形态时,面临的是一种繁杂的资源景象,域外的每个诗歌潮流都会将自己独特的语言表述方式,浸润到汉语新诗语言的文本形式中,汉语新诗语言的形态必然是多姿多态的。同时,现代汉语新诗产生的时代是个性张扬的时代,郁达夫说:'五四'运动,在文学上促生的新意义,是自我的发见。"[18] 在建构现代汉语新诗语言表述的过程中,每个诗人都会根据自己对域外资源的了解而有所侧重。初期象征诗人李金发说:"我做诗的时候,从没有预备怕人家难懂,只求发泄尽胸中的诗意就是。……我的诗是个人灵感的记录表,是个人陶醉后引吭的高歌,我不能希望人人能了解。"[19] 因此说,这种不考虑受众的接受而只顾诗意任意流泻的创作姿态,显然加剧了汉语新诗语言表述的个体经验。徐志摩、闻一多等人受传统汉语诗歌和英国浪漫主义诗歌的影响,而主张在现代白话的前提下张扬诗歌的音乐美、绘画的美,闻一多的《死水》、徐志摩的《雪花的快乐》是其理念诠释的产物;而戴望舒、卞之琳等人则受西方智性诗学的"指使"而拒绝音乐在诗歌语言表述中出场,戴望舒在《诗论零札》中则认为"诗不能借重音乐,它应该去了音乐的成分"以及"诗不能借重绘画的长处"。[20] 这样充满矛盾、歧义纷纭的诗歌语言理念决定了汉语新诗,很难获得传统汉语诗歌那样的统一化、程式化的语言形态。象征诗人李金发说:"中国自文学革新后,诗界成为无治状态,对于全诗的体裁,或使多少人不满意,但这不紧要,苟能表现一切。"[21] 其实,汉语新诗语言表述的无序化和缺乏定式,并不仅仅是草创期的汉语新诗的状况,而是至今为止整个汉语新诗语言所呈现的状态,自由诗、格律诗、诗剧等等语言表述形态都曾经叱咤诗坛,但谁都未取得支配性的地位,群星闪烁,缺少太阳,也许是汉语新诗在语言表述上同传统诗歌迥然相异的地方。

注释：

① 鲁迅：《玩笑只当它玩笑（上）》，《鲁迅文集》第5卷，黑龙江人民出版社1995年版，第494页。

② 鲁迅：《答曹聚仁先生信》，《鲁迅文集》，第6卷，黑龙江人民出版社1995年版，第65页。

③ 胡适：《论句读符号——答"慕楼"书》，《胡适精品集·问题与主义》，胡明主编，光明日报出版社1997年版，第106页。

④ 郭沫若：《郭沫若谈创作》，彭放编，黑龙江人民出版社1982年版，第39页。

⑤ 叶维廉：《中国诗学》，生活·读书·新知三联书店1992年版，第227—228页。

⑥ 林语堂：《欧化语体》，《文言、白话、大众话论战集·白话》，任重编，上海书店1934年版，第8页。

⑦ 克利思安·布鲁克斯：《反讽———种结构原则（1949）》，袁可嘉译，赵毅衡编选，《新批评文集》，百花文艺出版社2001年版，第377页。

⑧ [英]刘易斯：《意象的定式》，陈鲁明译，《意象批评》，汪耀进编，四川文艺出版社1989年版，第78页。

⑨ [英]罗姆·哈瑞：《科学哲学导论》，邱仁宗译，辽宁教育出版社、牛津大学出版社1998年版，第124页。

⑩ 苏汶：《〈望舒草〉序》，《望舒草》，戴望舒著，上海复兴书局1932年版。

⑪ [德]黑格尔：《美学》，第三卷（下），朱光潜译，商务印书馆1981年版，第16页。

⑫⑬ 王力：《汉语诗律学》，上海世纪出版集团、上海教育出版社2002年版，第528、19页。

⑭ 端木蕻良：《论艾青》，《文学创作》第2卷第5期，1943年12月。

⑮ 胡适：《通信》，《新青年》第4卷第6号，1918年6月15日。

⑯ 郭沫若：《论诗三扎》，《郭沫若谈创作》，彭放编，黑龙江人民出版社1982年版，第2页。

⑰ 胡先骕：《〈评尝试集〉续》，《学衡》第2期，1922年2月。

⑱ 郁达夫：《"五四"文学运动之历史》，《文学》，1933年7月创刊号。

⑲ 李金发：《是个人灵感的记录表》，《文艺大路》第2卷第1期，1935年11月29日。

⑳ 戴望舒：《望舒草》，人民文学出版社2000年版，第59页。

㉑ 李金发：《〈微雨〉导言》，《微雨》，北新书局1925年版。

第二章　现代实证思维对汉语新诗语言的影响

第一节　现代实证思维：现代汉语的思维力量

　　为什么现代白话要取代文言成为汉语文学的语言媒介，"五四"时期的胡适所持的显然是启蒙论："向来教育是少数'读书人'的特别权利，于大多数人是无关系的，故文字的艰深不成问题。近来教育成为全国人的公共权利，人人知道普及教育是不可少的，故渐渐的有人知道文言在教育上实在不适用，于是文言、白话就成为问题了。后来有人觉得单用白话做教科书是不中用的，因为世间决没有人情愿学一种除了教科书以外便没有用处的文字。这些人主张，古文不但不配做教育的工具，并且不配做文学的利器。"① 毫无疑问，启蒙的功利需求在汉语的这次变革中，在价值论层面起到了重要作用。但是对一次重要的语言革新来说，只是价值论的角度显然不是本体论的视角，也就是说，启蒙仅仅只是提供了一种变革的机缘，真正促使语言发生变革的本体论因素仍然需要探索。或者说，现实需要现代白话取代文言是一回事，但能否取代则又是一回事，那么，现代白话何以最终能够取代文言而成为国语，成为汉语文学的传达媒介呢?

要知道,语言作为思维的外化,它的变迁并不单单是一种表述工具的变迁,它的任何变更几乎都涉及到整个社会思维组织方式的更替,只有一个民族的思维方式发生了变化,才有可能在新的思维形式下产生新的语言组织形态。因此语言学家刘宓庆说:"语言差异绝不仅仅是一个表层结构问题,它牵涉到我们的文化所衍生的喜闻乐见的表现法,更牵涉到一个民族的历史、哲学观所衍生的思维方式和思想风格。"② 因此说,胡适将现代白话取代文言的原因单单归结为教育民众的需要,是一种工具理性使然,只是看到了语言变革的价值表象,并没有触及到这次语言变革的根本。事实上,如果仅仅如此,现代白话也不可能最终取代文言。"思维和言语之间的关系是一个活生生的过程;思维是通过词而产生的。一个词一旦没有了思维便成了死的东西。"③ 因此,隐藏在这次语言变革之后的,是深层的汉语语言表述思维的变革。

近现代的西方世界,自然科学获得了长足的发展,取得了丰硕的成果。尤其是以牛顿力学为核心的经典物理学获得了极大的成就,从根本上改变了人们认识宇宙的方式和处理事物关系的方法。在其烛照下,社会生产力和科技进步都获得了丰硕的成果,"思辨效能与产业生活密切相关,因此而不知不觉地发展起实证精神",④ 自然科学的成就感召和影响着社会科学的进展,以法国哲学家奥古斯特·孔德为代表的哲学家就想借助于自然科学分析事物的方法,从量化和定性的方式上来试图统一当时大革命后混乱的法国思想界,于是诞生了现代实证主义哲学,并且最终实现了运用自然科学的原则在理论上将自然知识和社会科学知识统一起来,从而完成了西方社会的社会科学研究在思维方式上由古典的形而上学向现代实证模式的转变。

近现代中国所经历的现代化过程同样涉及到思维转型的问题。晚清的屈辱经历让国人认识到物质技术的重要,也认识到了与之相关的逻辑实证思维的必需。当时,他们分别从域外和传统两种文化资源中引进和重新评估实证精神。就域外而言,表现为大量西方逻辑学著作的译介,这些译著以严复翻译的《穆勒名学》(1905)和《名学浅说》(1908)为代表,这些著作不仅系统地介绍了西方的现代实证思想,而且第一次在中国确立了现代逻辑学的地位,影响深远,"自孔德提倡实证主义,穆勒实行逻辑革命以来,科学方法之重要,渐渐为公众所承认了。科学方法是什么呢?换一个名字说,就是实质的逻辑。这实质的逻辑,就是制造知识的正当方法。"⑤ 其实,近现代中国对实证思维的接收不仅仅停留在方法的层面上,他们同样试图以现代实证思维来规范现代社会科学理念,"社会科学是拿研究自然科学的方法,用在一切社会人事的学问上,象社会学、伦理学、历史学、法律学、经济学等,凡用自然科学方法来研究、说明的都算是科学,这乃是科学最大的效用。"⑥ 故而"五四"是尊称科学为先生的。也就是说,在整个社会科学的思维方式上,自然科学的方法也就意味着科学的、合理的、正确的方法。因此陈独秀在其纲领性文章《敬告青年》中将"实利的而非虚文的"和"科学的而非想象的"作为引领时代思想的青年所必备的思想。⑦ 这些,都显示出现代实证思维及其处理问题的方法无论是在宏观上还是微观上都被视为一种崭新而颇带"宗教色彩"的救国良方被近现代中国所崇奉;就中国传统文化而言,近现代国人试图对传统墨家思辨哲学重新进行价值评估,以期找到现代实证思维的历史根源。梁启超曾这样评价汉语文化的元典之一的《墨子》:"墨子一书,盛水不漏者也,纲领条目相依关,而无抵牾者也,何以故?有论理学为之城堡故。故今欲论墨子全体之学说,不可不先识其根据之论理学"。⑧ "纲领条目相依关"即是对事物之间逻辑关系互相依托的认识。胡适在《先秦名学史》中对于墨家思想作了相对宏观的评价:"在我看来,墨家的名学,在世界的名学史上,应该占一个重要的位置。"⑨ 甚至有人认为墨子的思辨逻辑应被视为"印度因明三段论的先驱,西方穆勒名学的前奏,二十世纪逻辑的滥觞"。⑩ 这虽然有点夸大其词,但足以让人理解墨家思想在"五四"启蒙者心目中的重要位置。墨家的思辨逻辑萌发于春秋战国时期,在经过诞生期的短暂狂欢后,"外儒内法"的中国文化统治格局决定了,它不能适应随后的社会需求而近乎销声匿迹,被传统文化所遗忘,近现代知识分子重新出土这个"文物",并给予如此高的赞誉,可见他们对以写实和思辨推理为特征的现代实证思维改革传统中

国形而上学思维方式的迫切愿望。域外和传统逻辑实证思维的共同涌
现标志着现代实证思维对在近现代中国的逐步建立，这也标志着中国文
化真正现代化的开始。作为思维的直接反映，语言表述形态也必然要发
生相应的变化。

人类对思维的有形触摸的最直观标志就是表现语言上。一种语言的
句子排列方式以及语词能指和所指的关系反映着使用者的思维秩序，"具
体的或者是普遍的传统语法对形成句子、解释句子的规律性过程不能作
出精确说明的另一个原因，在于广泛持有的一种认识，即认为存在着一种
'思想的自然次序'，词序反映着这种次序。因此，形成句子的规则实际上
并不属于语法，而是属于研究'思想的次序'的某种别的科目。"[11] 从思维
与语言的关系层面上说，传统汉语是形而上学思维的表述模式，"主要试
图解释存在物的深刻本质和万事万物的起源和使命，并解释所有现象的基
本产生方式。"[12] 它往往将宇宙的本质和万事万物的起源和使命归结为一
种难以细述的抽象物，如古希腊的"逻各斯"以及中国的"道"等等，在这
些人类难以穷极其本源所在的概念面前，这种思维往往将这种抽象物视为
难以用语言表述而只能意会的存在，在"思想的自然次序"上拒绝清澈的
道出，因此忽视相关的语言表述，并且认为语言表述只不过是皮相而很难
真正介入到抽象物的本体，所谓"道可道，非常道。"从而否定语言的表达
认识的终极功能，也就是将外在的语言作为器物的昭示而非本体的外显，
在"道"与"器"的论争中，语言永远是"器"的范畴。因此，形而上学思维
在语言表述上注重语言表述者与接受者之间的"悟合"，其最终得以实现
要依靠读者的想象和积极参与。语言学家王力在评价传统汉语时说："子
句与子句的关系 (le rapport entre propositions)，在中国语里，往往让对话人
意会，而不用连词。"[13] 申小龙在仔细分析了《左传》的句型形态后说："汉
语是一种非形态语言。汉语的语调往往言简而意赅，汉语的行文也讲究辞
约而意丰。汉语文句的理解机制主要是语词意义相互映衬而引发的一种
'意合'作用。"[14]

现代实证思维则抛弃了形而上学思维的这种语言观，拒绝对宇宙作终
极阐释，而是依靠自然科学从关注实在的视角关注语言表述本身，这尤其

体现在以罗素、威特根斯坦等人为代表的分析哲学的观点上,在语言无法言明的地方,人们就应该沉默。在此一层面,孔德将"语言表达式的表述意义问题与确证和证实的可能性联系在了一起。"⑮ 而约翰·穆勒则依靠其《名学浅说》等著作,从逻辑实证的角度重新规范了名称理论,从日常语言术语的基本区别开始,详细区分了内涵名称和非内涵名称的区别,发明了专有名称的称谓,"名学者,详审于原、委之际,证、符之间,则范之公例大法焉而已矣。"⑯ 以因果关系的形式确保了语言符号和所指对象之间的联系,尽可能的实现语词意义的一维性和语言表达的明确化,同样以此为方法也确立了相关语言符号之间的关系联接,为确立语言的实证意义表达提供了新的思路和语词分析方法。这样,在语言表述上,西方的语言系统过渡到了一个新的阶段,运用自然科学的分析方法要求语言在语句表达上追求逻辑经验的真实。在意义表述上,语句的内涵要么可以被经验实践所真实检验,要么符合自身的表达逻辑,具备在逻辑推理上的真值,或者说,现代实证思维意义上的语言表述是一种自足性表述。因此,西方现代语言系统建立了严谨的语法体系和词汇修饰系统,这些都服从于语言信息表达和接受的对等化,尽可能消解形而上学思维下语言表述的模糊状况,以实现科学视界下消除语词符号的多义可能。

　　近现代汉语思维逻辑的变迁决定了现代白话的构筑过程,也就是传统汉语趋向逻辑实证的过程。"五四"时期语言改革的主将傅斯年说:"我们在这里制造白话文……更负了借思想改造语言,借语言改造思想的责任。我们又晓得思想依靠语言,犹之语言依靠思想,要运用精密深邃的思想,不得不先运用精邃深密的语言。"⑰ 精密的思想要求明确的语言表述,因此,钱玄同认识到了传统汉语的弊端:"中国文字,字义极为含混,文法极不精密,本来只可代表古代幼稚之思想,决不能代表 Lamark、Darwin 以来之新世界文明。"⑱ 严复在翻译《穆勒名学》时,曾针对传统汉语和约翰·穆勒所提出的名学概念以"案语"的形式进行甄别:"案所谓一物之名,驰称日远,至无可举之定义,此弊诸国之语言皆然,而中国尤甚。培因曰:今试观'石'之一名,概以称山中矿质之物矣。乃果中之坚者亦称石,膀胱之积垢致淋病者亦称石;且同为石也,乃质理密致,略知磨砻,又谓之玉;其可揭为薄鳞而透明者,又谓之马加;铁养可吸铁者,则谓之慈石。夫语言之纷至于如此,则欲用之以为致知穷理之事,毫厘不可苟之功,遂至难矣。即为界说,势且不能。盖界说之事,在举所命之物之同德以释其名也;今物之同名者不必有同德,而同德者又不必有同名,界说之事乌由起乎?是以治科学者,往往弃置利俗之名,别立新称,以求言思不离于轨撤,盖其事诚有所不得已也。培因之言如此。顾吾谓中国尤甚者,盖西学自希腊亚理斯大德勒以来,常教学人先为界说,故其人非甚不学,尚不至佰规畔矩而为破坏文字之事也。独中国不然。其训诂非界说也,同名互训,以见古今之异言而已。"[19]严复的这番甄别实际上指出的是在语词能指和所指之间关系上,传统汉语与现代实证思维下的现代西方印欧语系的区别。可以说,严复的翻译较早地表述了改造传统汉语中语词多义现象的理想。针对传统汉语的从语法到语词的这些"弊端",周作人从现代实证思维的角度描述了理想的国语,也就是现代白话的内涵:"古文不宜于说理(及其他用途)不必说了,狭义的民众的言语我觉得也决不够用,决不能适切地表现现代人的情思:我们所要的是一种国语,以白话(即口语)为基本,加入古文(词及成语,并不是成段的文章)方言及外来语,组织适宜,且有论理之精密与艺术之美。"[20]在现实的语言实践中,胡适、钱玄同等人利用现代的印欧语系的语言规范来建构现代白话,用严格的标点符号体系来替代传统汉语的"句读"断句方式,大量的引进外来词进一步扩大了现代白话在词汇层面的表达域限,对于传统的汉语语词系统作了依据时代特征的重新解读,也就是拒绝典故式的语言用法,确立了语词间的相互修饰的逻辑层次结构,区分了意义词汇和关系词汇的用法,等等。总之,现代白话相对文言甚至古代白话而言,本身就是一个具备相对严格的语法逻辑,语词能指和所指相对固定和澄明的语词系统以及分析方法的语言系统。应该说,现代白话建立并演变为近现代国人思维表述的主要媒介,带来的不仅仅是汉语自身的变化,更重要的是以语言为媒介和第一要素的文学也产生了与以往迥异的新质:章回体小说的式微,写实的话剧代替了以"虚文、象征"为表达方式的戏曲,都在彰显着新的文学规范和审美原则的重构。

第二节 散文语言：汉语新诗语言的内在架构

尽管现代白话取代文言为新文学带来了从表象到内在的许多新质,但是对于小说、戏剧等偏重语言叙述和逻辑言说的语言体式而言,并没有在文体实质上出现颠覆性的重构,构成其文学体式的核心成分如叙事、人物构图等并没有本质性的变更,而只是在言说方式上而非在身份认同上有所影响。但对于诗歌而言,则全然两样。应该说,现代实证思维从根本上改变了传统汉语诗歌表述世界的模式,因此,汉语诗歌发展到了汉语新诗阶段,其根本质素为之重建。事实上,汉语新诗无论是方法上还是内在精神上都受现代实证思维的巨大干预,这种干预贯穿着汉语新诗流变的整个过程,并从根本上规范了汉语新诗语言的审美原则和建构方式,也影响着汉语新诗的整体发展方向。

在方法上,现代实证思维为汉语新诗的诞生提供了方法论依据。汉语新诗在萌生期并没有成熟的方案,更不用说预先设计的语言表现形式了。始作俑者胡适在美国同任叔永、梅光迪等人在偶然的一次谈话中,曾提出用白话来做诗,遭到梅光迪、任叔永等人的激烈反对,但正是这次的反对却激发了胡适用白话做诗的兴趣,从而诞生了后来发表在《新青年》上的"白话诗八首",这是汉语新诗诞生的第一只报春燕,自此掀起了汉语新诗写作的狂潮。应该说,在进化论的价值观压力下,在尚未有明确前景的情况下,支撑"胡适们"去做白话诗的实际上是现代实证思维的不问原因和目的,而只注重当下实践的处理事物的分析方法。胡适所接受的是当时盛行于美国的杜威的实验主义,而实验主义则是杜威受法国哲学家孔德的实证主义思想影响而提出的,以理性推理和科学验证为特征。1917年胡适回国后,曾撰写了题为《实验主义》的文章,运用"拿证据来"的看待事物的方法,来概括实证哲学处理宇宙关系的思维程式,并在后来总结出"大胆假设,小心求证"的哲学口号。可以说,作为胡适的老师,杜威所创立的实验主义思想,对胡适人生观和价值观的形成起到过决定性的作用,并影响着他后来的人生走向。所以胡适在《尝试篇》里说:"自古成功在尝试。"后来在总结创作白话诗的动机时说:"我们决心试验白话诗,一半是朋友们一年多讨论的结果,一半也是我受的实验主义的哲学的影响。实验主义教训我们:一切学理都只是一种假设,必须要证实了(Verified),然后可算是真理。"[21] 正是这种充满现代科学理性的主张,为胡适在美国面对梅光迪、任叔永等人的"非议"时鼓足勇气做出用白话尝试写诗的决定,可以说,"大胆假设,小心求证"成为现代新诗史上第一部个人诗集——《尝试集》的理论基石。

如果说,实验主义只是为汉语新诗的建构提供了新鲜的方法论视点,还停留在工具论范畴的话,那么,在面对汉语新诗语言的问题时,现代实证思维对汉语新诗的最大干预,便是将散文的语言表征渗透到了语言的建构过程,并且这种渗透远远超越了借鉴的意义,从根本上决定了汉语新诗从外形到内涵的形成。

现代实证思维对确证性语言表述的要求在新诗语言中的演绎主要体现为语言的"语法"化,这种"语法化"的语句形态是现代实证思维在现代新诗语句组织外形上的具体表征。语言的现代语法观念是现代实证思维主导下的现代科学逻辑和理性认识相结合的产物,语言学家依靠理性推理在系统地考察了传统语言实践中的众多表述形态后,通过现代科学的分析、归纳以及综合等处理事物关系的手段,对具体的语言事实抽象化后,所总结出的语言表述的内在理路,或者说是一种语言表述所遵循的内在组合规则,这种理路或规则也就是现代语言学意义上的语法。语法的出现改变了人们对语言的认识姿态,语言被剥去了神秘色彩,成为一种可操作的技术化过程。从此以后,人们对语言的认识由难以捉摸的被动惯性认知,被引渡到了理性的逻辑推理认知,也就是对语言所进行的现代分析哲学的认知。在这个过程中,瑞士语言学家索绪尔运用"语言"和"言语"的术语区分了语法规则和具体语言实践的差池。德国语言学家威廉·洪堡特则论述了语言的民族性中所蕴含的语法的民族性特点以及由之带来的民族精神的差异,而美国语言学家乔姆斯基的转换生成语法则进一步丰富了现代语言语法演绎推理的生成模式。

自然科学的认识论和科学理性主导下的现代实证思维,在语言的言说上强调表述的真值,"可以言说的一切,皆可清清楚楚地加以言说;而对于不可言说的东西,人们必须以沉默待之。"(维特根斯坦语)㉒因此,强调语言表达的规则化和统一化是服从于保持信息在信息表达者、语句内容和信息接收者三者之间的一致性的实证主义语言目的的。严格的标点符号体系作为重要的语句断句方式,是实现语言表述自足性的重要手段。一般而言,将西方语言中的标点符号体系引进诗歌语言是从汉语新诗开始的,传统汉语诗歌语言断句上的句读之法也就被彻底放弃了,这是服务于现代实证思维下写实语言的革新要求的。胡适在《文学改良刍议》中就对传统汉语诗歌弱化语法关系的做法表示不满:"今之作文作诗者,每不讲求文法之结构。其例甚繁,不便举之,尤以作骈文律诗者为尤甚。"㉓因此认为"今当力求采用一种规定之符号,以求法之明显易解,及意义之确定不易,"其原因在于"文字的第一个作用便是达意。种种符号都是帮助文字达意的。意越达得出越好,文字越明白越好,符号越完备越好。"㉔现代新诗语言对语句语法的追求甚至细化到了僵化刻板的程度,从《尝试集·四版自序》中的一段修改诗歌的故事我们可以得到证明:

> "有些诗略有删改的。如《尝试集》删去了四句,《鸽子》改了四个字,《你莫忘记》添了三个'了'字,《一笑》改了两处,《例外》前在《新青年》上发表时有四章,现在删去了一章。这种地方,虽然微细的很,但也有很可研究之点。例如《一笑》第二章原文'那个人不知后来怎样了。'蒋百里先生有一天对我说,这样排列,便不好读,不如改做'那个人后来不知怎样了'。我依他改了,果然远胜原文。又如《你莫忘记》第九行原文是'嗳哟,……火就要烧到这里。'康白情从三万里外来信,替我加上了一个'了'字,方才和白话的文法。做白话的人,若不讲究这种似微细而实重要的地方,便不配做白话,更不配做白话诗。"㉕

从康白情的"不辞辛苦",我们可以看出汉语新诗人对新诗语句语法化的重视程度,同时也说明了追求诗歌语句语法的精确性不仅仅是胡适一个人的事,实际上已经成为当时汉语新诗创作的普遍趋势,被视为汉语新诗语言表述中一个必不可少的因素。20世纪20年代,作为立足于建设的新月诗歌而言,他们的建设新诗的原则中同样秉承这一精神。后期新月代表人物陈梦家曾创作过一首《悔与回——献给玮德》,全诗近百行,但从未出现一个标点符号,只是运用跨行的方式表示意义的割断,因为不使用标点符号,受到了胡适和闻一多的猛烈批评,同时指明了标点符号等现代语法在新诗创作中的重要作用。胡适说:"《悔与回》不用标点,这是大错。留心这是开倒车。"㉖闻一多说:"不用标点,不敢赞同。诗不能没有节奏。标点的用处,不但界划句读,并且能标明节奏。(在中国文字里尤其如此)要标点的理由如此,不要它的理由,我却想不出。"㉗

从历史意识上看,汉语新诗人是竭力主张解构传统汉语诗歌的语言形式的,胡适认为传统汉语诗歌"形式上的束缚,使精神不能自由发展,使良好的内容不能充分表现。若想有一种新内容和新精神,不能不先打破那些束缚精神的枷锁镣铐。因此,中国近年的新诗运动可算得是一种'诗体的大解放'"。㉘这种"诗体的大解放"实际上是在消解传统汉语诗歌的语言规范,不仅反对用典,拒绝对仗,而且在《沁园春·誓诗》中要消解传统汉语诗歌的意象系统,"更不伤春,更不悲秋""任花开也好,花飞也好,月圆也好,日落何悲?"传统汉语的语词系统因为经历了较长的历史沿革,在其所指上形成了较为丰韵的表达。但是在实践中,现代实证思维所主导下的语句表达必须解构这种语词表述,因为,"科学(在"五四"时期,科学的观念同实证思维的方法观念几乎是对等、可以互换的,这些可以参照陈独秀等人的言论——引者注)只能把具有无限性质的意象等同于与科学有关的某一性质,然后才能对之进行控制;因为正在起作用的科学始终是一门科学,它只限于某种特殊的兴趣。科学不是通过驳斥,而是通过抽象化来破坏意象的。它打算从意象中取出它的'真义',它肯定并不需要处于原来自由状态中的意象。"㉙正是在这一层面上,初期新诗人在消解传统汉语诗歌的语词系统上找到了思维资源的支持。胡适将汉语新诗的语言归结为"说话","有什么话,说什么话;并不一面顾诗意,一面顾诗调"。㉚同时期的新诗人俞平伯和康白情也有类似的表述。从此,汉语诗歌的语言表述从"庙堂"的书面文言走向了以日常语言为基准的现代白话。

　　在拒绝传统诗歌语言谨严的格律和音韵的语言特征后,汉语新诗人究竟要采取什么样的语言策略来建构新诗呢? 在汉语新诗语言精神的选择上,胡适提出了"要须作诗如作文"的诗歌理论,要用"文"的语言规则表征现代新诗的语言表述形态。在这点上,胡适从宋诗上找到了对应点,他在《五十年来中国之文学》中认为包括黄遵宪在内的近代诗人所发起的"诗学"革命,"都属于'宋诗运动'",而且进一步说,"宋诗的特别性质,不在用典,不在做拗句,乃在做诗如说话"。20 世纪初,胡适在美国回任叔永的信中提出"要须作诗如作文"的"方案",并且说:"从这个方案上,惹出了后来做白话诗的尝试"。[31] 这种理论主张虽然是在梅光迪等人的反对声中凸现出来的,但却得到了绝大多数新诗人的赞同。胡适从传统汉语诗歌发展的历史中,总结出"中国诗史上的趋势,由唐诗变到宋诗,无甚玄妙,只是作诗更近于作文! 更近于说话",[32] 并在与任叔永的论争中说"我不信诗与文是完全截然两途的",[33] 试图在新诗的版图里做两者融合的努力。后来的语言实践也证明,新诗在语言表述上相对于传统诗歌确实走向了靠近"散文"的路数。

　　那么,胡适为什么要以散文的语言规则来要求汉语新诗呢? 难道他不知道诗歌语言和散文语言在本质上是两回事吗? 实际上,胡适当初创作白话诗是为了白话能够代替文言在文坛上站得住脚根,而不是为了诗歌本身,"文学革命在海外发难的时候,我们早已看出白话散文和白话小说都不难得着承认,最难的大概是新诗,所以我们当时认定建立新诗的唯一方法是要鼓励大家起来用白话做新诗。"[34] 既然是为了白话,那么白话是什么呢? 胡适在一九一七年十一月写给钱玄同的信中阐释现代白话的含义为:"释白话之义,约有三端:〈一〉白话的'白',是戏台上'说白'的白,是俗话'土白'的白,故白话即是俗话。〈二〉白话的'白',是'清白'的白,是'明白'的白,白话但须要'明白如话',不妨夹几个文言的字眼。〈三〉白话的'白',是'黑白'的白。白话便是干干净净没有堆砌涂饰的话,也不妨夹入几个明白易晓的文言字眼。"[35] 由此看来,他们试图消解语言的文学审美功能,而趋向工具性的表达,这一方面体现了现代实证思维下的语言观,另一方面也符合当时启蒙主题将语言作为向愚昧的民众传递先进思想的工具化要求。实际上,现代实证思维建构语言的思维方式决定了现代白话作为新诗的语言媒介,先天的就必须呈现为"文"的形态。以维特根斯坦为代表的新实证主义,也就是逻辑实证主义者在阐释现代实证思维的语言规则时认为,现代实证思维将经验的可证实性视为判断一个命题是否有意义的标准。也就是说,一个命题是否有意义,就在于能否用经验证实的方法确定其真假,或者说是否具有逻辑上的可证实性,即命题是否符合逻辑句法规则。一个命题如果在经验上是可证实的,必然在逻辑上是可能的,反之亦然。这种符合逻辑证实的句法规则正是现代白话创立的前提,因此,随着严格的标点符号体系的建立和语词系统的重构,在语句表述上呈现为符合逻辑或经验证实的命题的语言表述就成为了现代白话的基本语句表述,而这种语句表述在语言实践上则与"文"的语言表述高度一致。另外,当胡适将汉语新诗语言视为"说话"时,实际上证明胡适、钱玄同们完全是将现代白话从语言的日常交流层面来看待的。日常语言是一种追求客观写实、拒绝语言意义歧义的语言形态,它严格遵守语言表达的逻辑秩序和公共通约性,是一种符号意义相对单一的实证语言。这和散文的语言特性是一致的。德国语言学家威廉·洪堡特认为:"散文借助于句子之间的从属关系和对立关系,以独有的方式体现出一种与思想发展相呼应的逻辑和谐,其实,任何散文式的言语在普遍提高的过程中,都会由于自身的特殊目的的要求而获得这种逻辑的和谐性。"㊱ 很显然,散文的存在是以说明为旨归的,"要在规模中寻找实际存在(Daseyn)的源流,以及现实与实际存在的联系,"它是要"把事实与事实,概念与概念联系起来,力图用一种统一的思想,体现出它们之间的客观关系。"㊲

综上所述,正是现代实证思维荫蔽下的语言观和启蒙压力下萌生出的功利意识,决定了汉语新诗人要选择"散文"式的语言策略来建构汉语新诗,这也就可以为台湾评论家叶维廉的困惑找到了较为合理的解释:"相当讽刺的是,早年的白话诗人都反对侧重模式的说理味很浓的儒家,而他们的作品竟然是叙述和演绎性的(discursive),这和中国旧诗的表达形态和风貌距离更远。"㊳ 理清其中的原因,也许我们就能理解这里谈到的白话诗人的矛盾了,而不是简单归结为讽刺,但显然儒家的"入世"观念在汉语新诗语言建构的过程中发挥了重要作用。以"文"的语言形态表征汉语新诗，实际上贯穿于汉语新诗的整个过程。与胡适同时期的诗评家周无在1919年所写的《诗的将来》中认为汉语新诗在摆脱传统汉语诗歌的音律形式后，"它的发展是向散文里侵略，一面保存它的实体"，"一面却渗用了散文的技术"。㊴时隔很多年后，作品以晦涩著称的诗人冯文炳就从胡适《尝试集》里的《蝴蝶》一诗里得到灵感，给现代新诗下了个结论："我发现了一个界限，如果要做新诗，一定要这个诗是诗的内容，而写这个诗的文字要用散文的文字。以往的诗文学，无论旧诗也好，词也好，乃是散文的内容，而其所用的文字则是诗的文字"。㊵如果说，冯文炳的提法还带点谦和的口气的话，那么以散文创作著称的李广田则散发出一种"旁观者清的味道"，他认为汉语新诗的散文化，"不单指内容而言，而更重要的还是形式"。㊶艾青也曾经写过专门的文章谈论汉语新诗的所谓散文美，并且在《大堰河——我的保姆》《向太阳》《黎明的通知》等诗歌文本中具体实践了这种散文美的语言表述，比如《乞丐》：

在北方，
乞丐徘徊在黄河的两岸，
徘徊在铁道的两旁。

在北方，
乞丐用最使人厌烦的声音，
呐喊着痛苦，
说他们来自灾区，
来自战地。

饥饿是可怕的，
它使年老的失去仁慈，年幼的学会憎恨。

在北方，

　　　　乞丐用固执的眼，

　　　　凝视着你，

　　　　看你在吃任何食物，

　　　　和你用指甲剔牙齿的样子。

　　　　在北方，

　　　　乞丐伸着永不缩回的手，

　　　　乌黑的手，

　　　　要求施舍一个铜子，

　　　　向任何一个，

　　　　甚至那掏不出一个铜子的士兵。

　　散文的叙述语调糅合进意象的营构中，在沉默的意象连接和铺排中将乞丐的痛苦意味展现出来，另有一番诗意的表达。如果说，诗歌因为最初的可歌而和音乐紧密相连的话，那么这首诗显然同音乐无关，它不涉及历史上曾经浮现的诗歌的任何韵律，只是在稍有的复踏中贯穿着散文的叙述，只是在意义的丰韵上体现为诗的。可以说，相对于胡适和冯文炳，艾青应该是新诗语言散文化的集大成者，他的诗歌文本甚至超越了40年代而对50、60年代的汉语新诗语言产生了重大的影响。

　　从最初胡适提出"要须作诗如作文"的纲领，到冯文炳、李广田将汉语新诗语言归结为"散文的文字"，"文"的语言形态一直是汉语新诗语言得以标榜的标尺，在某种程度上也是汉语新诗烛照自己的参照物。尽管陆志韦、徐志摩、闻一多等人曾经试图借鉴传统汉语诗歌的语言表述形式来建构汉语新诗的格律，但在实践中并未取得想象中的成功。除了《死水》《再别康桥》等较为优秀的诗篇外，新月诗派的格律实践留下的只是"豆腐块"体的讽刺性结论。20世纪40年代"中国新诗"派的自由诗以及艾青的自由诗的成功实践，再一次证明了在现代实证思维主导下的现代白话的语言体系，很难或者说根本不可能引导汉语新诗语言取得传统汉语诗歌在格律上的表述成就。20世纪五六十年代，卞之琳、何其芳等人所发起的关于汉语新诗语言节奏的讨论很快就无疾而终,理论的言说远远大于文本的实践,其内在根源也正在于此。

现代实证思维所引致的现代语言表述上的自足性,决定了汉语诗歌在阐释语言上所必然发生的变革。从创作的角度说,对于诗歌的理解无非是"独白"式和实证言说式两种。所谓"独白",也就是说诗歌的语言在生成的过程中并不照顾到读者的因素,而给予充分的寓意阐释,只求表达而相对忽视接受,这恰如鲁迅创作《野草》的动机。所谓实证言说,也就是说诗歌的语言本身尽可能为读者提供确证性阐释的诗歌语言形态,注重诗歌的语义传达功能。"独白"式的诗歌阐释是一种根源于以直觉为特点的原初诗意的语言表述,因为它不注重为他人所理解,因此并不顾忌语言表述能否清晰,而只是诗意情感的随意荡漾,语言的位置并不重要,"此中有真意,欲辨已忘言",这种诗学的阐释方式是与传统汉语诗歌相适应的。可能是囿于传播手段、写作目的等因素的限制,在对具体的诗歌文本的解读中,传统汉语诗歌在很大程度上缺乏诗人自身的声音,或者说很难找到诗人的夫子自道式的对诗歌语言意义的确证性表述,并且传统汉语诗歌往往采用的是"诗话""诗品"等偏重意会的语言阐释词汇来阐释文本意义,留给读者的并不是文本的最终释义,而是如蜻蜓点水,浅尝辄止,以一种启发式的言辞来引导读者对文本作进一步的思考,最终的释义还是由读者自身来完成,因此,并不在阐释话语中追求单一意义的表述,也就是所谓的"科学"意义上的终极阐释。后来者对传统汉语诗歌的解读和接受大多是在众说纷纭的猜测中完成的,因此产生了"注"和"疏"这样的具有独特称谓的传统汉语诗歌阐释学的体系命名。并且对同样一部作品的"注疏"也会因"注疏"者的不同而有较大的差异,甚至会得出迥然相异的结论。因此说,相比较而言,"思想独白"是传统汉语诗学的基本表述方式。汉语新诗的阐释语言则表现为一种意义上的逻辑演绎,是一种实证言说的"道出"哲学。根源于现代实证思维的科学理念,在处理事物时遵循的是分析的因果原则,也就是说,一定的原因对应一定的结果,对现象的研究一定要归结到内在的本质,并且这种结果或本质往往是唯一的,或者说是有主次的。这是一种追求终极性目的或说结果的处理事物的方法,语言表述也就必须适应这种要求。因之,周作人在论述白话文同文言文(古文)之间的区别时说:"白话文的难处,是必须有感情或思想作内容,古文中可以没有这东西,而白话文缺少了内容便作不成。白话文有如口袋装进什么东西去都可以,但不能任何东西不装。而且无论装进什么,原物的性状都可以显现得出来。古文有如一只箱子,只能装方的东西,圆东西则盛不下,而最好还是让他空着,任何东西都不装。大抵在无话可讲而又非讲不可时,古文是最有用的。譬如远道接得一位亲属写来的信,觉得对他讲什么都不好,然而又必须回答,在这样的时候,若写白话,简单的几句便可完事,当然不相宜的,若用古文,则可以套用旧调,虽则空洞无物,但八行书准可写满。"㉔具体到汉语新诗则体现为对语言文本内涵的分析,以追求最终的单一意义阐释为终极目的。

一般而言,汉语新诗的发展史在另一种意义上可以归结为,在现代汉语语境下的西方诗歌理念的演绎,十九世纪法国的象征主义诗歌、英美意象主义诗歌以及王尔德的唯美主义等曾经风靡西方诗坛的诗歌流派,都曾被奉为汉语新诗顶礼膜拜的偶像,以至于汉语新诗史上各个阶段的诗歌文本都能找到相对应的域外渊源,象征诗派之于法国象征主义、惠特曼之于郭沫若的诗歌以及王尔德之于闻一多、T·S艾略特之于穆旦,等等。可以说,汉语新诗的文本体验在很大程度上是建立在域外的先验理论的基础上的,因此看来,汉语新诗的每一种文本体验在萌发之前,其基本的语言表述和意象内涵乃至主题选择都已经大致被确立下来,成为一种先验的存在。更深一层说,除却域外资源,这种文本创作的预先设计性还体现在汉语新诗内部,比如,闻一多在《诗的格律》中所提出的"建筑的美""音乐的美"以及"绘画的美"等对新诗创作的理解,就直接引致了后来的新月诗派的诗歌语言表征;这些独特的理论主导创作的诗歌现象,改变了传统汉语诗歌在自然发展过程中,文本体验先于理论总结的规则,文本体验只不过成为先验理论的定性阐释。理论先行创作后进的现象为汉语新诗实现确证性的阐释提供了重要前提,也为读者提供了较为明确的阅读指向。

我们无法忽视诗人的"夫子自道"在汉语新诗阐释语言构成中的决定性作用。综观汉语诗歌史,我们发现,从胡适为自己的诗集《尝试集》作序开始,康白情、冰心、陆志韦、宗白华、朱湘、陈梦家以及林庚、蒲风等几乎所有的新诗人,都曾经或以自序或以后记的形式来阐释自己的诗歌文本,形成了汉语新诗阐释学中的重要声音,这些声音往往被视为诗歌文本阅读的唯一真值。另一方面,新诗人往往会对汉语新诗的一些根本性问题做出类似数学定义式的论断,比如,郭沫若就将现代诗歌定义为一种数理意义上的公式:"诗 = (直觉 + 情调 + 想象)+(适当的文字)",[43] 尽管内含的概念是模糊的,比如直觉、想象,但总起来看却是非常清晰。象征诗人王独清同样如此,他在《谈诗(寄给穆天伯奇)——〈独清诗选〉序》中同样给现代新诗一个公式:"(情 + 力)+(音 + 色)= 诗",并且很详细地论述了自己诗歌的语言形式,也就是"散文式的""纯诗式的"和"散文式的与纯诗式的"三种。[44] 在对具体文本的解读中,诗人的声音同样在引导着读者的阅读,比如对于《凤凰涅磐》中所描述"凤"与"凰"的欢歌,郭沫若在《我的作诗的经过》中说:"那诗是在象征着中国的再生,同时也是我自己的再生,"[45] 读过这首诗的人可能都有这种感受,但从文字内涵上说,这首诗肯定不止是这一个含义,其象征意义是远远超出郭沫若的定义的。卞之琳将《断章》解读为一种相对观念,《春城》是"直接对兵临过城下的故都(包括身在其中的自己)所作的冷嘲热讽",《尺八》是对"祖国式微的哀愁"。[46] 等等。诗人施蛰存曾做过一首咏银鱼的诗,如下:

银　鱼

横陈在菜市上的银鱼,
土耳其风的女浴场。

银鱼,堆成了柔白的床巾,
魅人的小眼睛从四面八方投过来。

银鱼,初恋的少女,
连心都要袒露出来了。

对于这首诗的解释,施蛰存说:"若有看见过银鱼的人,读了我底诗,因而感觉到有相同的意像者,他就算是懂了我的这首诗,也就是:我底诗完成了它底功效。若读了这首诗,对于银鱼那个东西,并无如我那样的感觉,他就算是懂不了我这首诗,也就是:在他心目中看来这首诗是太晦涩了。至于根本没有看见过银鱼的人,当然可以无须读这首诗,因为我决不肯给他加添几行鱼类图谱说明的。"[47] 这段表述是经典的作家中心论,是作家主导创作和阅读的典型言论,读者在读诗的时候完全可以不顾及"银鱼"在施蛰存心中的想法,只要他在心中形成了自我认识,完全可以是一个合格的阅读者。印象派评论家李健吾对作家的这种"自白"在批评领域中的地位说得较为清楚:

> 等到作家一自白,任何高明的批评家也该不战自溃。对着一件艺术的制作,谁的意见最可听信,如若不是作者自己?比较来看,也只有他自己的叙述差可切近他制作的经验。假使他不夸张,不铺排,不谦虚,不隐晦;假使他有质直的心地,忠实的记忆,坦白的态度;一件作品最真实地记录,任凭外人推敲,揣测,信口雌黄,到头依然只有作者值得推心置腹。关于作品第一等的材料,对于一个第三者,绕来绕去,还须求诸它的创造者。这就是为什么,我们通常那样欢迎作家任何种的'自白',同时却也格外加了小心去接受。他把他的秘密告诉我们,而且甚于秘密,把一个灵魂冒险的历程披露出来。[48]

可以说,诗人声音的出现引导着解诗学对诗歌真值的确证性阐释的追求,与之相异的读者的期待视野、阅读体验和想象无疑成了伪阐释。实际上,诗歌的文本阅读是读者通过文本同作者之间的一种对话。既然是一种对话过程,读者的积极阅读参与应该是形成作品意义的关键部分,作家的创作是前提,而读者的阅读则是文本意义实现后的结果。因此,对于实现作品的价值而言,作家和读者是对等的,每个读者都会因为个人的生活经历、文化程度、社会地位、知识素养、气质禀赋、兴趣习惯等的不同而形成迥然相异的阅读期待,作品的真正意义也就是在这种不同的期待视野和文本的内容发生"视野融合"后,才映现于读者的认知中的。因此,每个读者的阅读和同一个读者的每一次阅读,都是一个对文本再创造的过程,正是阅读的这种创造性组成了文本生生不息的生命力。在汉语新诗的阅读行为中,因为过多地介入了诗人的声音,诗人中心论使得读者和作者的对等性遭到破坏。汉语新诗创作理论的先行性和诗人夫子自道的诗歌阐释模式,在读者阅读之前就基本圈定了诗歌文本的内涵,并且在处理与读者的关系上,诗人以自序或后记或回忆录的形式纠正着读者的发散性想象,在以定性解读为最终目的的新诗阐释学的指引下,诗人以讲师的姿态在以告诉而非启发的方式来影响着读者的阅读,拒绝了不同读者的期待视野,并且最终整合所有读者的不同阅读结果,这样,个性的阅读结果最终消隐于定性的整体阅读中。胡适曾以自己的诗作《应该》来阐述汉语新诗在语言表述上对于传统汉语诗歌的优越性:

> 周作人君的《小河》长诗。这首诗是新诗中的第一首杰作,但是那样细密的观察,那样曲折的理想,决不是那旧式的诗体词调所能达得出的。周君的诗太长了,不便引证,我且举我自己的一首诗作例:

应　该

他也许爱我,——也许还爱我,
但他总劝我莫再爱他。
他常常怪我,
这一天,他眼泪汪汪的望着我,
说道:'你如何还想着我?
想着我,你又如何能对他?
你要是当真爱我,
你应该把爱我的心爱他,
你应该把待我的情待他。'

他的话句句都不错，——

上帝帮我！

我'应该'这样做！

　　这首诗的意思神情都是旧体诗所达不出的。别的不消说，单说"他也许爱我——也许还爱我"这十个字的几层意思，可是旧体诗能表得出的吗？[49]

　　从这里我们可以看出，胡适所说的汉语新诗在表述上的"优越处"，实际上就是汉语新诗直接道出了隐藏在传统汉语诗歌中的内在含义。汉语新诗的这种"道出"的语言策略，在很大程度上先天性地限制了读者的主观介入，读者的阅读在一定程度上也就从传统汉语诗歌的主动阅读演变为被动阅读，由积极阅读演绎为消极阅读，因此朱自清这样描述自己对汉语新诗的理解，其中颇带自责意味的说辞令人寻味："分析一首诗的意义，得一层一层挨着剥起去，一个不留心便逗不拢来，甚至于驴头不对马嘴。书中各篇解诗，虽然都经过一番思索和玩味，却免不了出错。有三处经原作者指出，有一处经一位朋友指出，都已改过了。别的也许还有，希望读者指教。"[50] 这里，朱自清将同作者创作意念不一致的读者理解作为一种错误理解来看待，并且试图因此而纠正这种错误理解，可以看出现代实证思维的一维性意义解读方式对汉语新诗阐释学的影响。

第三节 回归的可能：言说他者的宿命

　　自20世纪初诞生以来，汉语新诗就陷入了"非议"的圈子，曾积极为汉语新诗"敲边鼓"的鲁迅在《诗歌之敌》中这样比喻汉语新诗的最初成绩："戏曲尚未萌芽，诗歌却已奄奄一息了，即有几个人偶然呻吟，也如冬花在严风中颤抖"。[51] 其实不光与戏剧、小说所取得的成绩相比，汉语新诗的生命显得屡弱，其"祸起萧墙"的自我相轻也是有目共睹的，穆木天将胡适视为汉语新诗的最大罪人，从而否定了初期新诗所取得的成就；闻一多对郭沫若《女神》的语言所体现的欧化色彩颇有微词；大众诗歌对现代主义新诗的专注唯美而脱离现实甚为不满,这些都在彰显着汉语新诗内部声音的不和谐变奏。尤其是 20 世纪 80 年代以来,汉语新诗几十年的成就不但没有平息争议,而且还引起了更多的思考。20 世纪 90 年代以来诗歌评论界曾掀起了关于新诗是否具有传统的争论,也出现了关于运用“汉语诗歌”代替“新诗”名称的提法,这些都显示出人们在反思新诗历史时,对新诗身份的怀疑和新诗本身的不自信,这些困惑不仅仅停留在对新诗现象的思考上,而且涉及到其本质性的层面,比如,资深诗人郑敏先生就从新诗的语言、音乐以及读者群等关乎新诗生命本质的方面发出令人深思的质疑,最后得出了令人沮丧的结论：“中国新诗仍处在寻找自己的阶段；寻找自己的诗歌人格,诗歌形象,诗歌的汉语特点”,[32] 而且从根本上否定了诗歌的题材独立性,“新诗尚未有完整、系统、成熟的自己的诗歌传统理论,可以说明它的作品与理论”。[33]

造成汉语新诗这种窘迫局面的原因,也许有很多。但如果追根溯源的话,我认为最大的原因应该属于汉语新诗在现代实证思维的影响下,并没有从根本上建立起独立的诗歌语言表述。现代白话取代文言成为汉语新诗的表述媒介,这种变革是颠覆性的,从根本上改变了诗歌语言的表述实质。因此,汉语新诗必须在尽可能放弃传统汉语诗歌表述内质的基础上来建构在现代白话语境下的诗歌语言表述。

从理论创作到文本实践,从萌芽期的胡适到鼎盛时期的冯文炳、李广田都摆脱不了以“文”的思路来观照汉语新诗,这本来应该说是在现代实证思维语言表述下的必然之途。但毋庸置疑的是,散文和诗歌的根本区分就在于表现同一个内容主题时,语言表达形态的不同,散文通过知解力去构建事物关系,而诗歌则通过直觉感悟触摸事物的内质,因此,散文语言偏于逻辑推理和客观说明,多使用意义单一性的语词,而诗歌语言则无法离开语言的节奏和音韵,无法脱离开意义丰韵的意象语言。以直觉为思维走向的诗歌内质决定了“文”的语言形态并非诗歌语言的理想形态,诗与文在语言表述上的两途,又怎么能够将汉语新诗的文字归结为散文的文字呢？ 因此,尽管汉语新诗的选择有其内在的缘故,但从诗歌的内在理路上说，汉语新诗在语言表述上借鉴"文"的特点只能是貌合神离的借鉴，是一种暂时之举，而非本质性的挪移。汉语新诗从萌发时起，所面临的任务就是如何在"文"的语言阴霾下实现自体语言表述的诗学建构。

但遗憾的是，汉语新诗并没有实现理想，或者说压根就没有实现的意图。1915 年 9 月，胡适在同任叔永、梅光迪等人展开关于白话诗的争论时，曾经做诗一首："诗国革命何自始？要须作诗如作文，琢镂粉饰丧元气，貌似未必诗之纯。小人行文颇大胆，诸公一一皆人英，愿共僇力莫相笑，我辈不做腐儒生。"^㉛ 这是胡适第一次提出"做诗如作文"的口号，后来在为汉语新诗革新所作的回忆性的文章《逼上梁山》中，从历史主义的角度再一次强调了这个口号的重要性："我认定了中国诗史上的趋势，由唐诗变到宋诗，无甚玄妙，只是作诗更近于作文！"实际上，从此以后汉语新诗的语言表述就因为陷入了"文"的语言表象的泥淖而无法自拔，也就在很大程度上迷失了自己。从语言的视角看，谨严的语法体系在语言表达中的作用在于规范和约束使用者的语词组织方式，规则化和统一化语词的使用，目的在于消除信息表达者和接收者之间的理解歧义，在这一点上，语句语法化是散文语言表述的必须。而诗歌语言则不同，它应该是一种悖论式的语言，是根植于日常语言同时又超越于日常语言的一种语言形态。俄国形式主义语言学家、"莫斯科语言小组"的创立者雅各布森将诗歌语言归结为一种"对于日常语言的有组织的暴力行为"，捷克哲学家扬·穆卡洛夫斯基则认为诗歌语言是"对标准语言规范的有意违反"。^㉟因此，诗歌语言在某些时候可以相对忽略语言语法的存在，或者说，借助于扭曲语言语法的惯常表达方法，来实现自身的表述目的。因此说，弱化语法在表述中的作用本来就是诗歌语言特征的一部分，如传统诗歌中的回文诗就是通过对句读的消解达到意义丰韵的目的，东晋前秦女子苏蕙的织锦回文《璇玑图》，因为没有断句，整首诗八百多字，无论是反读、横读还是斜读、交互读、退一字读、迭一字读都能成诗，并且在其中可以形成三言、四言、五言等各个不同的诗体。再比如宋代诗人李禺所作的回文诗《夫妻互忆》：

枯眼望遥山隔水，

往来曾见几心知。

壶空怕酌一杯酒,

笔下难成和韵诗。

途路隔人离别久,

讯音无雁寄回迟。

孤灯夜守长寥寂,

夫忆妻兮父忆子。

如果按照正常的顺序读,这是一首抒发丈夫对妻子、儿女的眷恋之情的诗歌,孤灯长寂,热泪满襟,潜然泪下;如果倒过来读,则是一首怨妇诗,表述的是年轻女子对远方丈夫的思念。

西方的十四行诗为了音节的要求不惜中断正常语言表述中意义的连贯性,而采用跨句的语言断句方式,如勃郎宁夫人的十四行诗:

Can it be right to give what I can give?

To let thee sit beneath the fall of tears

As salt as mine, and hear the sighing years,

Re—sighing on my lips denunciative

Through those infrequent smiles which fail to live

For all the adjurations? O my fears,

That this can scarce be right! We are not peers

So to be lovers; and I own, and grieve,

That gives of such gifts as mine are, must

Be counted with the ungenerous. Out, alas!

I will not soil thy purple with my dust,

Nor breathe my poison on thy Venice—glass,

Nor give thee any love which was unjust.

Beloved, I only love thee! Let it pass.

为了实现在句尾"tears"和"years""must"和"dust"之间在韵律上的互押,而在"As salt as mine, and hear the sighing years"和"That givers of such gifts as mine are, must"后中断正常的意义表达而强行分行,这些打破语言语法惯常规则的行为都是诗歌语言特质的外在表征。钱玄同在给陈独秀的信中认为:"杜诗'香稻啄余鹦鹉粒,碧梧栖老凤凰枝',香稻与鹦鹉,碧梧与凤凰,皆主宾倒置,此皆古人不通之句也。"⑧他之所以如此评价,关键就在于他对诗歌语言的观察视角是"散文"的语言思路而非诗歌语言的思路。诗歌语言作为一种意象语言,它的诗情诗意的表述是通过相关意象之间的相互映衬来实现的。现代实证思维下的语言表述,通过增加双音词、强化语词之间的修饰关系等手段,趋向于对意象语词意义单一化的陈述,这样就在很大程度上消解了诗歌语言的意象表述。比如新月诗人朱湘的《饮酒》:

> 是人生不容爱,
> 人生好比是暴君,
> 逆他的必死,
> 到了那时辰
> 我要想呀都不能。
>
> 情况既然如此,
> 又何必苦眼愁眉?
> 我有口能饮,
> 酒又爱般美
> 斟罢,快斟上一杯!

如果我们将这首诗同陶渊明的《饮酒》、李白的《将进酒》等比较的话,不难发现前者的诗意表达有点被"稀释"了的意味。陶渊明《饮酒》诗中的"此种有真意,欲辨已忘言",李白《将进酒》中的"君不见,黄河之水天上来,奔流到海不复回。君不见,高堂明镜悲白发,朝如青丝暮成雪"总是令人唏嘘不已,反复吟咏,个中真意绕梁三日而不绝。这不能不归结于其诗歌语言的功效,而朱湘的《饮酒》则不得此利啊!

这种以散文的语言表述"揽镜自照"的尴尬说明:汉语新诗并没有从根本上摆脱萌发期的"作诗如作文"的价值评价体系和参照系,当然也就无法在真正意义上获得独立自足的语言表述体系。所以,我们看到初期新诗中渗透进众多的"非诗"因子,刘大白、刘半农甚至康白情等人创作的许多汉语新诗只不过是分行写的散文,如《卖布谣》《相隔一层纸》,等等,这正如法国诗人波德莱尔在《一首诗的缘起》中说的,"用诗来适应散文的模子,必然有可怕的缺陷,但是加上韵脚的模仿,毛病更大。"随后 20 世纪30 年代的大众诗歌则大多成为毫无韵味的口号,基本反映出波德莱尔的创作批评。虽然汉语新诗人做了很多的努力,如引进了西方象征主义、现代主义等各种形式的诗歌语言,但"语法化"要求所带来的"说话"式的语言风格和"文"的语言形态,还是阻止了那些理论主张所蕴含的丰富诗歌语言特质的彰显,鼓噪一时的法国象征主义诗歌语言,在李金发的笔下成为了"如鲠在喉"的晦涩畸形,姑且不说其象征意象的特质无法宣泄,就是他所师法的法国象征主义诗人在诗歌中引以自豪的音乐性也是变得不伦不类,《弃妇》可为代表:

> 长发披遍我两眼之前,
> 遂隔断了一切羞恶之疾视,
> 与鲜血之急流,枯骨之沉睡。
> 黑夜与蚊虫联步徐来,
> 越此短墙之角,
> 狂呼在我清白之耳后,
> 如荒野狂风怒号,
> 战栗了无数游牧。
>
> 靠—根草儿,与上帝之灵往返在空谷里,
> 我的哀戚惟游蜂之脑能深印着;
> 或与山泉长泻在悬崖,

然后随红叶而俱去。

弃妇之隐忧堆积在动作上，
夕阳之火不能把时间之烦闷
化成灰烬，
从烟突里飞去，
长染在游鸦之羽，
将同栖止于海啸之石上，
静听舟子之歌。

衰老的裙裾发出哀吟，
徜徉在邱墓之侧，
永无热泪，
点滴在草地
为世界之装饰。

在这首著名的象征诗里，无论是"尾韵"还是平仄，有关诗歌韵律的因子似乎无法寻觅。李金发因为不熟悉汉语诗歌的音韵特点，他的诗歌并没有完全实现将法国象征诗歌对诗歌语言音韵、节奏理念的汉语化。不光如此，尽管《弃妇》在意象的使用上，颇有点法国象征诗的味道，但事实上所体现的也不过是一种皮相的貌似，并没有从根本上领会波德莱尔笔下"客观对应物"的真正内涵，这些从诗歌过于直白的流泻"弃妇"的幽怨之情上可以见出。

西方语言的文字是表音的拼音文字，表现在句子中，不同的音可以形成连读、破读等独有的声音表征，因此，西方诗歌的音节在一定程度上可以脱离词汇的意义，而具备独立的表述空间。毋宁说西方诗歌的语言认知是立足于语言的语音能指而非意义所指。而汉语语言的文字则是一种表意的象形文字，虽然说经过规范后的现代汉语词汇中随着双音词逐渐增多，音节逐渐具有了独立的审美特性，但在初期新诗时期，单音字仍居主导，一音一意,音节的表述无法离开意义的表述而自成系统。因此说,在汉语语境下创作十四行诗并不能从本质上获得这种体裁的内在质素。更何况,现代实证思维下所强调的语言表述的自足性又在一定程度上消解了,汉语通过弱化语法的规定性去实现音节表述的自由的可能性。因此说,风靡现代新诗坛的十四行诗之所以比不上英语的十四行诗更符合诗歌语言的特质,其根本点并不在于诗人不理解这一诗歌文体,而在于它无法在很大程度上已经消失了表述张力的汉语新诗语言面前,把玩十四行诗的谨严格律。其实,不光是十四行诗这一具象的文体,在汉语新诗的其他领域同样如此,卞之琳、戴望舒等取得斐然成绩的现代主义新诗人所借鉴的许多域外诗歌,在西方语境中大都是格律音韵谨严的格律诗,无论是在节奏的表述还是音韵的使用,都有严格的要求,而这些,因为归属于两个不同的语言系统,因此,在汉语新诗语言中很难表达出来。

注释：

① 胡适：《新思潮的意义》，《新青年》第 7 卷 1 号，1919 年 12 月 1 日。

② 李瑞华主编：《英汉语言文化对比研究》，上海外语教育出版社 1996 年版，第 32 页。

③ [俄]列维·谢苗诺维奇·维果斯基：《思维与语言》，李维译，浙江教育出版社 1997 年版，第 153—154 页。

④ 奥古斯特·孔德：《论实证精神》，黄建华译，商务印书馆 1996 年版，第 60—61 页。

⑤ 王星拱：《什么是科学方法》，《新青年》第 7 卷第 5 号，1920 年 4 月 1 日。

⑥ 陈独秀：《新文化运动是什么》，《新青年》第 7 卷第 5 号，1920 年 4 月 1 日。

⑦ 陈独秀：《敬告青年》，《新青年》1 卷 1 号，1915 年 9 月。

⑧ 梁启超：《墨子之论理学》，《饮冰室合集·专集》第 37 卷，上海书店 1992 年版，第 55—56 页。

⑨ 胡适：《先秦名学史》，《胡适学术论著·中国哲学史》（下），上海古籍出版社 1997 年版，第 314 页。

⑩ 彭明主编：《近代中国思想历程》，中国人民大学出版社 1999 年版，第 360 页。

⑪ [美]诺姆·乔姆斯基：《句法理论的若干问题》，黄长著、林书武等译，中国社会科学出版社 1988 年版，第 5 页。

⑫ [法]孔德：《论实证精神》，黄建华译，商务印书馆 1996 年版，第 6 页。

⑬ 王力：《王力语言学论文集》，商务印书馆 2000 年版，第 332 页。

⑭ 申小龙：《中国句型文化》，东北师范大学出版社 1988 年版，第 5 页。

⑮ [奥]鲁道夫·哈勒：《新实证主义》，商务印书馆 1998 年版，第 30 页。

⑯ [英]约翰·穆勒：《穆勒名学》，严复译，商务印书馆 1981 年版，第 9 页。

⑰ 傅斯年：《怎样做白话文》，《新潮》，第 1 卷第 2 号，1915 年 2 月。

⑱ 钱玄同：《中国今后之文字问题》，《新青年》第 4 卷第 4 号，1918 年 4 月 15 日。

⑲ [英]约翰·穆勒：《穆勒名学》，严复译，商务印书馆 1981 年版，第 35 页。

⑳ 周作人：《理想的国语》，《国语周刊》第 13 期，1925 年。

㉑ 胡适：《胡适文集》，人民文学出版社 1998 年版，第 209 页。

㉒ [奥]鲁道夫·哈勒：《新实证主义》，商务印书馆 1998 年版，第 21 页。

㉓ 胡适：《文学改良刍议》，《胡适文集》第 3 卷，人民文学出版社 1998 年版，第 20 页。

㉔　胡适 :《论句读符号——答"慕楼"书》,《胡适精品集·问题与主义》, 胡明主编, 光明日报出版社 1997 年版, 第 106 页。

㉕　胡适 :《胡适文集》第 3 卷, 人民文学出版社 1998 年版, 第 174 页。

㉖　胡适 :《评〈梦家诗集〉》,《新月》第 3 卷 5、6 期, 新月书店 1931 年版。

㉗　闻一多 :《论〈悔与回〉》,《新月》第 3 卷 5、6 期, 新月书店 1931 年版。

㉘　胡适 :《谈新诗》,《胡适文集》, 人民文学出版社 1998 年版, 第 134 页。

㉙　[美] 约翰·克娄·兰色姆 :《诗歌 : 本体论札记 (1934)》, 蒋一平译, 赵毅衡编选,《新批评文集》, 百花文艺出版社 2001 年版, 第 57 页。

㉚　胡适 :《新文学问题之讨论·答任鸿隽》,《中国新文学大系·文学论争集》, 上海良友图书公司 1935 年版, 第 59 页。

㉛㉜㉝　胡适 :《逼上梁山》,《中国新文学大系·建设理论集》, 上海良友图书公司 1935 年版, 第 7、8 页。

㉞　胡适 :《导言》,《中国新文学大系·建设理论集》, 上海良友图书公司 1935 年版, 第 31 页。

㉟　胡适 :《答钱玄同》,《中国新文学大系·建设理论集》, 上海良友图书公司 1935 年版, 第 86 页。

㊱　[德] 威廉·冯·洪堡特 :《论人类语言结构的差异及其对人类精神发展的影响》, 商务印书馆 1999 年版, 第 230 页。

㊲　申小龙 :《中国句型文化》, 东北师范大学出版社 1991 年版, 第 469—470 页。

㊳　叶维廉 :《中国诗学》, 生活·读书·新知三联书店 1992 年版, 第 251 页。

㊴　周无 :《诗的将来》,《中国新文学大系·建设理论集》, 上海良友图书公司 1935 年版, 第 340 页。

㊵　冯文炳 :《谈新诗》, 人民文学出版社 1984 年版, 第 24—25 页。

㊶　李广田 :《诗的艺术》, 开明书店 1943 年版, 第 23 页。

㊷　周作人 :《中国新文学的源流》, 河北教育出版社 2002 年版, 第 58 页。

㊸　郭沫若 :《论诗三札》,《郭沫若谈创作》, 彭放编, 黑龙江人民出版社 1982 年版, 第 1 页。

㊹　王独清 :《谈诗 (寄给穆天伯奇)——〈独清诗选〉序》,《中国新诗集序跋选》, 陈绍伟编, 湖南文艺出版社 1986 年版, 第 162 页。

㊺　郭沫若 :《郭沫若谈创作》, 彭放编, 黑龙江人民出版社 1982 年版, 第 39 页。

㊻　卞之琳 :《〈雕虫纪历〉自序》,《卞之琳文集》中卷, 安徽教育出版社 2002 年版, 第 448 页。

㊼　施蛰存 :《海水立波》,《新诗》第 2 卷第 2 期, 1937 年 5 月 10 日。

㊽　李健吾 :《答巴金先生的自白》, 见《咀华集·咀华二集》, 李健吾著, 复旦大学出版社 2005 年版, 第 14 页。

㊾ 胡适:《谈新诗》,《中国现代诗论》, 杨匡汉、刘富春编, 花城出版社 1986 年版, 第 3 页。

㊿ 朱自清 :《〈新诗杂话〉序》, 生活 · 读书 · 新知三联书店 1984 年版, 第 1 页。

(51) 鲁迅 :《诗歌之敌》,《文学周报》第 1 期, 1925 年。

(52) 郑敏 :《新诗百年探索与后新诗潮》,《文学评论》1998 年第 4 期。

(53) 郑敏 :《关于诗歌传统》,《文艺争鸣》2004 年第 3 期

(54) 胡适 :《〈尝试集〉自序》,《尝试集》, 人民文学出版社 1984 年版, 第 138 页。

(55) 扬 · 穆卡洛夫斯基 :《标准语言与诗歌语言》, 竺稼译,《符号学》, 赵毅衡编选, 百花文艺出版社 2004 年版, 第 17 页。

(56) 钱玄同 :《通信》,《新青年》第 3 卷第 1 号, 1917 年 3 月 1 日。

第三章　翻译与汉语新诗命名

　　文学命名是对一种文学现象内涵和外延的界说,所谓"界说者,决择一物所具之同德以释解其物之定名也",①"诚妄之理,必词定而后可分"②。对汉语新诗的认知当然也是从对其的命名开始的。能否寻找到恰适的语词为汉语新诗的各个元素命名,是建构汉语新诗阐释体系的前提,因为,这一过程会最终决定汉语新诗认知的价值选择和审美倾向。汉语新诗是在欧风美雨的熏陶和浸润下萌生并成长的,茅盾认为:"我们翻开各国文学史来,常常看见译本的传入是本国文学史上一个新运动的导线;翻译诗的传入,至少在诗坛方面,要有这等的影响发生",因此,"据这一点看来,译诗对于本国文坛含有重大的意义;对于将有新兴文艺蹶起的民族,含有更重大的意义。"③文学史家陈子展也认为,"到了文学革命运动以后,一时翻译西洋文学名著的人如龙腾虎跃般的起来,小说戏剧诗歌都有人翻译。翻译的范围愈广,翻译的方法愈有进步,而且翻译的文体大都用白话文,为了保存原著的精神,白话文就渐渐欧化了。"④卞之琳则认为汉语新诗的产生所受西方诗的直接触动:"西方诗,通过模仿与翻译尝试,在'"五四"'时期促成了白话新诗的产生。"⑤

　　那么,在汉语新诗整体趋于"欧化"的格局下,翻译究竟对汉语新诗的命名产生了怎样的影响?又该如何看待两者之间的关系?或者,进一步说,翻译在汉语新诗的本土化追求过程中,究竟起到了什么作用呢?

第一节 他山之石:翻译的意义

对近现代中国而言,现代意义上的阐释话语是从严复对西方实证思想的翻译开始的,严复翻译了代表哲学家穆勒的《名学》,并以"案语"的形式,对翻译内容作了创造性的发挥,使其更为适合中国语境。"五四"时期,在被誉为"先生"的"科学"理念引领下,"大胆假设、小心求证"的认知方式从整体上规训了以"感悟"为特点的传统文学理念。20世纪初,在这种思维变幻的大背景下萌生的新文学,其阐释话语自然彰显出迥然不同于传统的现代意味,这本身就是翻译的功效。那个一直顽固抵制新文学的林纾估计不会想到,正是他翻译的一百多种小说深深影响了最初的新文学从业者,鲁迅、周作人就是在"林译小说"的启发卜进行新文学创作的。具体到汉语新诗,更是语际交流的硕果,翻译曾经在其萌生和成长的过程中,起到过至关重要的作用。当胡适将美国诗人 Sara·Tea·sdale 的《Over the Roofs》翻译成《关不住了》,并视为其汉语新诗创作的新"纪元"时,汉语新诗的美好蓝图,就在厚重的翻译堆里渐渐地被勾勒出了轮廓。此后,英美意象派,法国象征诗,济慈、华兹华斯的浪漫主义抒情诗等等,纷至沓来,汉语同不同语言之间的翻译行为和翻译内容几乎伴随着汉语新诗的整个生命历程。另一个显在的特征是,汉语新诗的诸多诗人大多兼具翻译家的身份,20世纪20年代象征诗派的李金发、30年代现代诗派的戴望舒、卞之琳,40年代"中国新诗派"的郑敏、袁可嘉,新时期以来的王家新、张曙光,等等,在这些足可以代表汉语新诗某个时代特定成就的诗人那里,我们可以鲜明地考鉴出西方诗歌影响的痕迹,创作和翻译结合得如此亲密无间、难分彼此,着实令人惊讶。如果翻翻创刊初期的《新青年》,不难发现,诗歌翻译的作品竟然占所有翻译作品的一半还要多。因此,从发生学的意义上说,卞之琳将汉语新诗的诞生归结为对西方诗歌的"模仿和翻译",⑥应该是一个不虚的事实。相应的,汉语新诗的命名也就浸润着浓重的翻译痕迹。

　　宽泛而言,翻译不仅仅是一种不同语符之间的相互转换,它实际上蕴含着一种内在的语言交际理念,是不同族群之间语词经验的互相应和。囿于语言符号本身的特性,源语言与目标语言之间等值置换的翻译理想很难在实践意义上实现。于是也就存在一个抵制与归依的翻译选择问题。所谓抵制,由于语言实质的本质性差异,源语言中的诸多语义质素对于目标语言而言具备经验上的不可译性,从而产生翻译上的盲区,甚至是不可避免的误读,对于诗歌而言,这点尤其明显。比如英语诗歌中的"视韵",对于汉语诗歌而言就很难翻译,即便是模仿相似也很难将其同诗歌的内在意境构造恰当地融合起来,而传统汉语诗歌的音义一体的语言特点同样为英语诗歌所头痛不已,英美意象派代表诗人庞德对李白、杜甫诗歌的翻译可谓是最好的佐证。比如他翻译李白的《送友人》,我们不妨来对比下原文和译文:

　　原文是:
　　青山横北郭,白水绕东城。
　　此地一为别,孤蓬万里征。
　　浮云游子意,落日故人情。
　　挥手自兹去,萧萧班马鸣。

　　庞德的译文为:
　　Blue mountains to the north of the walls,
　　White river winding about them;
　　Here we must make separation
　　And go out through a thousand miles of dead grass.
　　Mind like a floating wide cloud.
　　Sunset like the parting of old acquaintances
　　Who bow over their clasped hands at a distance.
　　Our horses neigh to each other as we are departing.

　　很明显,李白的《送友人》一诗中最富有动感和诗性力量的语词和意境并没有在译文中体现出来,比如第一句中的"横"丝毫没有体现出来,"孤蓬"翻译成"dead grass"则毫无意境和活力,甚至是误读。"萧萧班马鸣"中所透视出的孤独、苍凉的意绪和离别感伤的情感显然并不是"our horses neigh to each other"(我们的马互相依偎在一起)所能代替的。应该说,源语言的这种抵制实际上就为目标语言在理解上设置了难以逾越的障碍,于是就只能退而求其次,"似是求似"的"意译"应运而生。一般来说,这种翻译情景往往诞生于两个互相对等的语言系统之间,囿于对同一个语义经验都有相对独立的个性化理解,在实现语义的语符置换过程中,就难以实现经验表述上的对等,从而加剧了翻译进程中的相互抵制。所谓归依,是指目标语言把源语言的语义经验作为翻译的理想,尽可能的消隐译者基于目标语言本身特性所作的创造,也就是所谓的直译,这种归依性的翻译最大程度的拒绝了意译。事实上,翻译的这种归依趋向是翻译过程中源语言和目标语言之间地位失衡的结果。在这个层面上,源语言和目标语言就表述为一种衍生关系,翻译的最终目的是尽可能地将源语言的语义经验"挪移"到目标语言上,这是一种"殖民",势必形成所谓的"殖民话语",自然也不是翻译的理想境界。

　　很显然,无论是抵制还是归依,偏执于其中的任何一点都会带来翻译上的误读,难以达臻翻译的理想境界,"辞不达意"之处往往令人扼腕! 因为这两种翻译倾向在最初阶段都会导致目标语言的独立性的丧失,或者从根本上无法实现源语言意义的真切传达。

　　自西方列强将炮火硝烟笼罩于古老中国的上空开始,被"殖民"的经历就决定了,域外语言同汉语之间在翻译资源上的不均衡性,相互之间的翻译地位自然不平等,后者向前者的归依是翻译的主要目的。无论是现代汉语还是现代文学,都是在这种不均衡态势中萌生和演化的。著作于1898年的《马氏文通》是马建忠将汉语的语法体系向拉丁文的语法体系归依的硕果,从而开创了现代汉语的现代语法学先河。话剧、小品文、新小说等等也都是在这种不均衡的翻译中丰满了身份内涵。

　　汉语新诗的命名同样是在这种翻译的不均衡状态下自成体系的。概括而言,由西方源语言所浸润下的汉语新诗命名机制大致可以分为如下两种模式。一种是直译后的直接命名,这种命名方式最为简单,最为流行,也最能实现归依翻译理想的意图。汉语新诗将相关的称谓从西方源语言中直接翻译过来,然后寻找到相应的汉语语符,甚至抛弃语词的所指而追求单纯的音译,以此来实现对某一种汉语新诗现象的标示。如"自由诗"来自于惠特曼、英美意象派的"自由诗"运动,是英语中"free verse"的字面意义的直译,"象征诗派"的内涵主要来自于马拉美、波德莱尔等为代表的法国象征诗派,所谓出入于"象征的森林","商籁体"则取自于英文十四行诗单词"sonnet"的音译,而"十七年"诗歌中所盛行的"楼梯诗"的得名则是因于对前苏联马雅可夫斯基诗歌的"形译"等等。这种归依性的翻译尽量不在称谓语词的内涵上作人为的改动,而是尊重命名本身在源语言中的表达,以命名的原初阐释为理想真值。因为这些命名大多是在源语言中已经生成并取得了相当成熟的文本经验,汉语新诗以顶礼膜拜的姿态将其视为一种应该实现的理想的未来图景而引致过来,然后以此为"尚方宝剑",创作出一批"模拟性"的文本,因之往往具有先生性、先验性。比如闻一多、朱湘和冯至的十四行诗,穆木天、冯乃超的象征诗,等等。另一种命名方式为间接命名。这是一种抵制性的翻译命名,在这种命名模式下的汉语新诗称谓并不能在源语言中找到恰好对应的语词,而是采寻形似的方法从其他的路途来实现命名。比如单纯从诗行数量上来命名的"小诗"。1916 年,周作人在《日本之俳句》一文中,将日本的俳句和"小诗"联结起来 ,由此而在《论小诗》中说:"(小诗也就是)现今流行的一行至四行的新诗"。最为流行的当属直接以现代期刊的名字为某一诗派命名的模式。自晚清传教士为了传教的方便将现代期刊的传播方式译介到中国以来,现代期刊在改变着中国文学的创作与阅读模式的同时,也在汉语新诗的命名领域建立了"不朽的功勋"。比如以 1932 年施蛰存主编的《现代》杂志为命名的"《现代》诗派",以胡风主编的《七月》杂志为命名的"七月诗派",再比如以 20 世纪 40 年代《中国新诗》杂志为命名的"中国新诗派",70 年代末以北岛、舒婷为代表的"《今天》"派等等。这种纯粹源自西方的现代化的文化传播方式,为汉语新诗的话语建构提供了一种新鲜的组构样式,一种新鲜的认知视角,从而打破了传统古典诗歌中的以地域或以某著名诗人为核心的命名方式。

第二节　迷失先兆：借鉴的危机

如果梳理一下翻译语境下的汉语新诗命名,我们不难发现这里面所潜藏的无穷危机。首先,汉语新诗命名的先生性使得命名的意义指向上有脱离文本实践的嫌疑,从而在一定程度上阻隔了对汉语新诗文本真实的阐释。一般来说,一种命名应该是对相应的文学现象的浓缩性的总结,是经过分析归纳等逻辑解释过程后的高度概括,是一种后发性的语言称谓行为。在以逻辑实证为特征的现代阐释体系下,一旦一种文学命名被确定下来,就从根本上框定了这种文学现象的基本书写倾向和审美原则。比如以李金发为代表的初期象征派诗歌。至今为止,人们总是以波德莱尔、马拉美等人为代表的法国象征派诗歌的内涵来条分缕析它的内在理路,评判其文本价值,阐述其文学史意义,它也就永远被笼罩在后者的阴影里。在众多的阐释文章中,其文本独立性的声音甚为孱弱。事实上,李金发创作象征诗歌的出发点并不单纯是立志于弘扬法国象征诗歌,对它的引进并不是一种归依性的翻译,而是试图创造,在欧风美雨的熏染中寻找汉语新诗的中西结合的"宁馨儿"。李金发从法国学成回国后,面对汉语新诗对传统汉语诗歌的对立性拒斥,感到很奇怪:"余每怪异何以数年来关于中国古代诗人之作品,既无人过问,一意向外采辑,一唱百和,以为文学革命后,他们是荒唐极了的,但从无人着实批评过,其实东西作家随处有同一之思想、气息、眼光和取材,稍为留意,便不敢否认,余于他们的根本处,都不敢有所轻重,惟每欲把两家所有,试为沟通,或即调和之意。"⑦ 这种美好的愿望在具体的文本实践中也得到了实施,如《弃妇》中文言句法的运用,传统诗歌意象的重现,选材的古典化等等,这些显然迥异于法国象征诗。因为诗人对汉语母语的隔膜,尽管在客观上并未取得理想的成绩,没有实现初衷,但这些不容抹杀的很有价值的努力,却因为法国象征派诗歌的先验存在和归依性的翻译所引致的先生性命名而被遮蔽,这不能不说是一种历史的偏执。

"新诗应该是自由诗"⑧。那么什么是"自由诗"呢？至今为止，一贯的诗歌批评总是喜欢将其作为同格律诗相对应的一种诗歌文体而言，采取立足于解构主义的一种定义范式，譬如艾青就在《诗论》中这么定义"格律诗"，"什么叫'格律诗'？简单地说，这种诗体大体上是一句占一行，或一句占两行；每行有一定音节，每段有一定行数；也有整首诗不分段的。"有这个定义，相应的，他就认为"什么叫'自由诗'？简单地说，这种诗体，有一句占一行的，有一句占几行的；每行没有一定音节，每段没有一定行数；也有整首诗不分段的。'自由诗'有押韵的，有不押韵的。"这显然不是一个严格意义上的定义，因为没有唯一性，有的只是模棱两可的语词。西方现代诗歌的集大成者 T·S 艾略特在 1917 年就说过，"我们认为，不能将'缺乏样式和韵'作为自由诗的定义，因为有些其他诗歌也同样缺乏；也不能将自由诗定义为没有格律的诗，因为即使最糟糕的诗歌也有格律。"⑨汉语新诗的提倡者胡适在被誉为新诗的"金科玉律"的《谈新诗》中，将这种自由诗视为一种"诗体的大解放"，认为自由诗是一种彻底摆脱了节奏和音韵的诗歌，要如"说话"。以写作禅学诗著称的冯文炳从胡适的"作诗如作文"的理念出发，认为汉语新诗应该用"散文"的句法，"如果要做新诗，一定要这个诗是诗的内容，而写这个诗的文字要用散文的文字。"⑩也就是以"文"的形态消解诗歌传统固有的音韵和节奏的语言表述质素，"我们写的是诗，我们用的文字是散文的文字，就是所谓的自由诗。"⑪"自由"趋于"无"！这是一种纯粹的解构主义套路。艾青在写于 1939 年的《诗的散文美》中同样强调汉语新诗的"散文美"，"散文的自由性，给文学的形象以表现的便利；而那种洗练的散文、崇高的散文、健康的或是柔美的散文之被用于诗人者，就因为它们是形象之表达的最完善的工具。"20 世纪 90 年代以来，于坚、沈奇等人提倡的"口语诗"运动承其余绪，作诗如"说话"的大旗，事隔半个世纪之后再次被高擎。黑格尔在《美学》中说到"诗"的表达方式同"散文"的表达方式的迥然区别，"诗和散文是两个不同的意识领域"，诗之为诗，"就不仅要摆脱日常意识对于琐屑现象的顽强执着……还要把散文意识的寻常表现方式转化为诗的表现方式。"⑫运用在认知本质上根本相对立的参照物来规范汉语新诗的写作,这种对"自由"的理解显然走向了解构性的极端,也就否定了汉语新诗文体特征的合法性。

如果追根溯源,汉语新诗的诸多困境大多源于此。实际上,来自于域外源语言中的自由诗,并非是汉语新诗人所理解的毫无章法的"自由诗",而是表现为针对传统格律诗而言的一种稍微解放了的诗歌文体。譬如《牛津英语辞典》就将自由诗定义为"不遵守传统的、尤其是有关步格和韵式的格律,节奏和诗行长度不定可变的诗歌写作。"现代主义诗人艾略特发现在现代阐释体系下,自由诗虽然并不拥有任何的肯定性定义,只是由格律诗的内涵所映衬出的一种存在,是一种相对衍生的概念,但是"任何诗歌,不管怎样自由,都免不了要公开地诱使人们用诗歌习惯来阅读它;任何节奏,任何诗行,都不能如此远离某种传统形式,以致丝毫没有对传统模式的暗示,因为我们如果不知道自由来自什么东西,那么任何自由也就没有了意义。"⑬艾略特因此深为怀疑自由诗存在的合法性,"自由诗甚至没有进行争论的口实;它是争取自由的战斗口号,而艺术中并没有自由。"即便是被誉为英语自由诗之始祖的乔叟的《荣名之殿》:

> And nevertheless hast set thy wyt
>
> Althought that in thy heed full lyte is
>
> To make bookes, songs, or dytees
>
> In rhyme or elles in cadence

如果从韵律的角度看,也是有所遵循的。⑭应该说,是翻译过程中"free verse"的归依性翻译直接导致了人们对"自由诗"从创作到阐释的误读,以为分行的文字就是汉语新诗。时至今日,汉语新诗没有形成相对稳定的品格,和"自由诗"中的这种过于"自由"的解构主义思维理念不无关系。1982年,卞之琳的一句话道破天机:"译诗,比诸外国诗原文,对一国的诗创作,影响更大,中外皆然。今日我国流行的自由诗,往往拖沓、松散,却不应归咎于借鉴了外国诗;在一定的'功'以外,我们众多外国诗的译者,就此而论,也有一定的'过'。"⑮可惜的是,人们盲目得意于"功"的时候,往往忘记了对"过"的反思,这恰恰是汉语新诗文体建设的致命问题。

第三节 被取代的诗篇：非本体的叙述

更为让人困惑的是,因为翻译的缘故,汉语新诗的诸多命名并非是对相应的文学现象的梳理或总结,而是一种他者的言说,体现为一种非本体的命名。这显然违背了现代阐释学命名的游戏规则,因而在实践中引致了诸多翻译上的误读。比如盛行于 20 世纪 20 年代,以冰心的《繁星》《春水》和宗白华的《流云》为代表的"小诗",可为代表。对于小诗的萌发动因,从周作人的翻译开始,人们总是将盛行于 1921—1924 年的汉语新诗的这种形式归结为日本俳句的影响,为此还写进了教材,"小诗体是从外国输入的,是在周作人翻译的日本短歌、俳句和郑振铎翻译的泰戈尔《飞鸟集》影响下产生的。"[16] 这大概这是受了周作人的影响,他在那篇著名的《论小诗》一文中明确说,"中国的新诗在各方面都受欧洲的影响,独有小诗仿佛是在例外,因为它的来源是在东方的,这里边又有两种潮流,便是印度与日本。"这似乎成了定论。但如果我们看周作人对小诗的定义的话,我们也许就不是这样想,他说,"所谓小诗,是指现今流行的一行至四行的新诗。这种小诗在形式上似乎有点新奇,其实只是一种很普通的抒情诗,自古以来便已存在的。"这种定义是一种对当时盛行的汉语新诗创作现象归纳总结后的定义,并不是如李金发为代表的初期象征诗派那样的基于法国象征派诗歌的先验性定义。应该说,这是一种因为翻译而引致的值得商榷的结论,"小诗"和日本俳句之间所体现的往往只是一种形似,相互之间并没有的必然的继承和模拟的关系。事实上,日本俳句的内在要求并没有在"小诗"中真正体现出来,所体现出来的也只是短小精悍的外形,如果因此而断定中国的"小诗"为日本俳句的异域"输入"的话,显然不足为训。汉语新诗中的"小诗"多为自由诗,表示的是刹那间的感想,并没有相对定型的章法和内在要求。冰心将小诗的创作归结为零碎思想的收集,"两年前零碎的思想,经过三个小孩子的鉴定",[17]《繁星》《春水》即此而生,并没有说是日本俳句的仿拟。即便是因泰戈尔的《迷途之鸟》而起，但也只是貌似，甚至没有清晰的"诗歌"文体的概念。[18] 宗白华与《流云》是"小诗"创作中的领军人物和代表之作，宗白华在谈到抒写"小诗"的动机以及同日本俳句和泰戈尔的关系时说："唐人的绝句，像王、孟、韦、柳等人的，境界闲和静穆，态度天真自然，寓浓丽与冲淡之中，我顶喜欢。后来我写小诗、短诗，可以说是承受唐人绝句的影响，和日本的俳句毫不相干，泰戈尔的影响也不大。只是我和一些朋友在那时常常欢喜朗诵黄仲苏译的泰戈尔《园丁集》诗，他那声调的苍凉幽咽，一往情深，引起我一股宇宙的遥远的相思的哀感。"[19] 事实上也确实如此，如他的那首名字叫做《问》的诗：

> 花儿，你了解我的心么？
> 她低低垂着头，脉脉无语。
> 流水，你识得我的心么？
> 她回眸了几眼，潺潺而去。
> 石边倚了一支琴，
> 我随手抚着他，
> 一声声告诉了我心中的幽绪。

这首诗怎么看怎么有南唐后主李煜的《虞美人》的神韵，"问君能有几多愁，恰似一江春水向东流"。其实，如果我们回归到日本俳句的现场，就不难发现上述论断不虚。在日本，俳句应该归结为一种严格的格律诗，有着格律诗要求的各种元素，甚至有人称它为一种"超短的格律诗"。[20] 其实，周作人在另一篇文章《日本的诗歌》里也有着更为规范的表述：

> 俳句有两种特别的规定：第一，是季题。季题便是四季的物色和人事；俳句每首必有一个季题，如春水秋风种莳接木之类。所以凡有俳句，都可归类分作春夏秋冬四部；将所咏的季题汇集，便成一部俳谐岁时记。短歌虽然也多咏物色，但不是一定如此，四季之外，还有恋，羁旅，无常几部可分。所以根岸派俳人所定俳

句的界说，是——咏景色的十七字的文学。第二是切字(Kireji)。
切字原只是一种表咏叹的助词，短歌中也有之，但在俳句尤为重
要，每句必有；常用的只有 Kana 与 Nari 及 Keri 三个字，他的意义
大约与'哉'相似。有时句中如不见切字，那便算作省略，无形中
仍然存在。

　　日本俳句一般由十七个字音组成，是由盛行于 15 世纪的连歌和俳谐，
这两种古典诗歌形式发展而来的。所谓连歌，表现为一种有着严格的句式
安排的诗歌联句形式，各个句式之间有发句、结句等句式之分，这一点有点
类似于传统汉语诗歌。进而言之，俳句的创作应该遵循两个基本原则：首
先是由五、七、五三行约十七个字母组成，其次是语句中必须包含表示春、
夏、秋、冬等季节名称的"季语"，要求是比较严格的。从这里可以看出，正
是日本俳句的抵制性翻译，导致了周作人的努力只是被阅读者取其皮相，
牵强之处在所难免，而将"小诗"的命名内涵归结为日本俳句的影响则是
阐释者创造性联想的结果。在写于 1923 年 3 月的更为详细的论述《日本
的小诗》文章中，周作人进一步淡化了日本俳句和中国小诗的承继关系。
首先，他说，"日本的诗歌在普通的意义上统可以称作小诗，但现在所说只
是限于俳句，因只有十七个音，比三十一音的和歌要更短了。"然后进一步
说，"俳句在日本虽是旧诗，有他特别的限制，中国原不能依样的拟作，但
是这多含蓄的一两行的诗形也足备新诗之一体，去装某种轻妙的诗思，未
始无用。或者有人说，中国的小诗原只是绝句的变体，或说和歌俳句都是
绝句的变体，受他影响的小诗又是绝句的逆输入罢了。"及至"小诗"已经
"中衰"的 1924 年，周作人更是否定了先前他所厘定的"小诗"的定义，他
在谈到小诗所遭际的命运时说："至于小诗的是非，本没有千古不易的定
理，诗学书上未曾规定一首诗的长度，起码几行字才算合格；要论好坏，只
能以艺术的优劣，或趣味的同异为准。"㉑
　　这种误读一直延续到 1949 年后的诗坛。苏联英年早逝的诗人马雅
可夫斯基曾经创造了外形如"楼梯"状的诗歌形式，来表现激越的情感和
步步紧逼的情绪状态。这是他基于俄语的单词多为多音节的独特语言形

式和朗诵、表演等表达情感的需要,因地制宜而创制的,是一种以音节的和谐为准则,讲究节奏停顿的诗体,强调诗歌的音节的乐感,强调语言的能指意义,而相对忽视意义表述的视觉效应,具有浓郁的本族语特色。比如在其代表作《好》里,他将一个"好"的单词分裂成三行,以突出节奏感,这是音义一体的汉语所做不到的。同族的文学家卢那察尔斯基说:"马雅可夫斯基提供的诗歌形式把我们日常运用的语言——辩论的,会话的,特别是演讲的语言再现出来了。从他诗行的音节和音韵里,听得见大城市的轰隆声,紧张生产劳动的雄伟的喧闹。实际上马雅可夫斯基诗的韵律是雄伟的,当他的诗由他亲口朗诵的时候尤其雄伟。抑扬顿挫的节拍,好似一个巨大的汽锤在敲打,一个个词像是迈着战斗的行进步伐。它们排成了一支钢铁的队伍。"[22] 但是当这种诗体被翻译到中国后,人们只是看到了它的"楼梯式"的外形而剥离了其内在的诗歌理念,诗体的视觉观感喧宾夺主,参差不齐、错落有致的"楼梯式"排列成为判别这种诗体的标示。循此,诗歌史将贺敬之、郭小川和闻捷等人的相类似的诗体形式归结为模仿马雅可夫斯基诗体的结果,比如《放声歌唱》《东风万里》等。田间认为"李季、严辰、贺敬之、郭小川等人也受马雅可夫斯基的影响。中国诗人移植了他的楼梯式诗体,使之在中国诗土上开花结果。"[23] 这显然是一种误读,甚至有曲解的嫌疑。"楼梯诗"的命名本身强调的是诗歌语言的视觉效应,状如楼梯,这同马雅可夫斯基的侧重于听觉的音节组合迥然有别。贺敬之注重的就是这种诗体的"简短有力的句子、断句排列以表达激动的心情"。[24] 虽然贺敬之的"楼梯诗"基本实现了表述的初衷,但是在追求视觉的节奏之美的时候,却由于断句过于琐碎和随意,从而割裂了诗歌意象意义上的和谐连接,在一定程度上损害了汉语新诗音义和谐的内在节奏美,甚至有些诗行的排列有点莫名其妙,如《放声歌唱》中的一些诗句,"我们祖国的 / 万花盛开的 / 大地, / 光华灿烂的 / 天空!"等。显然,他并没做到将马雅可夫斯基的"楼梯诗"的真髓同现代汉语的音义结合体的独特语言质地契合无间,以创造独特的汉语新诗体式,这种形似的模拟显然有生吞活剥的嫌疑。因此说,单纯地将"十七年诗歌"中的"楼梯诗"归结为马雅可夫斯基的"楼梯诗"的移入和再现,不但没有从语言本质上理解"楼梯式"诗歌的中外语境差异,也就无法有效地利用域外诗歌的优长。一个显然的事实是,在民歌加古典的创作背景下,贺敬之、郭小川的所谓"楼梯诗"显然不是单纯的翻译,而是有着浓重的民歌的痕迹,将其命名为"楼梯诗"也就在一定程度上遮蔽了这种诗体的创造性作为,低估了其在汉语新诗史上的价值。

以现代期刊杂志为称谓的命名方式,对汉语新诗而言同样是一种他者言说。杂志只是一种载体,它和诗歌现象本身的关联并不具有决定性、必然性。因此从现代确证性的命名原则上说,这种命名显然是一种伪命名。这种命名模式招致了汉语新诗阐释者同文本创作者之间旷日持久的争执。《新月》杂志来自于泰戈尔的《新月》诗集,"新月诗派"是以《新月》杂志为命名的一种诗歌流派,这几乎已经成为学界的一种共识。但是包括新月派理论的集大成者梁实秋在内的诸多当事者都不承认有新月派,更遑论"新月诗派"了。梁实秋说:"《新月》不过是近数十年来无数的刊物中之一,在三四年的销行之后便停刊了,并没有什么值得称述的。不过办这杂志的一伙人,常被人称作为'新月派',好像是一个有组织的团体,好像是有什么共同的主张,其实这不是事实。我有时候也被人称为'新月派'之一员,我觉得啼笑皆非。"[25]同样,提到 20 世纪 30 年代的《现代》杂志,人们总是因之而谈到"现代诗派"。"现代诗派"诗人是"以《现代》杂志为中心发表新诗的一群",[26]孙作云在 1935 年说,"这派诗是现在国内诗坛上最风行的诗式,特别是从 1932 年以后,新诗人都属于此派,而为一时之风尚。因为这一派的诗还在生长,只有一种共同的倾向,而无显明的旗帜,所以只好用'现代派诗'名之,因为这一类的诗多发表于《现代》杂志上。"[27]但《现代》的主编施蛰存对此类命名不以为然,早在杂志的《创刊宣言》中,他就声明,"因为不是同人杂志,故本志并不预备造成任何一种文学上的思潮、主义或党派。"而且说,"《现代》诗人的思想、风格、题材,都并不一致",[28]曾经身处其中的吴奔星、金克木等诸多诗人对这种命名同样不置可否,甚至压根连"《现代》派"这样的宏观称呼也拒绝承认。虽然说,诗歌史的客观状态并不因当事者的说法而有所改变,但这种争执本身除了反映出批评和创作之间标准的差池外,至少还能够证明,这种命名机制本身是有其瑕疵的。

第四节 结 语

被誉为留美第一人的近代学者容宏在《西学东渐论》中说，"以西方之学术，灌输于中国，使中国日趋于文明富强之境，予后来之事业，盖皆以此为标准，专心致志以为之"。这里他道出了翻译西方学术的根本目的，在于"使中国日趋于文明富强之境"，而要达此境界，拥有独立的话语声音显然是前提。同样，对于汉语新诗而言，翻译的最终目的是在吸取异域资源的优点和长处中，在现代汉语的语境下建立汉语新诗的独立品格，丰富和充实自我的表达。时过百年，汉语新诗并没有实现真正意义上的民族化和本土化，汉语写作在其他新文学文体，尤其是散文的写作中所取得的成就毋庸置疑，但汉语新诗至今无法脱去"西洋的外衣"确是无法抹去的"污点"，以至于人们总是怀疑汉语新诗的"传统"存在与否，质疑汉语新诗文体存在的合法性。《十四行集》是足以代表冯至创作成就的诗集，但冯文炳对这个名字颇为反感，详述其原因说，"老实说我对于《十四行集》这个诗集的名字颇有反感，作者自己虽不一定以此揭示于天下，他说他是图自己个人的方便，而天下不懂新诗的人反而买椟还珠，以为这个形式是怎么好怎么好，对于新诗的前途与其说是有开导，无宁说是有障碍。"㉙ 这里，冯文炳描述出了翻译语境下的命名为汉语新诗带来的普遍存在的阐释景象，也指出了其对汉语新诗发展的负面影响。大而言之，汉语新诗的阐释，在很大程度上囿于翻译的束缚而尚未告别襁褓的柔弱。汉语新诗关注翻译显然不是在自我的领地上奔驰着域外诗歌的影子。现在看来，在追求和强调创造汉语诗歌的民族品格的今天，对汉语新诗命名的这种溯源性考察显得尤为必要。如何以平等而独立的姿态处理汉语和其他语系之间的资源互译关系，并进而对汉语新诗的命名方式和语义内涵重新厘定，以使其融合到现代汉语的语言范畴之内，势必成为建立现代汉语诗歌本土阐释体系的必然要求。

注释：

①②　[英]约翰·穆勒：《穆勒名学》，严复译，商务印书馆1981年版，第1、18页。

③　茅盾：《译诗的一些意见》，《茅盾文艺杂论集》（上），上海文艺出版社1981年版，第
124页。

④　陈子展：《中国近代文学之变迁最近三十年中国文学史》，上海古籍出版社2002年版，
第95页。

⑤　卞之琳：《翻译对于中国现代诗的功过》，见《卞之琳》，张曼仪编，人民文学出版社
1995年版，第252页。

⑥　卞之琳：《"五四"以来翻译对于汉语新诗的功过》，《译林》1989年第4期。

⑦　李金发：《〈食客与凶年〉自跋》，《食客与凶年》，李金发著，北新书局1927年版。

⑧⑩⑭㉙　冯文炳：《谈新诗》，人民文学出版社1984年版，第18页、第24—25、25、200页。

⑨　转引自黎志敏：《诗学的构建：形式与意象》，人民出版社2008年版，第45—46页。

⑪　参见傅浩：《论英语自由诗的格律化》，《外国文学评论》2004年第4期。

⑫　[德]黑格尔：《美学》第三卷（下），朱光潜译，商务印书馆1981年版，第25页。

⑬　克莱夫·斯科特：《散文诗和自由诗》，见《现代主义》，[英]马·布雷德伯里、詹·
麦克法兰编，胡家峦、李新华等译，上海教育出版社1992年版，第327—328页。

⑮　卞之琳：《译诗艺术的成年》，《读书》1982年第3期。

⑯　钱理群等：《中国现代文学三十年》，北京大学出版社1998年版，第127页。王瑶先
生也持类似的观点，"在日本的俳句短歌和印度泰戈尔《飞鸟集》的影响之下，诗坛
上又出现了一股小诗创作的潮流。"见王瑶：《中国诗歌发展讲话》，江苏文艺出版社
2008年版，第119—120页。

⑰　冰心女士：《〈繁星〉自序》，《繁星·春水》，人民文学出版社1998年版，第3页。

⑱　冰心在写于1921年的《繁星·春水》序言中，借其弟弟之口将后来的所谓"小诗"称为"小
故事"，见《繁星·春水》，冰心女士著，人民文学出版社2000年版，第3页。

⑲　宗白华：《我和诗》（写于1923年）《文学》第8卷第1期"新诗专号"，1937年1月1日。

⑳　纪鹏：《关注世界超短型格律诗——俳句》，《中华诗词》2004年第10期。

㉑　周作人：《〈农家的草紫〉序》，中国人民大学出版社2004年版，第248页。

㉒　[苏]卢那察尔斯基：《卢那察尔斯基文集第二卷》，苏联国家文学出版社1962年版，

第 484 页。

㉓ 林建华：《苏联文学并非昨日黄花》,《广西师范学院学报》2000 年第 2 期。

㉔ 李杰：《诗人与诗—样青春——访著名诗人、作家贺敬之》,《语文世界》2003 年第 3 期。

㉕ 梁实秋：《忆新月》,《文星》第 11 卷 3 期，1963 年 1 月 1 日。

㉖ 艾青：《汉语新诗六十年》,《艾青谈诗》, 花城出版社 1984 年版。

㉗ 孙作云：《论"现代派"诗》,《清华周刊》, 1935 年 5 月 15 日。

㉘ 施蛰存：《〈现代〉杂忆》,《新文学史料》1981 年第 1 期。

第四章　认同意识与汉语新诗

如果从 1906 年胡适与梅光迪、任叔永在美国就白话能否写诗的争论开始算起,那么汉语新诗刚刚走过百年历程。世纪流转,相对于小说、戏剧等文体,汉语新诗所面对的问题可谓多多。其中最为值得关注和进一步思考的当属认同危机,这是一个让汉语新诗"内外交困"的命题。长期以来,无论是身处其中的诗人还是旁观的读者,对百年汉语新诗的历史并不作积极肯定的认同,尤其是如果将汉语新诗置放在西方诗歌和传统汉语诗歌的背景下时,这种负面的声音愈益强劲。无论是面对历史传统还是创作现状,汉语新诗并没有收获多少可以比肩纵向的历史传统和横向的异域诗歌的结论性成就,这似乎在成为事实。尽管从创作到批评都在积极的试验着各种可能性,也涌现出了诸多优秀的诗人诗作,但这似乎并不能掩盖经过一个世纪的努力却收效甚微的尴尬。在时间概念上跨越现代和当代的著名诗人郑敏在《关于汉语新诗与其诗学传统十问》《今天的新诗应当追求什么?》等一系列文章中从诗歌文体、内在精神到历史传统一再弱化甚至否定汉语新诗所取得的成就,"今天的新诗在什么状态呢? ……由于我们是告别了自己的汉语传统,向西方索取模式,我们的模仿是没有自己的立足点的纯模仿,在最好的情况下能得其精髓,糅入东方的思想感情,在境界上有自己独到之处,但更多的时候是徒有其表,流于学皮毛而失精髓,学其短而遗其长。"① 汉语新诗"没有自己的立足点"也就从根本上否定了汉语新诗主体性存在的前提。在现代认知视域内,主体性建构成功与否是评判一个事物是否具有独立性、是否存在的根本依据。显然,郑敏先生谈论的立足点问题涉及了汉语新诗的根本,对这种根本的质疑蕴藏着强烈的认同危机。

那么,汉语新诗近百年的时间何以积淀出如此不堪的结局?是空穴来风、横空出世还是早有伏笔?当上述的质疑和结论没有如此明显地出现在同为新文学的小说、散文和戏剧之中的时候,汉语新诗何以如此寝食难安?这是一个跨了两个世纪的问题,至今延续的依然是问号。

第一节　历史的伏笔：主动放弃的主体性建构

"在美国,看到一本研究中国的刊物上有一篇美国人写的文章,其中说,在中国今后可能遇到的各种危机之中,'核心的危机'(core crisis)是'民族性的危机'(identity crisis),因为中国人似乎正在失去之所以为中国人的'中国性'(chineseness)。这话实在发人深省。"② 其实,社会文明进入到现代的阶段,对自我和周围环境的反思是现代性文化下的任何一个范畴所必然面临的问题,也是其身份认同构成的应有之义。也正是现代文化的这种包括对反思性自身在内的不断反思,使得身处其中的事物在一定的时空内不断形成自我主体性建构以及同周围环境关系的理解,进而用其解释自己行为历史的合法性,来"确知自身当下的行为及其原因,"③ 彰显认同意识。作为现代汉语文学追求现代性身份的重要部分,汉语新诗始终在现代理性的冷静剖析和精心策划中前行,其对自我主体性的认识和建构有一个逐步变化的过程。20世纪初,在整个社会文化都"主动西化"的背景下,汉语新诗断然中断了汉语诗歌自然进化的链条,弃置汉语诗歌的历史传统,直接"别求新声于异邦",主动而热切地放弃了以汉语诗歌传统在新的时代背景下的内部演变为基准的主体性建构的自然选择。这其中最为明显的标志就是汉语新诗的始作俑者胡适在《〈尝试集〉再版自序》中将其直译的美国诗人的《关不住了》(Over the Roofs)一诗作为其新诗写作的纪元,这同时也是汉语新诗写作的纪元,并将类似于英美意象派的六条原理作为改造汉语新诗的"指导性文件",引进了至今仍被视为汉语新诗标志的"自由诗"的文体形式。

如果回到历史现场,汉语新诗在初期的这种选择显然有其特殊的历史背景。因为在包括汉语新诗在内的社会文化整体弃置传统的选择下,汉语新诗无法不沉浸在破坏和告别传统汉语诗歌的兴奋之中,解构传统汉语诗歌的一切既是手段也是最终目的,所以这时期的现代汉语语境下的主体性建构问题并不为当时汉语新诗所考量。这时期诗人中曾有诗集《冬夜》遗世的俞平伯说,他写汉语新诗只是想去"表现自我","至于是诗不是诗;这都和我底本意无关"。④"矫枉必须过正",这似乎可以理解。及至后来,汉语新诗经历了 20 年代以闻一多、徐志摩为重镇的新月诗派和以李金发、冯乃超等为代表的初期象征诗派,30 年代以戴望舒为旗帜的现代派诗歌,40 年代以郑敏、辛迪为标志的"九叶"诗派和以鲁藜、胡风为领袖的"七月"诗派等等,然后就是 20 世纪 80 年代的朦胧诗派以及之后的先锋诗歌了。虽然这些诗派对汉语新诗的理解不同于初期新诗的对传统诗歌的彻底解构思路,而是试图在中西诗学的资源背景下思考汉语新诗的主体性问题,譬如闻一多就要求汉语新诗做中西结合的"宁馨儿","我总以为新诗径直是新的,不但新于中国固有的诗,而且新于西方固有的诗,换言之,它不要做本地的诗,但还要保存本地的色彩,它不要作纯粹的外洋诗,但又尽量的吸收外洋诗的长处"⑤;李金发则试图调和中西诗歌资源,以期有所创造。⑥ 但是这些努力并没有从根本上改变整体上以异域诗歌为榜样来建构汉语新诗的主体性的趋势。20 年代,郭沫若翻译雪莱的诗的目的"是要使我成为雪莱"⑦,到了 90 年代,诗人西渡在接受臧棣的访问时谈到在"我的诗歌意识逐渐确立的时期","马拉美、瓦雷里、里尔克、博尔赫斯逐渐成为我兴趣的中心。瓦雷里诗学理论中关于意识的观念成为我的诗歌美学的基石,瓦雷里被我视为集中体现了人类在一个物质时代的悲剧性尊严、得心应手地驾驭语言的无可匹敌的巨匠。"⑧ 这显然不是单纯的回应,它在很大程度上反映了汉语新诗的一个真实的历史侧面。西方诗人庞德、济慈、奥登、魏尔伦、艾略特,西方诗学理论唯美主义、浪漫主义、法国象征派、英美意象派、新诗戏剧化,等等,在汉语新诗的发展历程中的相应时段占据了主要的甚至是核心的历史地位。源自西方的"十四行诗""自由诗"等诗歌文体几乎可以代表汉语新诗的文体成就,"音尺""顿""戏剧化"等诗学理念同样组成了汉语新诗阐释话语的基本架构。这些都是汉语新诗放弃自我主体建构的征象群落。

除了异域诗学的表演,汉语新诗放弃主体性建构的另一个表现则是继承初期新诗的"非诗化"余绪,过度夸大汉语新诗的某种辅助功能,旁逸斜出,给汉语新诗的持存另外寻找一个异乡家园,在一个不应该出现的局部场域塑造汉语新诗的另一副面孔。从诞生伊始,汉语新诗同社会主流话语的结合就较为紧密,后来从20世纪30年代被动地介入到政治宣传到40年代主动地歌颂新政权,汉语新诗的思想宣传表述功能愈益强化。从左翼诗歌开始到解放区诗歌,然后接续到1949年以后的以《新华颂》为代表的颂歌浪潮,在50年代的新民歌运动和70年代的小靳庄诗歌运动中达臻巅峰,70年代末兴起的朦胧诗则在一定程度上可以看做这种传统的余绪。这其中,成立于1932年的中国诗歌会强调"诗的意识形态化"和阶级意识。1942年延安整风运动后,"政治标准第一、文艺标准第二"成为汉语新诗自我主体性认知的最高指示。于是,诗人的"小我"主动融入到政治的"大我",汉语新诗越来越消隐了个人的痕迹,及至"三突出、三结合"的创作要求和集体创作模式的涌现,汉语新诗逐渐被抽空了诗歌的高贵内核,成为单纯为某些主题代言的语言躯壳。标语、口号乃至顺口溜都可以成诗。汉语新诗背叛了"手之舞之,足之蹈之"的情之所致的诗歌自然本质,成为人为雕琢的粗糙"陶器",只为器物的功用而毫无诗学的美感。夸张点说,这时候的汉语新诗的诗人和评论家在集体兴奋地羞辱着诗歌,穆旦的痛苦和食指的精神发狂都没能够阻止这种羞辱,这也为汉语新诗烙下了深深的疤痕。但在这一翼,汉语新诗却实现了在作品创作和参与者数量上的无与伦比,真可谓前无古人后无来者,喧嚣的虚假繁荣在某些时期让汉语新诗的主体性建构彻底迷失了方向,产生了错觉,以为这就是汉语新诗的本来面孔,只要分行表述,遵循大众化的通俗易懂,在诗歌韵律上"泛滥成灾"地使用尾韵,就实现了汉语新诗的理想,这显然是自欺欺人的"指鹿为马"。在汉语新诗的这个园地里,应该说,真正的诗歌虽然孤独,但并不"寂寞"。在文学世界里本为贵族的汉语新诗,在这种错误的自我认知下,成为人人可以赏玩、人人可以操刀的"乡间俗语",并以此为自豪。这种曾经的"阔多了"和并不久远的"繁华"给新时期的汉语新诗留下了一个难以忘怀的过去。这种观念对汉语新诗影响之深,可以从对当年稍微透出个人气息,曲折地书写个人经验的朦胧诗的非议与刁难中看出。⑨

汉语新诗没有主动地从诗歌经验、现代汉语的语言媒介特点以及受众心理等方面建构汉语新诗的主体意识,这给新时期的汉语新诗带来了深深的焦虑。随着社会文化中心的转移,"日新月异的物欲消费肢解了读者和创作队伍,""整个90年代的诗歌令人黯然神伤:诗歌'死亡'的惊呼此起彼伏。诗歌消费成为一种'犯傻'和'酸'。"⑩即便是逃脱了"世纪末情结"的悲观情绪进入新世纪,这种焦虑并没有多大的改观,"面临着遭遇社会大众集体性疏离、冷漠的外部环境"的同时,"新诗在创作、阅读与批评等方面也面临着内部困境"。⑪这种景象是20世纪80年代中期以来汉语新诗的实景,很多诗人和诗歌评论者,都对所谓诗歌被"边缘化"的局面耿耿于怀,并为之焦灼不堪,其内在的真正原因,很大程度上并不源于汉语新诗本身,而是历史上误入歧途的自我主体性认知的结果,而这又是汉语新诗基于特殊的时势作出的无奈而必然的选择。90年代以来,随着中国经济的和平崛起,民族主义和本土意识日益成为社会文化关注的焦点,对近现代以来形成的殖民文化的反思和反抗在所必然。在这种社会文化大背景下,汉语新诗势必要重新反思自我主体性的问题。面对传统汉语诗歌和域外诗歌的辉煌成就,连主体性建构尚未完成的汉语新诗自然会焦虑不安。

第二节 "我应该是谁"还是"我是谁": 分裂的诗学认同

在现代性的场域中,由理性自觉而产生自我意识是重要的现代观念,"自我认同并不仅仅是被给定的,即作为个体动作系统的连续性的结果,而是在个体的反思活动中必须被惯例性地创造和维系的某种东西。"⑫汉语新诗从一开始就是在高度理性自觉的"创造和维系"中成长的,试图人为的设计和掌控自我的运行轨迹。胡适认为,如果没有他和陈独秀等人的努力,文学革命"至少也得迟出现二三十年"。⑬作为新文学革命最早孕育的文体,汉语新诗也是现代理性意识操纵下的产物,从肇始起就势必面临"我要成为谁"的疑问,这种疑问是促使汉语新诗形成"理论先行、创作后进"的特殊局面的主要内在动因。显然的事实是,"要成为谁"并不与"我是谁"相等同,二者之间的差距造成了关涉汉语新诗的两种理解,一种是先验理论想象出的汉语新诗的应有场景,另一种则是现实实有的实际面孔。在实践中,第一种先验理论想象对汉语新诗创作的引领和指导在很多时候具有决定性的意义。几乎在每一种新的诗歌文本出现之前,都是先有相应的理论纲领在"指导"。早在萌生初期,胡适提出的"做诗如作文"的理念导致汉语新诗文体和散文文体持续长达一个世纪的纠缠不清的关系,汉语新诗在文体上的弱势,这种理论难脱干系。初期新诗人刘半农曾提出要为汉语新诗"增多诗体""增加诗韵",⑭甚至创作无韵诗,用方言写诗等,随之有了《扬鞭集》《瓦釜集》。闻一多的发表于1926年的《诗的格律》一文对新月诗歌的影响有目共睹。政治理念对汉语新诗走向的决定性作用更是毋庸置疑,关于这个问题此前有充分论述,此不赘言。1980年代之后的先锋诗歌的任何一种新的诗歌形式的出现,无不是先竖起一个理论的旗杆,然后才有意识的推出相应的诗歌文本,口语诗或曰"民间写作"之与《0档案》,"下半身写作"之于朵渔、沈浩波的诗语,知识分子写作之于汉语新诗的叙事文本,等等。可以说无论是从诗歌文体还是从内容表述上,汉语新诗的理论旗帜如雨后春笋,层出不穷,无时不在引领着汉语新诗创作的方向。如果说理论的想象能够和现实的创作之间互相尊重、互有所补,从而融合成一个整体的话,这种倒置的文学景象倒也无可非议,但问题是,汉语新诗的理论想象总是不满于现实的创作,诗歌文本在先验理论面前"噤若寒蝉"。因此我们就不难理解为何近百年的汉语新诗史总是充满了理论的探讨、争论和商榷的声音了。光是汉语新诗形式问题的讨论就有若干次,胡适、刘半农、郭沫若、陆志韦、闻一多、朱湘、何其芳、路易士、卞之琳、郭小川、贺敬之、郑敏、于坚等众多的诗人,新月诗派、现代诗派、九叶诗派、他们诗派等众多的诗歌流派都介入其中,至今没有达成共识的结论。汉语新诗理论上的讨论、争议和商榷无不是建立在汉语新诗创作弱势的前提之下的,抽象理论的讨论越多,汉语新诗的认同焦虑就愈益增加,最为直接的反映就是1985年之后的汉语新诗坛,非非主义、个人化写作、口语诗等众多被统一冠以先锋诗歌名号的诗歌理论纷纷涌现,各个短命而脆弱,《屏风》《翼》《现代汉诗》《偏移》等每一个诗歌民刊的出现都标志着一种新的诗学理论的萌生,但大多会随着这些期刊的"昙花一现"而消隐,并没有充分的时间积淀以形成相对成熟的诗歌文本。1990年代以来,单论汉语新诗的写作姿态,就有"民间写作""知识分子写作""中年写作""词语写作""个人写作""私人写作""下半身写作"等各种名号,这固然显示出汉语新诗创作的活跃,但亦昭示出汉语新诗在自我认同理念上的不知所措。毋宁说,汉语新诗口水上的喧嚣远远大于现实创作的成就,甚至一种理论只有几首甚至一首诗歌作为诠释其理论正确性的标志,比如闻一多在《诗歌格律》中提出的"音乐的美、建筑的美和色彩的美"的三美诗学理论,真正能够完全贯彻其要义的也许只有他的《死水》一诗,他后来告别汉语新诗创作而转向古典文学的研究,和无法完善地实现这种诗歌理想恐怕不无关系。90年代以来的"下半身写作"在告别最初的内容光鲜,换取路人惊讶的目光后,随后的前进方向同样值得思考。汉语新诗似乎是在不停的对写作可能性进行各种"证伪"。显然的是,无论何时,汉语新诗最终呈现于世界的,只能是具体的诗歌作品而不是某种抽象的理论,拿作品说话远比理论丰富的痛苦舒服得多。具体文体的理论的存在要么是总结诗歌历史经验以对随后的创作有益,要么是对具体的诗歌现象的阐释,以便读者更好地理解诗歌文本。显然,汉语新诗的理论并没有很好地承担起这两种任务其中的任何一种,而是在不断地彻底否定自身历史的过程中,将源自域外的各种诗学理论拿来,不停地进行试验。这样,愈益加剧了理论想象与创作现实之间的紧张格局,愈益使汉语新诗的创作不知所措。汉语新诗的"设计"理想最为极端也最让人难以捉摸的事例是对汉语新诗标准的讨论,"民间写作"的代表诗人于坚说:"九十年代是中国当代诗歌真正重返民间的时代。重返民间,一方面是从空间和在场上重返民间,从时代中撤退,回到一个没有时代的民间传统上去。另一方面,是重返诗歌内部的'民间',创造那种没有时间的当代文学,是在诗歌中重新出现了那种不害怕时间的东西,从而重新确立了文学的经典标准。"[15]我们不能否定于坚对汉语新诗写作可能性的探讨,他的努力回归诗歌本原经验的尝试对于汉语新诗而言,重要而可贵。但是在建立在现代时间观念上的现代性话语无孔不入的现时代,这种试图超越时间的束缚而追求恒定的"经典标准"的理想,显然缺少实际操作的可能,至少对目前的汉语新诗而言如此。在尚未取得具有相对稳定和相对独立的文体品格的诗歌作品之前,就去大篇幅地谈论关于汉语新诗标准如何,难免陷入"巧妇难为无米之炊"的尴尬境地,最后的不了了之也必然是其归宿。

第三节 可能性的选择:文体的迷津

一个在理论意义上成熟的文学形式,如果没有相对恒定的、具有普遍意义的文体的话,那将是不可思议的。因为相对于受时空限制的时代主题而言,能够相对超越时空限制的文体对于人们认识某种文学形式而言是最为直观和便捷的,即便是不具有界限分明、言语确凿的定义式的文体概念,但至少也要拥有基于语言特定基础上的大致的文体定势。相对于拥有十四行诗的域外诗歌和拥有"律诗和绝句"的传统汉语诗歌而言,很显然汉语新诗的文体仍停留在"可能性"的层面,尚未拥有具有充分自足性的、普遍意义上的文体类别,这几成共识。西渡认为:"现代汉语诗歌迄今未为我们提供一种典范的诗歌形式,因此每一个诗人都不得不成为一个形式的实验者,他不得不摸索、尝试、寻找适合他的诗歌形式。"[16]孙绍振曾将汉语新诗的形式视为"草创",[17]何其芳以自身的创作经历"夫子自道"说:"汉语新诗我觉得还有一个形式问题尚未解决。从前我是主张自由诗的,因为那可以最自由地表达我自己所要表达的东西。但是现在,我动摇了。"[18]在汉语新诗最为焦虑、狂躁的1999年,钱理群将汉语新诗同"充分成熟与定型的传统(旧)诗词"相比较,认为"新诗至今仍然是一个'尚未成型'、尚在实验中的文体。"[19]从胡适、郭沫若奠定汉语新诗的"自由诗"写作的方向开始,人们对汉语新诗的最为直观的文体认识,恐怕也就是"自由诗"的称谓了,冯文炳先生在 20 世纪 40 年代说"我们的新诗应该是自由诗,只要有诗的内容,然后诗该怎样做就怎样做",[20]这本身就是一个颇带黑色幽默的选择,它沿袭的是"自由诗"最初的引入时的含义。当初,郭沫若们是从传统汉语诗歌"规范的文体"的对立面出发来理解"自由诗"的自由含义的,所谓自由就是"失范",这完全是一个解构而非建构的概念。但没想到"自由诗"后来逐渐成了汉语新诗的唯一文体标识!尽管后来很多诗人都试图从节奏、音韵以及诗行等方面为汉语新诗的文体寻找规范,建立汉语新诗的文体"格律",但因为所运用的基本"格律"观念都是来自域外诗歌或者传统汉语诗歌,而非从现代汉语的语言特性出发,来建构汉语新诗的文体规范。故而,这些尝试最后大多事与愿违,以至于后来废名干脆说汉语新诗"与散文唯一不同的形式是分行",[21]后来,他对汉语新诗文体的这种认知在新世纪诗人桑克那里得到了回应,当他面临西渡"用一句话概括一下你对诗歌的认识"的问讯时说,"诗歌大概就是……将文字分行的艺术吧。"[22]郑敏先生在《关于汉语新诗与其诗学传统十问》中所列的十个问题中的五个是同此问题相关的。"你能确切地说出汉语新诗与散文、小说本质性的不同吗?"面对一个无论是在汉语新诗的创作领域还是批评领域都成就卓著的诗人这样的质问,恐怕没有哪一个诗人或者理论家能够充满自信地给予确定的答案。无论是后来盛行于汉语新诗的十四行诗还是后来的民歌体,基本都是汉语新诗借用的外来"躯壳",而非现代汉语语境下的独创。尽管林庚曾试图创作"九行诗",李青松试图试验"六行诗",朱湘曾经将汉语新诗的每行字的字数限制在"十一个字"以内,但这些都是可能性的试验,尚未取得具有普遍的意义。汉语新诗艺术形式上的失范,使得它在面临同域外诗歌和传统汉语诗歌进行文体对话的时候,经常面临"失语"的尴尬。

　　另一方面,自诞生以来,无论是诗歌精神还是文体形式,汉语新诗向来自视为 20 世纪以来汉语诗歌的正宗。但显在的事实是,在同传统汉语诗歌的文体形式的较量中,它并没有取得理想的战果,甚至在某些时候,还不得不"俯首称臣"。20 世纪 50 年代,"古典 + 民歌"建构汉语新诗的策略从诗歌精神到文体选择彻底否定了汉语新诗的各种可能性。而在1976年的"四·五"诗歌运动中,这些纯粹来自民间发自肺腑的抒情之诗中,律诗、词等传统汉语诗歌的文体形式却还占了汉语新诗的上风,再后来结集出版的《天安门诗抄》中,汉语新诗也只是占据了大约三分之一的篇幅。这反映出经过半个世纪的氤氲变化,汉语新诗很大程度上只是"戏台内的喝彩",诗歌接受群体的选择在当时并没有引起汉语新诗足够的重视,旧体诗的不绝如缕映衬出汉语新诗一直以来的一厢情愿。尽管20世纪80年代以来,汉语新诗建构文体的意识逐渐增强,在完成了回归诗歌本体的步骤后,四面开花,各种诗歌创作可能性的探讨呈喷射状展开,回归到汉语诗歌从诗歌精神到语言媒介等本体性的角度来思考,规划出各种可行的诗歌方案,并躬行不缀,甚至提出"诗到语言为止"的极端口号,或者从"口语诗"的角度反对过度的文化隐喻,试图以返祖的方式,重新回归到诗歌经验的直接现场,为长期形成的诗歌语言中的"大词""圣词"的"宏大象征""去魅",以此来建构汉语新诗最初的语言感觉。但显然,这只是在做有价值的尝试,尚需时日来实现期待的结果。但无论如何,汉语新诗毕竟在认同焦虑的伴随中迈开了强健的脚步。

注释：

① 郑敏：《今天新诗应当追求什么？》，见《思维·文化·诗学》，郑敏著，河南人民出版社 2004 年版，第 162 页。

② 李慎之：《"封建"二字不可滥用》，载《文汇读书周报》，1996 年。

③⑫ 吉登斯：《现代性与自我认同》，赵旭东、方文译，生活·读书·新知三联书店 1998 年版，第 39、58 页。

④ 俞平伯：《〈冬夜〉自序》，《中国现代诗歌名家名作原版库·冬夜》，中国文联出版公司 1994 年版，第 2 页。

⑤ 闻一多：《女神之地方色彩》，《创造周报》第 5 号，1923 年 6 月 10 日。

⑥ 李金发对于自己的诗歌创作理念曾有如此期许："余每怪异何以数年来关于中国古代诗人之作品，既无人过问，一意向外采辑，一唱百和，以为文学革命后，他们是荒唐极了的，但从无人着实批评过，其实东西作家随处有同一之思想、气息、眼光和取材，稍为留意，便不敢否认，余于他们的根本处，都不敢有所轻重，惟每欲把两家所有，试为沟通，或即调和之意。"（见李金发：《〈食客与凶年〉自跋》，《食客与凶年》，李金发著，北新书局 1927 年版。）从他的《为幸福而歌》《食客与凶年》等诗集来看，他在努力的实践这个期许，这为我们重新发掘初期象征诗歌的真实提供了另一扇窗口。

⑦ 郭沫若：《〈雪莱诗选〉小序》，《郭沫若谈创作》，彭放编，黑龙江人民出版社 1982 年版，第 14 页。

⑧⑯ 西渡：《面对生命的永恒的困惑：一个书面访谈》，《访问中国诗歌》，西渡、王家新编，汕头大学出版社 2009 年版，第 244 页。

⑨ 70 年代末，老诗人公刘《新的课题——从顾城同志的几首诗谈起》（《星星》复刊号 1979 年）来表达对朦胧诗过于晦涩表述的不满，这种不满被《诗刊》编辑部以编者按的名义由个人认知扩展为集体行为，其所运用的批判语气和标准几乎与朦胧诗无关，"公刘同志提出了一个当前社会生活和文学事业中至关重要的问题：怎样对待像顾城同志这样的一代文学青年？他们肯于思考，勇于探索，但他们的某些思想、观点，又是我们所不能同意，或者是可以争议的。如视而不见，任其自生自灭，那么人才和平庸将一起在历史上湮没；如加以正确的引导和实事求是的评论，则肯定会从大量幼苗中间长出参天大树来。这些文学青年往往是青年一代中有代表性的人物，影响所及，

将不仅是文学而已。"从这里我们可以看出，汉语新诗的主体性认知在异化的园地里，曾开出如何丰富的果实。

⑩ 沈健：《走向消费时代的诗歌》，《诗探索》2001年第1—2辑。

⑪ 谭五昌：《新世纪汉语新诗的困境与出路》，《山西大学学报》2006年第5期。

⑬ 胡适：《中国新文学大系·建设理论集·导言》，上海良友图书出版公司1935年版，第17页。

⑭ 朱自清：《中国新文学大系·诗集·导言》，上海良友图书出版公司1935年版，第4页。

⑮ 于坚：《当代诗歌的民间传统》，《山花》2001年第8期。

⑰ 孙绍振：《美的结构》，人民文学出版社1988年版，第340页。

⑱ 何其芳：《谈写诗》，《何其芳文集》第4卷，人民文学出版社1983年版，第62页。

⑲ 钱理群：《论现代新诗与现代旧体诗的关系》，《诗探索》1999年第2期。

⑳ 废名(冯文炳)：《新诗十二讲·新诗应该是自由诗》，辽宁教育出版社2006年版，第27页。

㉑ 废名：《新诗十二讲·十四行集》，辽宁教育出版社2006年版，第203页。

㉒ 桑克：《最后一个浪漫主义者》，《访问中国诗歌》，西渡、王家新编，汕头大学出版社2009年版，第270页。

第五章 现代视野下的古典面影

——重述汉语新诗格律建设的困境

20 世纪初,胡适为了证明白话优于文言,尝试用白话写诗,自此西方直译过来的"自由诗"取代了古典汉语诗歌的律诗、绝句成为汉语诗歌的标志性形式。从胡适当时的诸如《文学改良刍议》《建设的文学革命论》《谈新诗》和诗集《尝试集》等众多的文献看,他并不知道汉语新诗究竟该如何写,而是按照古典诗歌的反面去创作的,所谓自由诗主要是针对古典诗歌过于严谨的格律形式而言的,这显然不是汉语新诗发展的良途。于是随后的刘半农在痛讨古典汉语诗歌"徒欲从字句上声韵上卖力、直如劣等优伶、自己无真实本事、乃以花腔滑调博人叫好"之后,提出要重新构建汉语新诗的写作方向,"增多诗体,增加诗韵",① 倡导收集各地土音,并以京音为标准重造新韵,增加无韵诗的诗歌形式,等等。显然,刘半农的路途设计还是受古典诗歌的"采风"传统的影响,在当时的局势下,自然不会受到重视。及至公认的新格律诗的首创者陆志韦的《渡河》出版,主张汉语新诗写作的"节奏千万不可少","押韵不是可怕的罪恶"等,重新接续刘氏的主张,虽然被视为"徐志摩等新格律运动的前驱",② 但他的探讨在态度上而非在实际操作上显示其功用,未形成大气候自是在所必然。1926 年,随着《晨报》副刊《诗镌》的出版,饱受争议的新月诗派就此形成。它能够在汉语新诗史上留下痕迹的,首要的就是从理论到实践上对格律问题的实地探索了。高举理论大旗的闻一多要重建汉语新诗的格律"美",并和新月诗歌的另一个主将朱湘一起掀起仿拟西方十四行诗的第一个高潮。徐志摩虽然没有严格按照闻一多的主张写作,但他任由性灵的诗意人生,深厚的中西文学基础,彰显出独异的诗歌秉性,自有一种诗歌约束在内。就汉语新诗格律创建而言,既有理论又能取得丰富的创作实绩的,新月诗派应该是第一个。在时间上,对汉语新诗格律关注最为持久和热烈的,当属20世纪50—70年代,《文艺报》《光明日报》等富有意识形态意味的报刊,还有田间、卞之琳、何其芳、冯至、艾青等众多汉语新诗写作的翘楚。以及顿、轻重音、半逗律等众多新鲜的诗歌语言元素、"中国现代格律诗"(何其芳)、"自由格律诗"(陈业劭)、"新七言体"(田间)等汉语新诗格律形式的陌生命名,等等,先后蜂拥而至,昭示着这个时期的争鸣至少在理论上取得了空前富足的成绩,这其中最为值得关注的,是将此问题的探讨超越了之前历次探讨中的个人化耕耘而上升到了诗人集体的"会商",甚至到了举国的高度,但并未收到预期的效果。1977年,臧克家和丁芒等人依然在推崇新诗体,此后,汉语新诗除了对十四行诗进行大胆的改造外,还在不断地创制新的格律形式,比如曾在40年代竭力主张新诗散文化的艾青和廖公弦一起在《无言》《花样滑冰》等作品中创作出了所谓的"二行体",等等。步入90年代,虽然大规模的集中讨论偃旗息鼓,但个人化的探索并没有就此停止,郑敏诗歌对节奏的把握,李青松试验的"六言诗",等等,都有创新。

对孕育一种诗歌体裁而言,百年虽然不长,但也足以到了做阶段性结论的时候。汉语新诗格律建设的百年征程,有两个结论是人所共睹,但出乎意料的。一是,虽然所有关于格律问题的探讨都是针对自由体的不满而引起的,但至今人们对汉语新诗文体的认识标志却依然是自由诗。诗本来在现代阐释学的意义上是一种有定义理解的文学范式,用"自由"这类有消解定义范式嫌疑的词语来界定汉语新诗颇有黑色幽默的味道,这如"朦胧诗","姑且的"或者说是出于讽刺意图的命名成为标志性称号,这显然是让汉语新诗倍感"丢份"和无可奈何的。二是,百年之中,如此众多的学惯中西、文化浸润深厚的诗人、学者参与其中,从格律与民间诗歌、格律与传统诗歌、格律与域外诗歌等各种角度努力寻找汉语新诗的格律资源,说殚精竭虑,皓首穷经,并不过分,也取得了较为丰富的成果,但至今没有哪一种格律形式真正超越了创始者个人化的痕迹而拥有普遍性意义,更不用说如律诗绝句在古典诗歌中占据霸主的地位了,这恰恰是违背每一位格律试验者的初衷的。

毫无疑问,汉语新诗的格律建构遇到了难以克服的本质性障碍。

第一节 破坏:解构的可能

从古典过渡到现代,诗歌在内涵上起了变异。黑格尔认为在这种转变过程中,传统古典诗歌基于时间长短而形成的声音节奏"已不起多大的作用",它已经淹没在了"一种观念性的关系"之中,③ 而这种观念性的关系也就是诗歌建立在语义基础上的诗意。法国哲学家热拉尔·热奈特在评论西方诗歌发展的这种变化时说,"每门艺术都可以说在经历着向内转的过程,越来越接近自身的纯粹的形式",在这个意义上,现代诗歌是在不断地"有规律地朝着'诗性'不断增加的方向进行的,"他在评价19世纪末20世纪初的法国诗歌时谈到,随着传统古典诗歌语言认知体系的"逐步衰败",并"最终导致无疑是不可逆转的崩溃",诞生了"一种既摆脱了韵律的制约又跟散文各不相同的诗的观念,"这种"前所未有的观念"昭示着"诗歌语言的语义方面"在诗歌认知中越来越具有"决定意义"。④ 这实际上标志着诗歌本质认识上由外部音韵、节奏规范演变为以内在的诗性意义为基本尺度。无论是顿、平仄、韵律都要根据语义表述的要求决定,而不是古典诗歌的语义表述与外在音律的两相分野,诗人的创作也不会根据《佩文韵府》的要求去考量诗歌的韵律是否合法,是否需要补救。

对诗歌从古典到现代的这种观念性变迁,汉语新诗在初期是有所认识的,所以它们展开了对传统汉语诗歌的格律形式的疯狂解构,胡适、郭沫若这些汉语新诗的始作俑者都以破除旧有的音律和格式为创作前提,不讲对仗,不用典故,但他们往往仅仅满足于破坏,而鲜有建设。梁实秋在50年代对此做过较为透彻的分析,也谈到了重建格律的重要。他说:"白话诗运动起初的时候,许多人标榜'自由诗'作为无上的模范。所谓'自由诗'是西洋晚近的一种变形,有两个解释,一是一首诗内用许多样的节奏与音步,混合使用,一是根本打破普通诗的文字的规律。中国文字与西洋文字根本有别,所以第一义不能适用,只适用第二义,那即是说,毫无拘束的随便写下去便是。我们的新诗,一开头就采取了这样一个榜样,不但打破了旧诗的规律,实在是打破了一切诗的规律。这是不幸的。因为一切艺术品总要有它的格律,有它的形式,格律形式可以改变,但是不能根本取消。我们的新诗,三十年来不能达于成熟之境,就是吃了这个亏。"⑤ 在《新诗的格调及其他》中,梁实秋从语言与诗的关系的角度进一步分析了汉语新诗初期的诗学选择,"新诗运动最早的几年,大家注重的是'白话',不是'诗',大家努力的是如何摆脱旧诗的藩篱,不是如何建设新诗的根基。"因此,"经过了许多时间,我们才渐渐觉醒,诗先要是诗,然后才能到什么白话不白话,可是什么是诗? 这问题在七八前没有多少人讨论。偌大一个新诗运动,诗是什么的问题竟没有多少讨论,而只见无量数的诗人在报章杂志上发表不知多少首诗……这不是奇怪么? 这原因在哪里? 我以为就在:新诗运动的起来,侧重白话一方面,而未曾注意到诗的艺术和原理一方面。一般写诗的人以打破旧诗的范围为唯一职志,提起笔来固然无拘无束,但是什么标准都没有了,结果是散漫无纪。"⑥ 如果从事后看,梁实秋的分析自有其道理,但他的这种缺乏历史主义视野的批评,也有很多值得商榷的地方,他至少忽视了正是汉语新诗初期的作为,为后来的陆志韦、闻一多等人的努力奠定了诗歌观念上的基础,由"矫枉过正"的彻底破坏而引致的"自由"精神使汉语新诗卸下沉重的历史包袱,具有了迈向现代诗歌的各种可能。

第二节　重构:古典的焦虑

尽管扫除了一切可能的束缚,但汉语新诗的文体建设并没有遵循现代诗歌的基本理念成长,而是走了回头路,这颇为让人费解。面对古典汉语诗歌和西方古典诗歌的悠久历史传统,在处理新的语言载体和诗歌关系之时,虽然有所变异,但在主体上汉语新诗还是依照古典诗歌的格律内涵来建构其格律形式的。

文有定则是典范的古典文学的基本要求。"三一律"之于西方古典戏剧,十四行诗之于早期西方诗歌,律诗、绝句之于唐诗,词牌之于宋词,这些都是创作此类文体时所必须遵循的守则。唐之后的近体诗,是中国古典诗歌的成熟期,语言学家王力说近体诗的"形式逐渐趋于划一,对于平仄、对仗和诗篇的字数,都有很严格的规定。"⑦这些依据独立于语义之外的语言要素而形成的诗歌定则,对任何一个诗人而言,都具有通约性,任意诗人,任意诗意,最后表述在语言上,都必须遵从此规则,不允许有个人化的发挥,杜甫的七言诗和李白的七言诗在语言表述的音韵和节奏上并没有根本的不同,何处该押韵,如何处理平仄,基本是一致的。

汉语新诗在对格律的理解上依然在追求这种通约性。闻一多的格律理论虽然相对于古典诗歌的格律要求来说稍有变化,认为汉语新诗的节奏是内在的,"新诗的格式是根据内容的精神制造成的。"但他所提出的要求汉语新诗具有从词汇、节奏到外形的"美",要求汉语新诗"绝对的调和音节,字句必定整齐",⑧认为诗歌的内在节奏存在与否在于其字数是否整齐,这些又是承袭典型的古典诗歌的格律精神的。以此理论为旗帜的新月诗歌发展到后期,因为过于坚持和机械地体现这种审美要求,走向了"豆腐块"体的汉语新诗写作,饱为人所诟病。从 20 世纪 50 年代中期到60 年代初期,在当时意识形态干预的背景下,"古典 + 民歌"成为汉语新诗形式设计的重要出路,这时期的汉语新诗出现了各种各样的格律形态,比如田间的"新七言体",何其芳的"顿诗体",郭小川的"新辞赋体",李季的"新鼓词体",等等。这些诗体创立之初的目的基本都是为汉语新诗寻找具有普遍性的形式而作的实验,试图为汉语新诗寻找定型的格律形式。从这些格律诗的名字就可以看出,其背后所受的古典汉语诗歌的影响,郭小川在《谈诗》中说到过自己对创制格律的构想:"吸取原有的格律,根据新的生活和现代口语的要求,创造新的格律"。诗人林庚在汉语新诗格律的探讨上着力较多,他"半个世纪以来","对新诗的格律也逐渐形成了一些个人的意见",比较能够代表汉语新诗自创立以来建构格律问题的基本思路,"这些意见可以主要归纳为以下三点:一、要寻求掌握生活语言发展中含有的新音组。在今天为适应口语中句式上的变长,便应该以四字五字等音组来取代原先五七言中的三字音组,正如历史上三字音组曾经取代四言诗中的二字音组一样。二、要服从于中国民族语言在诗歌形式上普遍遵循的'半逗律',也就是将诗行划分为相对平衡的上下两个半段,从而在半行上形成一个类似'逗'的节奏点。三、力求让这个节奏点保持在稳定的典型位置上。如果它或上或下、或高或低,那么这种诗行的典型性就还不够鲜明。"⑨从林庚这段颇富总结性的话语来看,无论是他的"以四字五音组"取代"五七言中的三字音组",还是使用半逗律,遵循汉语诗歌传统的上下半阙,甚至是试图将汉语新诗的"节奏点保持在稳定的典型位置",这些都是在尝试用古典诗歌的语言规范来建构汉语新诗。从后来林庚据此构想而写作的诗,如《广场》《活》《冰河》等来看,几乎是在用现代汉语写放大了的古典汉语诗歌,方方正正的外形,几乎一致的内在节奏,如出一辙,而且在音韵上过于倚重尾韵。如《广场》:

> 阴天都是云看不见太阳
> 今天的日子跟每天一样
> 我们要说话要走出大门
> 这世界今天是一个广场
>
> 我说这世界是一个广场
> 这正是人们集聚的地方
> 我们把今天写在墙壁上
> 我们的话是公开的思想。
> 一切明白的用不着多讲
> 我们原来是跟每天一样
> 阴天都是云看不见太阳
> 这世界今天是一个广场。

这显然又走向了后期新月诗歌的旧途,前车之鉴,在这里并未有警醒的意义。

汉语新诗迄今为止最为成功的格律形式,当属从西方印欧语系引入的十四行诗。闻一多、戴望舒、朱湘、卞之琳、冯至都在其上有所成就,也被人们奉为众多汉语新诗文体中较为成功的重要诗体。作为一种具有独立审美特质的诗体,汉语新诗中能够有一定普及性的,也只有它了。但这种引入的诗体形式在西方恰恰代表的是古典诗歌的经典样式,只不过是因为受诗歌语体翻译的影响,译成现代汉语后,相对于古典汉语诗歌,语言表达句式上较为符合汉语新诗对现代诗歌的想象,以为"现代",因而争相模仿之,相对陌生化的表象遮蔽了十四行诗的真实面目。实际上,十四行诗的繁盛一方面迎合了汉语新诗创制格律的内在要求,另一方面也取悦了汉语新诗潜意识内的古典情结,更为符合汉语新诗想象的诗歌的应有模样,这点在林庚和屠岸等诗人那里得到了印证。林庚在 20 世纪 80 年代谈论汉语新诗的格律问题时,曾有如此的论述,"在新诗史上,新月派曾大力提倡移植英诗,特别是桑籁体和音步。桑籁体的移植没有遇到多大的困难,因为桑籁体(即十四行诗)在分段上虽有其特殊规定,但仍然主要是建立在以四行为一段这一普通的土壤上的。这乃是整个世界诗坛上共同的最普遍的一种分段法,中国也不例外。例如'4442'的一种桑籁体,其特殊之处只在于末尾上有一个'英雄偶联'(heroic couplet),这偶联的作用有点类似汉语诗歌中谐韵的流水对(如:悲莫悲兮生别离,乐莫乐兮新相知!)。而汉语原是最长于对偶的,这只要看散文之外还有骈文以及生活中到处可遇的对联就可知了。"[⑩]持同样论述的还有诗人屠岸。[⑪]尽管余光中认为十四行诗在结构上不如中国律诗平衡,语言结构上存在缺陷,[⑫]但十四行诗在基本精神和语言表述结构上同中国律诗相一致已经成为方家共识了,这是毋庸置疑的。翻译家王佐良先生就认为闻一多之所以选择写作十四行体诗,"难道不是因为在十四行体同中国的传统律诗之间有着相当多的结构和用意上的相似处?"[⑬]

严格意义上的十四行诗要求各行的音数必须相同,这是基于印欧语系为拼音文字的特点而形成的,追求音韵上的谐和,不仅仅是在尾韵上表现为固定的韵律格式,而且在诗句上有一种内在的音响,这种唯音韵为上的诗体形式,是否真正符合音义结合,甚至是主要以语义为核心的汉语新诗的表达要求,这都是值得商榷和进一步探讨的。比如冯至的《十四行诗·二十七首》中的第六首:

> 我时常看见在原野里
> 一个村童,或一个农妇
> 向着无语的晴空啼哭,
> 是为了一个惩罚,可是
>
> 为了一个玩具的毁弃?
> 是为了丈夫的死亡,
> 可是为了儿子的病创?
> 啼哭得那样没有停息,
>
> 像整个的生命都嵌在
> 一个框子里,在框子外
> 没有人生,也没有世杰
>
> 我觉得他们好像从古来
> 就一任眼泪不住地留
> 为了一个绝望的宇宙。

从这首访拟的十四行诗中,我们不难看到其中的尴尬:为了押尾韵,诗人硬是在"病"后加一"创"字,将"像整个的生命都嵌在"和"一个框子里"这两个本来是属于一个意思表达的完整句式,却被生硬的从中间断开,这显然是为着凑节奏的需要。另一个善写十四行诗的"圣手",并结集有《石门集》的朱湘,也面临这样的问题,他曾写有十四行诗《Dante》,其中有这样的诗句:

　　自问我并不是你，巨耐境遇

　　逼我走上了当时你的途径；

　　开始浪游于生命弧的中心，

　　上人家的后楼梯，吞着残余。

　　中古时代复兴于我的疆域，

　　满目是"紊乱"在蠕动，在横行，

　　因为帝国已经摧毁，已经

　　老朽了儒教，一统变为割据

　　你所遭的大风暴久已涣散，

　　污秽淀下了九层地狱，九重

　　天更是晴朗，九级山更纯洁

　　在同样的大风暴里，我倾斜

　　如一只船，难得看见在云中

　　悬有那行星，引着人去彼岸。

　　这里的"九重"和"天"的分行，"我倾斜"和"如一只船"的分行，都觉得让人难以理解。这些在汉语新诗里"莫名"的诗行排列，如果放在没有意义连属，单从音节上论的西方十四行诗里，可能会显得音韵铿锵，独有一份悦耳的美感，符合其诗体要求，但汉语本身的音义结合体的文字特点决定了内在要求，在这一点上，纯粹的十四行诗显然是难以实现的。尽管颇有实绩，但十四行诗并没有获得普及，而是集中在闻一多、梁宗岱等少数精通中西文化的精英诗人的笔下，具有浓厚的实验色彩。进入新时期以后，对十四行诗的创作更是少而又少，大多集中在年长而且很早就创作十四行诗的诗人如郑敏、唐湜等人的笔下，而非如在西方的洛阳纸贵，这也可以看出这种诗体在汉语新诗中的命运，这就更加说明，不去从语言媒介的内在秉性出发，而去单一的仿拟异域的格律形式，并不能够建立真正属于汉语新诗的格律文本。对于十四行诗创作的集大成者冯至的《十四行集》，诗人冯文炳认为十四行诗很容易让汉语新诗误入歧途，并阻碍汉语新诗的发展。⑭

　　冯文炳先生在《谈新诗》中曾经用古典诗歌的文字是诗的,内容是散文的,而汉语新诗的内容是诗的,文字是散文的,来概括汉语诗歌从古典形式到现代形式的转变,这是典范而深刻的,这里所谓"诗"与"散文"概念的内涵显然是现代的,而非古典汉语文学的"韵文"和"散文"之别,这是从现代的视角对汉语诗歌从古典向现代转变的较为恰当的概括。诗性意义从外在的标示向内在沉思的转变几乎是所有诗歌从古典向现代转变的基本取向。因此,相比较于古典诗歌注重外形的美感,内化的现代诗歌则将关注的语言重心放在了能够引起陌生化和激发充分想象力的隐喻上来,波德莱尔称其为"想象的逻辑",当代诗人杨炼将现代诗歌的这种想象结构喻为"同心圆",也就是一首现代诗歌是否成功就在于它是否能够从诗意的某一点出发,辐射出层递性的意义链接来,从而实现"言有尽而意无穷"的诗意结构。无论是借鉴戏剧、小说的表现手法还是运用晦涩的意象,现代诗歌判断是否为诗的标准大多是能否含有丰富的生活经验和智慧的感受,而不是音韵是否铿锵,节奏是否整齐。"现代各国诗歌发展的总趋势是力求向自然语调节奏靠拢而舍弃生硬的音步格律"。⑮汉语新诗虽然在表面上拒绝了古典诗歌的面影,但在最根本的精神品格上,依然试图重回"唐诗宋词"的老路,这显然是不宜之举。这也是为什么包括闻一多、林庚在内的众多诗人的探讨不但无法超越个人化痕迹,而且很快就被时光所遗忘的内在根源。闻一多曾经提出的新诗格律建设规划从语言前提上来说是很难办到的,即便是闻一多自身也没有完全做到,除了他的《死水》很严格的遵守这一要求外,他的大多数的诗篇并没有遵循此途,而且从整体来说,闻氏的格律理论也因此流于抽象理论而少有具体实践,卞之琳先生在1979年说,"事实上闻先生在他实验成果显著的《死水》一集里,除了他自认'我第一次在音节上最满意的试验'的《死水》一首以外,现在我按他的'音尺'来量量,发现合乎他即使较宽标准的,大致还不到一半。"⑯在经过暂时的兴奋后,初期的很多试图用古典汉诗建构汉语新诗的闯将,几乎都在事实上放弃了,闻一多转向了古典文学研究,并在1925年写给梁实秋的信中说自己"废旧诗六年矣",立志要"唐贤读破三千纸,勒马回缰作旧诗"。曾在《新潮》上发表过《社会上对于新诗的各种心理观》的俞平伯在30年代之前就转向了写古典诗。20世纪80年代以来，汉语新诗逐渐改变了这种持续了将近半个多世纪的文体建构模式，海男、翟永明、伊蕾等女性诗人营造的的私语化风格，无论是于坚、中岛等人的"口语化"写作，还是臧棣、王家新、张曙光等人对诗歌叙事性的强调，关注诗歌的"智性化"描述，这些都在彰显着汉语新诗重新开始立足于现代汉语的语言实际，贴近语言质地，重新寻找语言感觉，做原初性的思索，从语言智性和文字想象的角度开辟出另一片天地。比如非非主义诗学的代表诗人周伦佑就曾对长期盛行现代汉语中的"两值价值评价"提出异议，认为这种将语言的意义做非此即彼的简单论述是沿袭西方语言思维的产物，并不符合汉语语境，"我们所说的'两值价值评价'既是指语言，更是指包含于语言内部的价值评价系统。比如：好——坏，善——恶，美——丑，真——假等，以'好'、'善'、'美'、'真'为一值，以'坏'、'恶'、'丑'、'假'为一值，构成价值评价世界。这两值代表的价值系统又通过语言规范人们的意识形成价值观念。这便是我们必须接受的语言现实，但决不是不能超越的现实。"并因此而谈到非非主义诗学的语言理念，"'非非主义诗歌方法'的全部用意不过于要把一切前人的、别人的，听来的、捡来的，甚至通过遗传继承而来的已成为精神个体创作负担并妨碍精神个体独立创造的东西从诗人艺术家的头脑中清除出去，以便使其获得纯粹的创造意识，展开绝对的创造活动。这种清除在创造过程中为'三种还原'（感觉还原、意识还原、语言还原）。在作品成形后为'三种处理'（感觉处理、意识处理、语言处理）。"[⑰]面对1949年以来的，经过几十年人为控制和强势附加意义后的汉语新诗语言，我们姑且不说，周氏的提法是否过于理想化，但是这种去蔽、还原语言最初感觉的意识和勇气就值得大呼过瘾，至少为新诗提供了诸多写作的可能性。这种在当下新诗中有较大影响的诗学理念的衍生和发展，至少在证明一种汉语诗歌的写作不可能性，就是现代汉语语境下的古典格律梦想越来越不具有语言的基础。

第三节　源头：语言习得方式的改变

决定汉语新诗在格律上不能也不可能重温唐诗宋词的"春秋大梦"

的，还有一个重要的原因，这就是汉语承传方式的变迁。从更深的层面上说，这涉及到语言思维的演化，往往为众多研究者所忽略。一般来说，思维方式决定一种语言系统的逻辑组成。在西方，古希腊的逻辑学家亚里士多德在《工具论》中奠定了以"求知"和探明事物关系的"第一原因"为目的的因果推理逻辑，其思维品性在于实证，表现在语言格式上甚至是以"典范的数学"为样板的，这种逻辑经过文艺复兴的拓展和深化后，演化为以法国哲学家孔德为代表的实证主义和后来以维也纳学派为代表的新实证主义的哲学思潮，它们之间一脉相承的是，绝对相信逻辑分析的力量和语言表达思想的完整性。维也纳学派就认为，"假如为了说明一个答案的最终的可能性或不可能性我们只需分析其逻辑形式，那么借助于逻辑分析这个有力的工具我们便能够确定地、一劳永逸地回答诸如知识的效用及其界限之类的古老的问题。"[18] 这些构成了西方思维的逻辑传统，也分别是成就西方世界近现代工业化革命的根本思维资源。语言作为思维的外化，西方思维的这种现代性变化，表现在西方现代语言上，便是绝对强调和相信语言符号的表征功用，不仅仅视语言为存在之家，而且绝对化为"一个人对于不能谈的事情就应当沉默"（维特根斯坦语）。

因为注重逻辑表述形式，势必重视语法在语句表述中的规范作用，语句必须经受得住较为严格的语法考验，维也纳学派的代表人物维特根斯坦如此定义一个句法的合法性和内在意义："句法是由规则构成的，而这些规则则规定了在什么样的结合中一个语词才具有唯一的意义。"[19] 西方语言的这种特点决定了其独特的承传机制和获得机制，萨丕尔在其《语言论》、索绪尔在其《普通语言学教程》和德国语言学家洪堡特在其《论人类语言结构的差异及其对人类精神发展的影响》里都曾经对之有过论述，但相比较而言，只有美国语言学家乔姆斯基的转换生成语法相对完备地概括了其中的精髓。转换生成语法的基本要义认为，人天生具有学习语言的能力，只要能掌握到先验的语言规则，然后根据具体场景举一反三，就可以很熟练地掌握和运用语言了。正如索绪尔将语言划分为语言和言语一样，乔姆斯基也将语言的获得很有理性地划分为理论和实践两种层面，这是一种技术化、原理化的语言学习方法。依据这种方法获得的语言体系在强调语言共性的同时必然注重语言使用者的个人品性,强调具体语言场景的时间性和空间性,等等。西方诗歌形式的从古典转向现代,自由诗的勃起与兴盛都是以语言的这种获得方式为前提基础的,其文体的个人性和随机化,也是和这种语言观念的变化一脉相承的。

墨家的思维逻辑是汉语文学形成的基本思维资源。《墨子·小取》中谈到墨家逻辑的存在目的时说,"明是非之分,审治乱之纪,明同异之处,察名实之理,处利害,决嫌疑。"因此,其求美和求善而非单一求真的目的决定了墨家逻辑并不专职于单纯的抽象逻辑体系的推理,相比于西方的形式化逻辑,它多呈现为非形式化的特征,大多是采取模糊化、意念化的手法,甚至用逻辑概念统摄整个社会文化、人生道义。"以类取,以类予",[20] 习惯以 "类" 这样模糊而带有群体性的概念来规范事物之间的关系,"类推" 或者说 "类比" 是它处理不同事物之间关系的基本法则。所谓类推,就是从事物的某一种相似或相异的性质出发进行关联想象,其中具体的模拟居多,以此来建立事物之间的相关联系,比如 "柳枝" 中的 "柳" 因为同 "留" 读音相似,因而被 "附会" 上 "挽留" 之意,音义的结合和转移并没有可以推理的内在逻辑,这都是西方的形式逻辑所无法体会的。

既然缺乏严密的语言规则,汉语的承传和获得方式便迥异于西方语言。春秋之后,诞生了《大学》《中庸》《墨子》《韩非子》等能够代表汉语文化基础构成的元典,农业文明的时间循环论和拟古的价值取向决定了这些元典对后来文化的具有统摄性意义和原则性指导倾向。自此,其中的 "四书五经" 成为中国教育的核心内容,后人便是从小在私塾教育中背诵和模拟这些元典开始认识世界的,而 "注经" 的传统则较为系统地说明了这种语言文学的获得方式,以《诗经》《论语》等原点为出发点和中心点,结合不同时代、不同人的理解,对元典进行创造性的阐释和补充,但大多只是做解释性的工作,原则性的意义是不能改变的。这种语言学习方式具体到诗歌,便表现为从大量的前朝诗歌文本中去模拟,"熟读唐诗三百首,不会作诗也会吟",从意象选择到句法构成,从音韵规范到平仄确立,都是在模拟经典的过程中完成的。从西晋傅咸的《七经诗》开始,"集句诗" 成为汉语诗歌史上的重要诗歌现象。集句诗又叫集锦诗,就是从现存的诗歌中,

抽取不同的诗句,重新组合成新的诗歌。如宋朝诗人杨冠卿曾有词《卜算子·秋晚集杜句吊贾傅》:

> 苍生喘未苏,贾笔论孤愤。文采风流今尚存,毫发无遗恨。
> 凄恻近长沙,地僻秋将尽。长使英雄泪满襟,天意高难问。

全词八句,全部采自杜甫的诗,按顺序依次为《行次昭陵》《寄岳州贾司马六丈巴州严八使君两阁老五十韵》《丹青引赠曹将军霸》《敬赠陈谏议十韵》《入乔口》《秦州杂诗二十首》(其十八)、《蜀相》以及《暮春江陵送马大卿公恩命追赴阙下》等。文天祥曾集杜甫的诗两百首,成《集杜诗》。可以说,集句诗是古典汉语诗歌获得模式的最恰切体现,也是类推思维的最佳表征。这种拟古的诗歌写作传统,再加上从字音和节奏的角度去"背诵"的私塾教育方式,这些都决定了古典汉语诗歌难以发生颠覆性的变易,自然容易形成较为定型的格律形式。

但是,自从19世纪末20世纪初以来,顺应近现代化的需要,国人以科学的名义将西方的思维方式引入中国,语言变革随之发生变化。现代汉语发展的基本方向是拉丁化,引入西方语系的严密的语法观念和逻辑思维形式,基本体现为说明性,向具有严密语法逻辑的语言靠拢。这种变革从清末的《马氏文通》就开始了,经过一个多世纪的发展,被汉语传统所忽视的严密而系统的语法体系逐步建立,先是《科学》杂志,随后《新青年》在1918年从第四卷起,开始使用西式标点符号,从此西方语言的标点符号代替传统的句读之法,以适应语义表达精确性的需要,双音词汇越来越多,甚至占据汉语词汇的近半壁江山,这些都逐步改变了传统汉语的词汇和语法结构,也形成了相对独立的语言理论。如此,汉语的承传和获得方式也势必由传统私塾教育中的"四书五经"的样板式学习,逐步转向语义理解基础上的推理记忆,以抽象的语言法则为基准掌握语言,越来越接近乔姆斯基的转换生成语法中所谈到的语言承传方式。虽然这种转变至今仍在进行中,但随着现代化文化环境的进一步深入和完善,整体趋向西方语境的全球化氛围的日益成熟,汉语的这种转变必然会愈益深入,汉语新诗格律梦想的语言基础势必会越来越薄弱。几年前,王尧曾经谈到过对汉语危机的忧虑,[21]也有不少的学者从各种角度谈论当代国人运用现代汉语的能力远远不如运用英语自如的现状,更遑论对文言的掌握了。[22]尽管传统汉语诗歌的一些格律形式仍然有所存在,但要么只是在熟稔传统文化的圈子里流行,要么已经经过了改造,而非真正意义上的律诗和绝句了。汉语新诗要想形成自己独立的文体形式,在摆脱至今依然存留的古典做法的同时,必须从现代汉语的语言特性出发,另寻他途。

注释：

① 刘半农：《我之文学改良观》，见胡适编选《中国新文学大系·建设理论集》，上海良友图书印刷公司 1935 年版，第 65、70 页。

② 朱自清：《中国新文学大系·诗集·导言》，上海良友图书出版公司 1935 年版，第 4 页。

③ [德]黑格尔：《美学》第 3 卷（下），朱光潜译，商务印书馆 1981 年版，第 81 页。

④ [法]热拉尔·热奈特：《诗的语言，语言的诗学》，沈一民译，赵毅衡校，见《符号学文学论文集》，赵毅衡编选，百花文艺出版社 2004 年版，第 527—528 页。

⑤ 梁实秋：《文学讲话》，《梁实秋批评文集》，徐静波选编，珠海出版社 1998 年版，第 228 页。

⑥ 梁实秋：《新诗的格调及其他》，《诗刊》创刊号，1931 年 1 月。

⑦ 王力：《汉语诗律学》，上海世纪出版集团 2002 年版，第 19 页。

⑧ 闻一多：《诗的格律》，《晨报副刊·诗镌》第 7 号，1926 年 5 月 13 日。

⑨ 林庚：《问路集·自序》，北京大学出版社 1984 年版。

⑩ 林庚：《新诗格律与语言的诗化》，经济日报出版社 2000 年版，第 2 页。

⑪ 屠岸认为，"十四行诗在某种意义上颇似中国的近体诗中的律诗，特别是七律"。见屠岸：《十四行诗形式札记》，《深秋有如初春——屠岸诗选》，人民文学出版社 2003 年版，第 15 页。

⑫ 参见余光中：《井然有序》，九歌出版社 1996 年版，第 235 页。

⑬ 王佐良：《汉语新诗中的现代主义——一个回顾》，《文艺研究》1983 年第 4 期。

⑭ "老实说我对于《十四行集》这个诗集的名字颇有反感，作者自己虽不一定以此揭示于天下，他说他是图自己个人的方便，而天下不懂新诗的人反而买椟还珠，以为这个形式是怎么好怎么好，对于新诗的前途与其说是有开导，无宁说是有障碍。"（见冯文炳：《谈新诗》，人民文学出版社 1984 年版，第 200 页。）

⑮ 赵毅衡：《汉语诗歌节奏结构初探》，《徐州师院学报》，1979 年第 1 期。

⑯ 卞之琳：《完成与开端：纪念诗人闻一多八十生辰》，见《人与诗：忆旧说新》，卞之琳著，生活·读书·新知三联书店 1984 年版，第 13 页。

⑰ 周伦佑：《语言的奴隶与诗的自觉——谈非非主义的语言意识兼答一位批评者》，《当代诗歌》1988 年第 3 期。

⑱⑲ [奥]鲁道夫·哈勒：《新实证主义》，商务印书馆 1998 年版，第 25、121 页。

⑳ 周才珠、齐瑞端：《墨子全译》，贵州人民出版社 1995 年版，第 527 页。

㉑ 见王尧所著《文字的灵魂》，山东友谊出版社 2007 年版；《错落的时空》，河南大学出版社 2007 年版。

㉒ 见朱竞主编《汉语的危机》，文化艺术出版社 2005 年版；潘文国著《危机下的中文》，辽宁人民出版社 2008 年版。

下 编

第六章　以旧的姿态矗立

——重读《尝试集》

　　熟悉 20 世纪中国文学史的人莫不熟悉胡适的《尝试集》，这本当年响彻大江南北的诗集自从 1920 年由上海亚东书局出版后，在不到两年的时间里，从第一版修补增删到增订第四版，发行量过万册，影响空前，"当年'胡适之体'的新诗一出，阅读的人数往往在百万千万以上。"[①] 截止到 1940 年，《尝试集》已经印行了十六版，如果算上之后印行的各种版本，《尝试集》影响的人数不胜数。无论是开风气之先还是诗学理念的影响所至，《尝试集》都是被奉为中国新诗史上的经典文本的。尽管在诗学理念和具体文本上都有很多值得商榷的地方，但《尝试集》无疑是喧嚣的。在 20 世纪初那场波诡云谲的文学语言变革浪潮中，甲寅派的代表人物章士钊说，白话被誉为"今人之言"，在取代文言的过程中，"今为适之之学者"，"以为今人之言，有其独立自存之领域，而所谓领域，又以适之为大帝，绩溪为上京，遂乃一味于胡氏文存中求文章义法，于《尝试集》中求诗歌律令，目无旁骛，笔不暂停，以致酿成今日的底他地吗呢吧之文变。"[②] 一时之间，《尝试集》被视为一个时代语言文学变革的象征，同时也被视为开启新的文学时代的扛旗者。

第一节 多声部的诗学："《尝试集》群落"概念的提出

　　囿于各种原因,中国现代文学史上的众多作品存在着各式各样的版本,不同版本之间有时大同小异,有时则改头换面,面目全非,如《雷雨》《骆驼祥子》,等等,如果考察这些不同版本形成的原因和内在的文学呈现,并从历史主义的角度对其作文学的、社会学的考察的话,几乎可以映现出近现代中国文学的各种身份。"这些版本不只是版次的不同,更主要的是内容性的改变。这些改变是全方位的,既涉及版本内容,更涉及作品的思想、艺术诸方面。其中蕴涵着版本学、创作学、艺术学、语言学、修辞学、传播学乃至政治学、社会学等方面的意义。新文学版本变迁之复杂、蕴涵之丰富,为我们进行多角度的研究提供了可能。从文献学的意义上讲,一部具有众多版本的新文学作品就是一个变动不居的综合性的文献载体,具有重要的研究价值。"③其实,单纯的版本学研究,多注重不同版本之间的历时性差异,求异、求变的思维决定了这种研究必然为断裂性的研究。我们在传统版本学研究的基础上,对某一作品的不同版本放置在同一个时空中,相对忽视其时间性的差异,注重其文学空间的呈现,以"群落"的角度来对某一作品进行研究,将之视为一个群体,共同展现一部作品所呈现的时代景象、语言选择、文学观念更迭、题材归趋等各个方面。另外,这样做,可以较为系统地研究同一个文体语言或者文学思想的演变过程,有利于人们从宏观上把握整个作品的形成轨迹,也能较好地避免对单一版本的研究所带来的割裂性局限和狭隘视角。

　　总体来看,《尝试集》先后出现过四个版本,不同版本之间的差异还是很明显的。1920年3月初版的《尝试集》和9月再版时的《尝试集》其中所收集的诗歌数量和篇幅都不一样,比如增加了《示威》《纪梦》等6首诗,而到了传统版本的"增订四版",也就是1922年10月的版本,改动更大,不仅仅删去了初版本的23首诗和再版本中的4首,同时删去的还有初版本中重要的钱玄同的序言和胡适的自序,以及再版本中胡适的再版自序,这些文章对于解读《尝试集》中的诗篇和形成动因还是至关重要的,因此说,相比于增订四版所收的 3 编共 48 首诗来说,这种数量的增减还是比较伤筋动骨的。也许是出于研究的方便和习惯,目前关于《尝试集》的研究多以增订四版的版本为考察对象,虽然也有以初版本为分析蓝本的,但相对较少。毋庸置疑的是,无论是采用哪种版本为研究基础,都相对忽视了其他版本对此版本的内在牵制和影响,陷入割裂性研究的局限,比如人们很少关注到胡适之外的人对《尝试集》增订四版的影响,胡适为什么总是将《去国集》附在后面,等等。

因此,本部分所谈到的《尝试集》将不仅仅是指后来形成经典的"增订四版"的《尝试集》,它指的应该是一个由各种版本共同组成的一个"《尝试集》群落",这样我们面对的,将不是一个单一的、固定的诗歌集合,而是一组处于不停运动中的诗学文本,一组无论是在诗歌数量上还是在诗学观念上,都处在不停变迁中的诗学集合。

如果从著作权的角度来说,《尝试集》是"一部真正的个人诗集",这是毫无疑问的。但如果仔细考察《尝试集》不同版本之间的承继关系和文本构成的话,那么,它所体现的就未必是胡适一个人的诗性才华了,而是掺杂着当时众多诗人和诗评家的审美格调,呈现为多声部的集体诗学选择。对于《尝试集》不同版本的成书过程,胡适在《〈尝试集〉四版自序》中有着清晰的表述:

> 删诗的事,起于民国九年的年底。当时我自己删了一遍,把删剩的本子,送给任叔永,陈莎菲,请他们再删一遍。后来又送给'鲁迅'先生删一遍。那时周作人先生病在医院里,他也替我删一遍。后来俞平伯来北京,我又请他删一遍。他们删过之后,我自己又仔细看了好几遍,又删去了几首,同时却也保留了一两首他们主张删去的。例如《江上》,'鲁迅'与平伯都主张删,我因为当时的印象太深了,舍不得删去。又如《礼》一首(初版再版皆无)'鲁迅'主张删去,我因为这诗虽是发议论,却不是抽象的发议论,所以把他保留了。有时候,我们也很有不同的见解。例如《看花》一首,康白情写信来,说此诗很好,平伯也说他可存;但

我对于此诗,始终不满意,故再版时,删去了两句,三版时竟全删了。④

　　从这段话不难看出,为"群落"的《尝试集》出力的,除了作者胡适,不仅仅有自言为新诗"敲边鼓"的鲁迅,也有身体力行创作出被胡适誉为"新诗中的第一首杰作"⑤的《小河》的作者周作人,还有写作中国第一篇现代白话小说《一日》的陈衡哲(陈莎菲)、俞平伯(当时有《社会上对于新诗的各种心理观》问世)、康白情(创作新诗集《草儿》)、任叔永(是胡适在美国的新诗论争的见证者和参与者)等其余各人,也都或直接或间接参与过新诗的理论建构和创作。有了这些人的参与,《尝试集》就成为一种草创期新诗的象征符号,它体现的当属这时期汉语新诗的整体风范。在同篇文章里,胡适还详细谈到了蒋百里和康白情针对《一笑》和《你莫忘记》所做的细微到具体诗句的探讨,并欣然接受此两人的建议。胡适在1917年和钱玄同的通信中,谈到后者对其诗歌创作的影响,"先生论吾所作白话诗,以为'未能脱尽文言窠臼'。此等诤言,最不易得。吾于去年(五年)夏秋初作白话诗之时,实力屏文言,不杂一字。如《朋友》、《他》、《尝试篇》之类皆是。其后忽变易宗旨,以为文言中有许多字尽可输入白话诗中。故今年所作诗词,往往不避文言。……但是先生十月三十日来书所言,也极有道理……所以我在北京所作的白话诗,都不用文言了。"⑥对于诗歌创作这样一个非常具有个人秉性的文学活动来说,胡适能听从钱玄同的建议彻底放弃文言,抛弃所主张的文言可以入白话诗的理论,钱玄同的影响显然是颠覆性的。《尝试集》初版本中,胡适能找他这样一个从来不写新诗的人作序,也就可以理解了。陈平原从史料学的角度考察的结论是,"我在北大图书馆保存的胡适藏书中,读到胡适自留的第二版《尝试集》,上面有很多作者修改的痕迹,除了各种批注,还夹了两封信。批注部分包括老同学陈衡哲、任鸿隽的意见,还有俞平伯和康白情这两位得意门生也都谈了自己的看法。更重要的是鲁迅和周作人的信,他们两个当时是胡适的同事,应胡适之邀,帮他选诗。具体的不说,我只想指出,作为'定本'的《尝试集》,包含了师友们的很多建设性意见。"⑦

朱执信在新诗初期曾写过《诗的音节》的文章,提出新诗的音节应该同意义的表达相联系,这深得胡适的赏识,他也曾参与到《尝试集》的建设进程中来。胡适在《〈尝试集〉再版自序》里谈到诗歌《小诗》中的诗句"也想不相思,可免相思苦",修改为"也想不相思,免得相思苦"时,谈到朱执信的话"诗的音节是不能独立的"对其创作的影响,"朱先生论此诗,说'免'字太响了又太重要了,前面不当加一个同样响亮的'可'字。这话极是,我当初也这样想。……我现在索性在此处更正,改用'免得'罢。""我极赞成朱执信先生说的'诗的音节是不能独立的'",并结合自己的创作,认为"朱君的话可换过来说:'诗的音节必须顺着诗意的自然曲折,自然轻重,自然高下。'再换一句话说:'凡能充分表现诗意的自然曲折,自然轻重,自然高下的,便是诗的最好音节。'古人叫做'天籁'的,译成白话,便是'自然的音节',我初做诗以来,经过了几十年'冥行索涂'的苦况;又因旧文学的习惯太深,故不容易打破旧诗词的圈套;最近这两三年,玩过了多少种的音节试验,方才渐渐有点近于自然的趋势。"[8]读过胡适《谈新诗》一文的都知道,胡适的"自然音节"理论是其新诗创作的基石。

从上述分析不难看出,无论是诗歌文本细节还是理论建构,作为诗集群落存在的《尝试集》相对于后来的《红烛》《死水》甚至是同时期的《瓦釜集》《草儿》来说,都呈现为一种多声部特征,而非严格意义上的个人诗集,它集中反映的并非胡适个人的诗学品格,而是新诗草创期的集体情调。

第二节 守旧的中间态:白话诗与《尝试集》

在一定意义上说,"五四"时期语言的变迁先于文学的变革。胡适认为"文学革命的目的是要用活的语言来创作新中国的新文学, ——来创作活的文学,人的文学。"[9]并在诸多文章和书信中宣布,所谓"活的语言"就是白话语言,而文言则成为死的语言,"今日之文言乃是一种半死的文字,今日之白话是一种活的语言。"[10]因此,在用白话代替文言创作新文学的情境中,胡适认为"在那个文学革命的稍后一个时期,新文学的各个方面(诗,小说,戏剧,散文)都引起了不少的讨论。引起讨论最多的当然第一是诗","诗的完全用白话,甚至于不用韵,戏剧的废唱等等,其革新的成分都比小说和散文大的多,所以他们引起的讨论也特别多。文学革命在海外发难的时候,我们早已看出白话散文和白话小说都不难得着承认,最难的大概是新诗,所以我们当时认定建立新诗的唯一方法是要鼓励大家起来用白话做新诗。"[11] 在其美国老师杜威的实验主义哲学的指导下,拥有了方法论资源的胡适开始了用白话写诗的试验,包括《去国集》在内的"《尝试集》群落"就是他试验的成果,服膺于白话的凸显是胡适"《尝试集》群落"的应然使命。这种使命决定了《尝试集》无法在本体的意义上完成新诗萌生的历史必然要求。

对于胡适来说,他首先要完成的是对于白话的定义。相对于钱玄同、傅斯年等人全盘西化,主张借用拼音文字取代汉字的极端激进式的颠覆性变革,早期的胡适还是主张缓慢渐进和颇富本土化特色的,并没有走出汉语自身的圈内变迁范畴。比如关于白话的理解,胡适在一九一七年十一月写给钱玄同的信中阐释过其含义:"释白话之义,约有三端:〈一〉白话的'白',是戏台上'说白'的白,是俗话'土白'的白,故白话即是俗话。〈二〉白话的'白',是'清白'的白,是'明白'的白,白话但须要'明白如话',不妨夹几个文言的字眼。〈三〉白话的'白',是'黑白'的白。白话便是干干净净没有堆砌涂饰的话,也不妨夹入几个明白易晓的文言字眼。"[12] 这里的白话显然包含更多的近代以来经过少许改良之后的古白话的意义。这个定义受到杜威实证主义语言观的影响,也是符合当时的启蒙主义思想对语言变革的要求的,只要表述清楚,可以履行启蒙大多数人的表述使命,并不拒绝文言词汇的融入。胡适下功夫做《白话文学史》的意图就是从汉语文学的历史语境出发,为这种白话文学在新时代背景下能够居"庙堂之高"摇旗呐喊,也为创作新文学提供历史资源,甚至是模仿的样板。

近代以来,黄遵宪和梁启超开启的"诗界革命",核心之处在于汉语诗歌的"新意境"和"新语句"。梁启超在作于1899年12月的《夏威夷游记》

中说，"欲为诗界之哥伦布、玛赛郎，不可不备三长：第一要新意境，第二要新语句，而又须以古风格人之，然后成其为诗……三者具备，则可以为二十世纪支那之诗王矣。"及至《新民丛报》时期，对于新语句的引入，虽然受贬抑形式主义的影响，梁启超在态度上有所收敛，"过渡时代，必有革命，然革命者当革其精神非革其形式。吾党近好言诗界革命是又满洲政府变法维新之类也。能以旧风格含新意境，斯可以举革命之实矣。苟尔尔，则虽间杂一二新名词，亦不为病。"⑬但对于汉语诗歌改革来说，新语句或者说新名词的输入比"新意境"和"旧风格"都要有冲击力的多，在一定程度上改变了汉语表述中的音义结合体和内在音节结构。

"旧瓶装新酒"，精神至上，形式次之的黄遵宪、梁启超诗歌革命只能是古典诗歌的内部变迁。只是新名词的"嵌入"而非语体的更迭，亦不能算是汉语诗歌的"革命"，这为胡适的新诗革命提供了进一步阐述的空间。

故而，胡适首先着力的是从形式上做文章，倡导白话取代文言做新诗的媒介。但在之初，这种倡导并不没有在"异帮"中寻找资源，而是依然局限在传统汉语文学系统，"愚纵观古今文学变迁之趋势，以为白话之文学种子已伏于唐人之小诗短词。及宋而语录体大盛，诗词亦多有用白话者。"⑭他受宋诗的"以文为诗"的启发，提出要须作诗如作文，只要是白话写的，无论是古白话还是今天的白话都值得赞赏，都可以称之为新诗创作的典范，因此而赞赏马致远的《天净沙·秋思》为"何等具体的写法！"在《文学改良刍议》《历史的文学观念论》以及和陈独秀、钱玄同的人的通信中，一再宣称死亡的是"文言"作的文学，而非是后来人们断章取义之后所理解的整个古典文学，无论是其著名的"八不主义"还是"做诗如说话"，都不否认其古典汉语文学的因袭的。

这样，我们就可以理解"《尝试集》群落"里，为什么绝大多数都是古典汉语诗歌的文本样式了。对胡适来说，他也不认为《尝试集》里面绝大多数的诗歌是新诗，他说，"我只承认《老鸦》，《老洛伯》，《你莫忘记》，《关不住了》，《希望》，《应该》，《一颗星儿》，《威权》，《乐观》，《上山》，《周岁》，《一棵遭劫的星》，《许怡荪》，《一笑》，——这十四篇是'白话新诗'。其余的，也还有几首可读的诗，两三首可读的词，但不是真正白话的新诗。"⑮综合整个"《尝试集》群落"里所收入的诗篇,如果按照胡适的说法来看,《尝试集》从第一版到第四版,总共收入了近74首诗歌,如果再加上《去国集》(这里需要指出的是,人们以前谈论《尝试集》,往往把《去国集》当作一个单纯的附录来看待,实际上胡适还是很钟爱这个集子的,而且把自己诗歌试验的肇始归结为这个集子,"《去国集》里的《耶稣诞生歌》和《久雪后大风作歌》都带有实验意味。后来做《自杀篇》,完全用分段作法,试验的态度更显明了。⑯在谈到被他誉为'一篇文学革命宣言书'的《沁园春·誓诗》是说,这首词'下半首是《去国集》的尾声,是《尝试集》的先声'。"⑰因此说,无论是作为诗歌革命的先导还是辅助性的说明《尝试集》来源的附录,《去国集》都有理由被视为"《尝试集》群落"的重要组成部分。胡适在《逼上梁山》里引用傅斯年的观点说,"白话文必不能避免'欧化',只有欧化的白话方才能够应付新时代的新需要。欧化的白话文就是允分吸收西洋语言的细密的结构,使我们的文字能够传达复杂的思想,曲折的理论。"⑱这种意识的实践,在《去国集》里就已经开始了,比如在诗歌中大量引进外来音译词,可以看作是域外语言对汉语诗歌语言的初步冲击,从而使得这里面的文言诗词无法严格的按照文体要求的格律和平仄进行写作,从内在诗性思维上为汉语新诗走向自然的现代白话提供契机。)的14首的话,总共88首诗。那么,很显然,以14首白话诗对74首由词、古风等古体诗歌组成的诗群来说,《尝试集》就很难说是一部汉语新诗史上的新诗集了。

对于其诗歌创作的这种景象,胡适在不同的场合也表达着这种清醒,他这么评价《尝试集》里的诗,"第一编的诗,除了《蝴蝶》和《他》两首之外,实在不过是一些刷洗过的旧诗。做到后来的《朋友篇》《文学篇》,检直又可以进《去国集》了!第二编的诗,虽然打破了五言七言的整齐句法,虽然改成长短不整齐的句子,但是初做的几首,如《一念》《鸽子》《新婚杂诗》《四月二十五夜》,都还脱不了词曲的气味与声调。在这个时期里,《老鸦》与《老洛伯》要算是例外的了。就是七年十二月的《奔丧到家》诗的前半首,还只是半阙添字的《沁园春》词。"⑲"我自己的新诗,词调很多,这是不用讳饰的。"⑳他甚至认为这不是个人问题,而是一个时代的问题,

"新潮社的几个新诗人，——傅斯年、俞平伯、康白情——也都是从词曲里变化出来的，故他们初做的新诗都带着词曲的意味音节。此外各报所载的新诗，也很多带着词调的。"[21]

毋庸讳言，就用白话写诗而言，胡适自有其矛盾的地方，姑且不说在《尝试集》诞生的时代，文言依然占据着主流表述的位置，表述新文学变革主张的文章多用文言来表达，即是白话写诗也有许多难以周密的地方。在胡适目光所及的视野内，甚至连文言诗歌和白话诗歌本身就很难做界限分明的区分，而他目光敬仰的地方又大多充斥着规范的古典诗词。难怪任鸿隽说，"以诗论，足下说，'《木兰行》《孔雀东南飞》，杜工部的《兵车行》《石壕村》，以及陶渊明、白居易的诗是好诗，因为他们是用白话做的，或近于白话的。'今姑勿论上举各篇各作者不必尽是白话，就有唐一代而言，足下要承认白香山是诗人，大约也不能不承认杜工部是诗人。要承认杜工部的《兵车行》《石壕村》是好诗，大约也不能不承认《诸将》《怀古》《闻官军收河南河北》……等是好诗。但此等是诗不但是文语，而且是律体。可见用白话可做好诗，文话又何尝不可做好诗呢？"[22]

在那样一个风起云涌的时代，单纯的从语言到文学的改良而非颠覆性的革新，是无法真正体会到古典诗歌向现代诗歌转变过程中的本质性变化的，这决定了"《尝试集》群落"里的诗歌无法真正触摸到现代诗歌的肌理。将诗歌的革新视为语言变革的实绩和征象，这本身就是忽视语言和文学交互前进的自然规律的，更何况，按照结构主义语言学的理论，先有了文学的"言语"，其后才会有语言的规范呢！胡适的选择决定了他的诗歌创作在很大程度上无法迈进新诗的门槛。胡适在《尝试集》再版自序里评价他的那首《一棵遭劫的星》《威权》《乐观》《上山》《周岁》"都极自由，极自然，可算得我自己的《新诗》进化的最高一步"，"是我久想做到的'白话诗'。"[23] 给予激赏，但我们不妨看看《一棵遭劫的星》：

　　　　热极了！
　　　　更没有一点风！
　　　　那又轻又细的马缨花须

动也不动一动!

好容易一颗大星出来;
我们知道夜凉将到了:——
仍旧是热,仍旧没有风,
只是我们心里不烦燥了。

忽然一大块黑云
把那颗清凉光明的星围住;
那块云越积越大,
那颗星再也冲不出去!
乌云越积越大,
遮尽了一天的明霞;
一阵风来,
拳头大的雨点淋漓打下!

大雨过后,
满天的星都放光了。
那颗大星欢迎着他们,
大家齐说'世界更清凉了'!

　　在这首诗歌的开头还有一个小小的说明,"北京《国民公报》响应新思潮最早,遭忌也最深。今年十一月被封,主笔孙几伊被捕。十二月四日判决,孙君定监禁十四个月的罪。我为这事做这诗。"很显然,这首诗的内涵不言自明,互相印证的自我言说,散文化的叙述体式,综观整首诗,既没有现代新诗诗意的含蓄和层叠象征,也不符合古典汉语诗歌的任何一种体式,只是日常话语的堆砌和分行,即便读起来稍微押尾韵,但也毫无规律可言,了无旨趣,白描的手法和思想的单一决定了这首诗,白话的身份显然多于诗歌的身份。

尽管《尝试集》里的一些诗歌实现了白话写作,亦称白话诗,但仅仅实现了白话写作,并不就是新诗,这一点,曾经积极参与修订《尝试集》的康白情说的很清楚,"新诗并不就是白话诗:白居易底诗老妪可诵,宋儒好以白话入诗,宋元人底词曲也大体是白话的,但我们不能承认他们是新诗。"㉔这显然是他在经过新诗创作实践,并有诗集《草儿》问世之后所得出的结论,这是一个意识到新诗创作不单单是传统汉语诗歌自身所能够衍化,而必须归趋于整体欧化的文学大格局的诗人得出的结论,相比于胡适,走得更远。毫无疑问,这里所提出的"白居易底诗老妪可诵,宋儒好以白话入诗,宋元人底词曲也大体是白话的",皆为胡适在《尝试集》《白话文学史》《历史的文学观念论》《谈新诗》等经典文献中重点谈到的对新诗的认识,譬如他评价《尝试集》中的译诗《老洛伯》为"此当日之白话诗也。"㉕

如果将《尝试集》同康白情的诗集《草儿》和后来郭沫若、徐志摩的诗歌创作相比较的话。那么,胡适在回章士钊的信中所自诩的"但开风气不为师"就很好地概括了《尝试集》的价值,在大量旧诗作铺垫的基础上,参杂译诗和运用白话写作的所谓白话诗,多种诗歌话语共同呈现在一个诗集中,承上启下,呈现出作为语言变革时代汉语诗歌的过渡形态。但并不足以成为后来新诗创作的模板,不足为"师"。这点和鲁迅的小说以及周作人的美文在文学史上的地位有质的区别的。

以写禅学诗著称的废名先生是很崇拜《尝试集》的:"胡适的《尝试集》,不但是我们的新诗的第一部诗集,也是研究我们的新文学运动首先要翻开的一册书。"后来他在北京大学的新诗讲义里曾有专章评价《尝试集》里的诗,"《尝试集》初版里的诗,当时几乎没有一首我背不出来的。㉖但要他评价《尝试集》中的哪些诗是新诗的时候,他却如此说,"等我真个下手要从《尝试集》里选出几首新诗来,不是普通的选择,选出来要合乎我所假定的新诗的标准,这一来我又很没有把握。"㉗"等到今天我把《尝试集》初版同四版都看了一遍,并且看了一看《中国新文学大系·建设理论集》里胡适之先生自己论诗的文章,我乃自己觉得自己很可笑,我所干的大约真是一件冒险的事情,不敢说是有把握了。因为我尊重'戏台里喝采'的,作者自己的话总比旁人靠得住些。"话虽如此说,但他话锋一转,撇开胡适"戏台里喝彩"的夫子自道,"胡适之先生在论诗的文章里所谈的是作诗的技巧,我所注意的乃是中国自有新诗以来十几年内新诗坛上有了许许多多的诗,因而引起了我的一种观察,什么样才是新诗。"[28] 废名在这里以逃避的方式躲过了评论《尝试集》里的诗歌是否为新诗的评定,这种逃避自然有其必然的困境。那么,废名判定新诗的标准是什么呢? "我以为新诗与旧诗的分别尚不在乎白话与不白话",[29] "我尝想,旧诗的内容是散文的,其诗的价值正因为它是散文的。新诗的内容则要是诗的,若同旧诗一样的散文的内容,徒徒用白话来写,名之曰新诗,反不成其为诗。"[30] 他认为,只要具备诗的内容,诗"与散文唯一不同的形式是分行"。[31] 因此,他将《尝试集》中的《蝴蝶》,这样一首依然保持着传统五言诗样式的诗歌当作新诗的代表。这里,胡适从创作上,废名从理论上,取得了惊人的一致,这就是并不拒绝以传统汉语来写新诗。实际上,冯文炳对《尝试集》的评价是先入为主的,并没有考虑到它产生的实际背景和复杂的文本场景,而只是以后来者尤其是一个同样在新诗领域浸润深远的诗人的角度来做自我阐释的。但无论如何,这里的废名和康白情对新诗的理解取同一步调,都剥离了白话与新诗的必然联系。

很显然,康白情和废名的思考早已超越了《尝试集》,从白话的层面过渡到了新诗的本体。俞平伯对胡适的新诗理论提出了异议,"用白话做诗,表面看来非常容易,对仗字面韵脚,统统都可以不要,只用空口说白话,岂不是太容易了吗? 但从实际上讲来并不然,岂但不然,简直相反,说白话诗容易做的,都是没有尝试过的外行话。依我的经验,白话诗的难处,正在他的自由上面。他是赤裸裸的,没有固定的形式的,前边没有模范的,但是又不能胡诌的:如果当真随意乱来,还成个什么东西呢! 所以白话诗的难处,不在白话上面,是在诗上面。"[32]

第三节 域外与传统:《尝试集》的文本虚像

从文学史的历程上说,无论是1917年胡适发表的《文学改良刍议》还是陈独秀的《文学革命论》以及钱玄同和刘半农谈论文学变革的文章,都是采用文言文形式的。文学是语言的艺术,从严格的意义上说,此时的新文学并没有萌生,只是处在思想到技法的酝酿阶段,思想理论的想象远大于实践的表征。及至 1918 年《新青年》刊载胡适、刘半农等人的八首白话诗,方才以实际的创作宣告新文学的诞生,这已经取得文学史的共识。但问题是,人们往往关注的是这八首白话诗本身及其后的文学创作,而对之前的酝酿并不作足够的探索,从而以断章取义的方式将新诗的萌生归结于向西方诗歌学习的结果,前有胡适自己将其译诗作为新诗成立的纪元,后有司马长风在那部影响深远的《中国新文学史》的开篇即谈到中国新文学是以 "自卑" 的姿态模仿西方文学,并因此而 "毁坏了中国文字固有的美",在得出这个结论的时候,他尤其提到了 "胡适带头尝试的新诗" 是 "模仿美国女诗人艾媚·洛苇尔(Amy·Lowell)"。[33]

胡适的新诗理论和创作受到欧美意象派诗歌的影响,这是不争的事实,他著名的 "八不主义" 即模仿于此。但因为《尝试集》群落中的译诗也只有《关不住了》《希望》和《哀希腊歌》三首,尽管它可能预示着一种新鲜的写作倾向,但这并不足以改变《尝试集》的主要文本组成,也无法左右《尝试集》的诗学呈现。胡适的《关不住了》是以直译的方式来翻译 Sara Teasdale 的《Over the Roofs》的,而且这种直译是一种完全由目标语言趋向原语言的归化性翻译。除了题目之外,无论是从语法还是从词汇的角度来说,都是如此。我们不妨比较一下胡适的这种翻译,《尝试集》里附的原文如下:

> I said, 'I have shut my heart,
> As one shuts an open door,
> That Love may stave therein
> And trouble me no more'
>
> But over the roofs there came
> The wet new wind of May,

And a tune blew up from the curb
Where the street—pianos play,

My room was white with the sun
And Love cried out in me,
'I am strong, I will break your heart
Unless you set me free。'

我们来看胡适的译文,全文如下:

我说'我把心收起,
像人家把门关了',
叫'爱情'生生的饿死,
也许不再和我为难了。'

但是五月的湿风,
时时从屋顶上吹来;
还有那街心的琴调
一阵阵的飞来。

一屋里都是太阳光,
这时候'爱情'有点醉了,
他说,'我是关不住的',
我要把你的心打碎了!"㉞

显然,胡适的这首译诗很大程度上是运用汉字词汇表述的英文诗歌,并未能体现出以白话进行独立创作的痕迹,更遑论是否体现后来的以现代汉语为表述媒介的新诗的面影了。从翻译学的角度来说,译文本身并不是新的创造,尤其是这种归化性的翻译,虽然用的是白话,并不就是新诗。

尽管胡适被誉为第一个白话诗人，但从中国新诗史的严格意义上说，此诗并不能够作为新诗萌生的标志。如果我们比较"《尝试集》群落"里的其他三首译诗，用带有浓厚古风痕迹的诗歌体式翻译的苏格兰女诗人 Anne Lindsay 的《Auld Robin Lindsay》(《老洛伯》)和波斯诗人 Omar Khayyam 的《Rubaiyat》(《希望》)，再加上用骚体翻译拜伦的《哀希腊歌》，那么《关不住了》无论是从音韵(前面两首都是用尾韵的)还是句式上，都是最符合西方拼音语系的特点的。在《尝试集》的时代，这也就代表着最彻底的告别传统汉语新诗的束缚，迈向了理想新诗之途，因此他认为这是新诗写作的"纪元"，借助域外诗歌告别传统而非创造未来的意义更大一点，这里的"纪元"的内涵也就不能看作是汉语新诗成熟的标志性事件，以为从此新诗就萌生并获得可以和传统汉语新诗相迥异的诗歌新质，以一种暂新的文体姿态屹立于新文学之林。

其实，除了上述我们在文体上做的统计，在诗歌内质上，《尝试集》所体现的诗学理念同样无法摆脱整体体现汉语诗歌传统的大势。这个最典型的，应该属于胡适在很多场合曾经高擎的新诗写作的"自然"问题，这几乎是和他的"作诗如作文""作诗如说话"相等同，互为阐释。譬如谈到诗的音节，胡适说，"诗的音节全靠两个重要分子：一是语气的自然节奏，二是每句内部所用字的自然和谐。至于句末的韵脚，句中的平仄，都是不重要的事。语气自然，用字和谐，就是句末无韵也不要紧。"乍一看，这貌似走向了汉语诗歌传统的反面，但从他随后举晁补之的词"愁来不醉，不醉奈愁何？汝南周，东阳沈，劝我如何醉？"来作为例证来看，"这二十个字，语气又曲折，又贯穿，故虽隔开五个'小顿'方才用韵，读的人毫不觉得。"[35]胡适并没有迈入新诗的门槛，依然徜徉在古典诗歌的"魅影"里，他尤其将古词作为新诗创作的"自然之途"："其实词不必可歌。由诗变而为词，乃是中国韵文史上一大革命。五言七言之诗，不合语言之自然，故变而为词。词旧名长短句。其长处正在长短互用，稍近语言之自然耳。即如稼轩词：落日楼头，断鸿声里，江南游子，把吴钩看了，阑干拍遍，无人会，登临意。此决非五言七言之诗所能及也。故词与诗之别，并不在一可歌而一不可歌，然今人不能歌亦不妨作绝句也。"[36]如此，我们也就可以理解，他为什么会从传统汉语诗歌音韵的"双声叠韵"的角度来评价沈尹默的《三弦》，并认为"这首诗从见解意境上和音节上看来，都可算是新诗中一首最完全的诗。"紧接着，在评价自己创作的，《一颗星儿》时，（这是被胡适视为真正白话诗的十四首中的一首，）首先是以颇为自得的口气说，"吾自己也常用双声叠韵的法子来帮助音节的和谐。"但随后话锋一转，"这种音节方法，是旧诗音节的精采，（参看清代周春的《杜诗双声叠韵谱》。）能够容纳在新诗里，固然也是好事。但是这是新旧过渡时代的一种有趣味的研究，并不是新诗音节的全部。"㊲胡适以"自然"与否论新诗目的在于用白话的口语形式来对抗传统汉语诗歌中律诗、绝句一类的"人为语言"，只要实现此目的古白话还是今白话并不重要，在当时文言还占居主体地位，欧化白话尚未萌生之际，他自然会从与其相对的古白话里面寻找突破。但显然，这种突破只是解构意义上的，并未涉及到新诗的建构。

从音节层面上说，胡适对待传统汉语诗歌是纠结不已的。同样是在《谈新诗》里，他又有了另一个层面的认识，"新诗大多数的趋势，依我们看来，是朝着一个公共方向走的。那个方向便是'自然的音节'。"他也说"自然的音节是不容易说明白的。"进而从两个方面来阐释，一是，"新体诗句子的长短，是无定的；就是句里的节奏，也是依着意义的自然区分与文法的自然区分来分析的。"第二是，"新诗的声调有两个要件：一是平仄要自然，二是用韵要自然。白话里的平仄，与诗韵里的平仄有许多大不相同的地方。同一个字，单独用来是仄声，若同别的字连用，成为别的字的一部分，就成了很轻的平声了。……白话诗里只有轻重高下，没有严格的平仄。""白话诗的声调不在平仄的调剂得宜，全靠这种自然的轻重高下。""新诗的声调既在骨子里，——在自然的轻重高下，在语气的自然区分——故有无韵脚都不成问题。""内部的组织，——层次，条理，排比，章法，句法，——乃是音节的最重要方法。我的朋友任叔永说，'自然二字也要点研究'。研究并不是叫我们去讲究那些'蜂腰''鹤膝''合掌'等等玩意儿，乃是要我们研究内部的词句应该如何组织安排，方才可以发生和谐的自然音节。"㊳无论是对用传统汉语诗歌的音节评论白话诗的局限的补充也好，还是他真的触摸到了新诗音节的内在理路。这里的胡适还是涉及到了诗歌从古典向现代转变过程中,从相对独立转变到以音义结合,以意为基础的音节变迁。只可惜的是,《尝试集》里的大部分诗篇并没有归属于此理论的麾下。对于胡适来说,新诗的理论高度永远大于现实的实践。这也是汉语新诗史的共性。

第四节 结 语

《尝试集》出版不久,"学衡派"的胡先骕就洋洋洒洒写了《评尝试集》,文章可谓宏篇巨著,纵横中西文学,从当时盛行的"主义论"角度批评胡适的诗歌为"枯燥无味之教训主义""肤浅之征象主义""纤巧之浪漫主义"以及"印象之象征主义"等等,看似洋洋大观,其实多有脱离文本勘查的主观臆想之嫌。胡氏最后得出的结论是"《尝试集》之价值与效用,为负性的",而且是"不啻已死"的新诗"微末之生存"! [39]持同论的,还有另一个不甘寂寞的自诩为新诗人的胡怀琛,他一方面自以为很聪明的要替胡适修改《尝试集》里的诗,因为他觉得这里面的诗"(一)不能唱。只算白话文,不能算诗。(二)纤巧。只算词曲,不能算新诗。" [40]另一方面他也曾写作过令后人啼笑皆非,当局者胡适"不值一驳"的所谓新诗。如果说,胡先骕和胡怀琛的否定多少还是能够触摸到《尝试集》的实情的话,那么,朱湘甚至称《尝试集》里的诗"内容粗浅,艺术幼稚", [41]则多少显示出"文人相轻"的狭隘和诗人的狂猖性格,并没有多少理性的评点。另外的一种,则是对《尝试集》持肯定姿态的,比如文学史家陈子展在20世纪30年代就较早地从文学史角度认为,《尝试集》真正的价值并不是为新诗建立规范,而是"在与人以放胆创造的勇气。" [42]这是比较中肯而且符合历史现场的评价,对于《尝试集》的积极性认识也大多停留在此层面。这种观点延伸至90年代,则有了更为细致的面孔,"尽管于成熟、于完善还相差很远,但在经过艰苦探索之后,胡适的诗作毕竟已从中国古典诗歌的形式传统中挣脱出来,开始具备了现代汉语抒情诗本文结构的雏形。而《尝试集》的艺术史价值也就在这里——它是勾通新旧两个艺术时代的桥梁。" [43]"勾通新旧两个艺术时代的桥梁"的宏论几乎是目前为止《尝试集》研究的"最新成果",后来的研究大多局限在这个圈子里做修修补补的"敲打"。

在上述的研究中我们发现,当把《尝试集》当作一个运动的群落来看待的时候,无论是从写作资源上的传统性看还是从诗歌本身表现出来的语言与诗歌的关系来看,《尝试集》更多的是继承近代诗学改革的遗绪,其诗学眼光并未真正触摸到汉语新诗领域。虽然胡适的直译为新诗后来的写作提供了表述上的形似,形成所谓"胡适之体",在当时带来了疯狂的模拟,但从整体来看,这种"胡适之体"的诗歌仍旧停留于白话的层面,而非诗的纬度。在沟通新旧两个时代中,《尝试集》是以旧的姿态来昭示新的,而非我们现在惯常评论的以新的姿态来告别旧的。

注释：

① 胡明：《〈胡适诗存〉前言》，见《胡适诗存》，胡明编，人民文学出版社 1993 年版，第 1 页。

② 章士钊：《评新文化运动》，《新闻报》1923 年 8 月 21—22 日。

③ 金宏宇：《新文学版本研究的角度》，《中国现代文学研究丛刊》2005 年第 2 期。

④ 胡适：《尝试集》，人民文学出版社 1984 年版，第 6 页。

⑤ 胡适：《谈新诗》，《中国新文学大系·建设理论集》，上海良友图书出版公司 1935 年版。

⑥ 胡适：《答钱玄同》，《中国新文学大系·建设理论集》，上海良友图书出版公司 1935 年版，第 85—86 页。

⑦ 陈平原：《知识生产与文学教育》，《社会科学论坛》2006 年第 2 期。

⑧ 胡适：《尝试集》，人民文学出版社 1984 年版，第 189—190 页。

⑨⑩⑪ 胡适：《中国新文学大系·建设理论集·导言》，上海良友图书出版公司 1935 年版，第 1、18、31 页。

⑫ 胡适：《中国新文学大系·建设理论集》，上海良友图书出版公司 1935 年版，第 86 页。

⑬ 梁启超：《饮冰室合集》，中华书局 1989 年版。

⑭ 胡适：《历史的文学观念论》，《中国新文学大系·建设理论集》，上海良友图书出版公司 1935 年版，第 57 页。

⑮ 胡适：《逼上梁山》，《中国新文学大系·建设理论集》，上海良友图书出版公司 1935 年版，第 24 页。

⑯⑰⑱ 胡适：《尝试集》人民文学出版社 1984 年版，第 137、141、193—194 页。

⑲ 《任鸿隽给胡适信》，《钱玄同文集》第 1 卷，中国人民大学出版社 1999 年版，第 199—200 页。

⑳ 胡适：《谈新诗》，《中国新文学大系·建设理论集》，上海良友图书出版公司 1935 年版，第 300 页。

㉑ 康白情：《新诗底我见》，《中国新文学大系·建设理论集》，上海良友图书出版公司 1935 年版，第 335 页。

㉒ 胡适：《尝试集·自序》，人民文学出版社 1984 年版，第 25 页。

㉓ 胡适：《尝试集再版自序》，人民文学出版社 1984 年版，第 35 页。

㉔ 胡适：《谈新诗》，《中国新文学大系·建设理论集》，上海良友图书出版公司 1935 年版，

第 301 页。

㉕　胡适：《尝试集》，人民文学出版社 1984 年版，第 33 页。

㉖㉗㉘㉙㉚　冯文炳《谈新诗》，人民文学出版社 1984 年版，第 1、2、3、5 页。

㉛　冯文炳：《新诗十二讲》，辽宁教育出版社 2006 年版，第 203 页。

㉜　俞平伯：《社会上对于新诗的各种心理观》，《中国新文学大系·建设理论集》，上海良友图书出版公司 1935 年版，第 301 页、第 356 页。

㉝　司马长风：《中国新文学史》，昭明出版社 1975 年版，第 3 页。

㉞　胡适：《尝试集》，人民文学出版社 1984 年版，第 44—45 页。

㉟　胡适：《谈新诗》，《中国新文学大系·建设理论集》，上海良友图书出版公司 1935 年版，第 303 页。

㊱　胡适：《答钱玄同》，《中国新文学大系·建设理论集》，上海良友图书出版公司 1935 年版，第 86 页。

㊲　胡适：《谈新诗》，《中国新文学大系·建设理论集》，上海良友图书出版公司 1935 年版，第 303—304 页。

㊳　胡适：《谈新诗》，《中国新文学大系·建设理论集》，上海良友图书出版公司 1935 年版，第 301 页。

㊴　胡先骕：《评尝试集》，《学衡》第 1 期，1922 年 1 月。

㊵　胡怀琛：《胡适之派新诗根本的缺点》，《时事新报·学灯》，1921 年 1 月 11 日。

㊶　朱湘：《新诗评（一）·〈尝试集〉》，《晨报副刊》，1926 年 4 月 1 日。

㊷　陈子展：《最近三十年中国文学史》，太平洋书店 1937 年版，第 227 页。

㊸　康林：《〈尝试集〉的艺术史价值》，《文学评论》1990 年第 4 期。

第七章　格律与自由的恰切糅合
——试论新月诗歌的语言表述

新月诗派是一个以 1926 年《晨报副刊·诗镌》和 1931 年创刊的《诗刊》为言说阵地的汉语新诗流派。一般来说,分为前期和后期,前期以闻一多、徐志摩为中心,后期则以徐志摩为重镇,朱湘、方韦德、林徽因、陈梦家等皆为其重要成员。是汉语新诗史上第一个有意识试图为汉语新诗建立格律形式的诗社。尽管至今为止很多学者对之作过诸多精辟的论述和剖析,但囿于视野的局限,大多数仍停留在 "格律" 的具象范畴,也就是局限于从传统汉语诗歌的格律概念及外延,而非汉语新诗语言本体出发来考量新月诗派的理论建设和文本成就。很明显,这种阐述思路的根本视点在于传统汉语诗歌而非新月诗歌本身,这种 "旁观者" 的思维态势必然遮蔽了读者对新月诗歌语言内质的准确探悉。因此,本部分将试图从现代白话的语言视角出发,对新月诗派的理论及其文本实践作尽可能深入的析理,对其所谓的 "格律" 理论的真正内涵做一新鲜的解释,来重新审视和发掘新月诗派在建构新诗语言表述过程中的作用。

第一节　语言言说：迷途后的归乡

德国哲学家黑格尔曾将诗歌的目的归结为 "形象和语言",而非诗歌所要表述的思想内容，①并且从诗歌身份界定上认为"一般说来，只有在观念已实际体现于语文的时候，诗才真正成其为诗"。②克林斯·布鲁克斯认为"诗歌的功能"在于传达诗意时独特的"语言模式、措词方式和句法"。③因此说拥有独立的语言阐释术语和话语体系，是任何诗歌得以独立自足的根本，是诗歌自我认同和相互交流的前提，这虽然有着形式主义论的特点，但相对于小说、散文等其他文体来说，诗歌形式的意义有时候大于内容的意义也是确实的。从这个视点出发，我们不难发现，汉语新诗在初期表现为一种地道的他者阐释，是一种非自体的语言表述。这主要表现在两个方面，一方面表现为胡适所说的"要须作诗如作文"，用散文的语言表述为参照来描述和规范新诗的语言形态，将作诗如说话视为新诗语言的表述理想；另一方面则是以传统汉语诗歌的语言表述为参照，走向汉语新诗表述的"虚无主义"，以形式的大解放为号召，试图取消任何规则化的诗歌语言表述，以所谓的"自然"语态、"自然音节"相标榜。实际上，历史地看，这种态势的出现是汉语新诗在面对传统汉语诗歌的厚重影响时，在潜意识中所作的一种过度反驳，一种矫枉必须过正的破坏性思维作祟的结果，这种依附于他者，只知破坏而鲜顾建设的诗歌构筑方式显然不是新诗发展的良途，后来者批评初期新诗的非诗化特征大多也是纠缠于此。

闻一多、徐志摩代表的新月诗派的出现，则反驳和纠正了初期新诗的这种倾向。闻一多说："自然界里面也可以发现出美来，不过那是偶然的事。偶然在言语里发现一点类似诗的节奏，便说言语就是诗，便要打破诗的音节，要它变得和言语一样——这真是诗的自杀政策了。"④否定之后，新月诗人从现代白话的语言现实出发，试图确立汉语新诗同传统汉语诗歌乃至域外诗歌相对等的语言身份，徐志摩说"要把创格的新诗当一件认真的事情做"。⑤1926年，闻一多在其代表性文章《诗的格律》中，借用游戏要有一定的规则为前提来喻示新诗应该具备独立的语言表述规则和话语体系，"游戏的趣味是要在一种规定的条律之内出奇制胜。做诗的趣味也是一样的。假如诗可以不要格律，做诗岂不是比下棋，打球，打麻将还容易些吗？难怪这年头儿的新诗'比雨后的春笋还多些'"，这就是戴着镣铐跳舞的含义。进而提出汉语新诗的语言表述应该具备"音乐的美""绘画的美"和"建筑的美",试图从语言的视觉和听觉两个方面来建构新诗的语言表述,可以说这是一个几乎臻于完善的汉语新诗语言的建构方案。新月诗派的后期代表诗人陈梦家也认为:"我们不怕格律。格律是圈,它使诗更显明,更美。形式是观感赏乐的外助。"⑥并从汉语的语言本质出发,提出了自己对于新诗规律化的意见:"中国文字是以单音组成的单字,但单字的音调可以别为平仄(或抑扬),所以字句的长度和排列常常是一首诗的节奏的基础。主张以字音节的谐和,句的均齐,和节的匀称,为诗的节奏所必须注意而与内容同样不容轻忽的,使听觉与视觉全能感应艺术的美(音乐的美,绘画的美,建筑的美),使意义音节(Rhythm)色调(Tone)成为美完的谐和的表现,而为对于建设新诗格律(Form)唯一的贡献,是他们最不容抹杀的努力",因此说:"主张本质的醇正,技巧的周密和格律的谨严差不多是我们一致的方向。"⑦同他者阐释相适应,汉语新诗的首创者胡适不问现代白话语言质地,而将直译的美国诗人 Sara Teasdale 的《关不住了》(Over the Roofs)一诗作为"新诗成立的纪元"。⑧曾经将古文学视为"妖孽"的语言学家钱玄同,要从根本上废除汉字而采用印欧语系的拼音文字,这些罔顾语言变迁规律的激进选择,都是失去理性的做法,多为一时之需,时过境迁之后必然被抛弃。

同汉语新诗初期的这种异质性相比,新月诗人不仅要让迷途的新诗返回到现代汉语的故乡,而且更为重要的,他们试图恢复新诗语言的汉语身份,相对于初期新诗的破坏性做法,这就是有意识的建构了。闻一多说:"我要时时刻刻想着我是个中国人,我要做新诗,但是中国的新诗,我并不要做个西洋人说中国话,也不要人们误会我的作品是翻译的西文诗。"⑨如何将汉语新诗的创作建立在现代汉语的语言特性上,这正是新月诗歌的历史使命。

说到这里,我们大致可以梳理出新月诗歌建构新诗语言表述的出发点,无论是徐志摩还是朱湘乃至后来的陈梦家、林徽因,这些新月诗人都试图使汉语新诗同传统汉语诗歌相系结,试图在现代白话的语境下尽可能的实现传统与现代的融合,闻一多诗歌中的晚唐钟声,朱湘诗歌中的宋词小调,徐志摩诗歌中李后主的缠绵,这些都彰显出新月诗歌对汉语身份的认同,从历史中寻找汉语新诗的精神和技法根源。经过初期的疯狂与迷离,汉语新诗终于将汉语诗歌的传统与现代恰当地结合在一起。应该说,以语言建构为基点,新月诗人以其绅士般的雍容维护了汉语诗歌的贵族气质和独立精神,从强调新诗的汉语身份出发,试图恢复新诗的"健康和尊严""醇正和纯粹"。

第二节　琴瑟和谐：格律与自由糅合下的规律化诗学

汉语新诗应该以什么样的打扮回到语言的故乡?石灵说:"新月诗既然成派,当然有一种共同的倾向了。那就是新诗规律化。"⑩石灵一语中的,点出了新月诗歌对汉语新诗的语言创意,但只是蜻蜓点水地描述,缺乏深入地分析和精致的逻辑推理,不能不说是一件令人遗憾的事情。显然,"规律化"不同于"格律化",格律在很大程度上表现为一种普遍意义上的诗歌先验范型,具体而言是指:"诗、赋、词、曲等关于字数、句数、对偶、平仄、押韵等方面的格式和规则。"⑪而规律化呢?无论是一种抽象的诗体,还是一首具象的诗歌,只要呈现出一定的语言表述规律,皆可说是规律化。从这个意义上说,新月诗歌对汉语新诗的规律化运动,迥然不同于传统汉语诗歌的格律化表述,也与西方的十四行诗迥然有别。近体诗以来传统汉语诗歌和西方十四行诗皆表现为一种统一的定型化诗歌语言表述,一旦这种诗歌的语言表述得以确立,任何诗人的创作、任何诗情的表达都必须遵循这种诗歌语言表述的规定,不可造次,如果出格了,还要想方设法去纠正,也就是所谓的"坳救"。新月诗歌对于汉语新诗的"规律化"相对宽松的多,是遵循寓自由于规律之中的谨严而疏放的语言表述。

新月诗歌是在清醒而客观地甄别中外传统诗歌的基础上来筹划汉语新诗的语言表述的。在语言表述的空间形式上,吸取了域外诗歌跨行的语句排列方式,一改传统汉语诗歌的以句为单位的语言组合而以行为单位,由传统汉语诗歌的以意义表述的完整性为排列原则过渡到有选择地以音节的多寡为排列原则。例如陈梦家的《心事》,为了形成诗歌前后阙在开头的音节复沓的节奏效应,后面两阙的开头采取的都是不完全句法,"一件小的过错,我把你"和"一口心的清水,再不能",以期能和开头的"一年来的事情,想起你"来取得音节上的和谐。实际上,除却闻一多的《死水》、陈梦家的《无题》等少数汉语新诗,恰巧实现了节奏表达与意义表述的完整性相统一,而表现为以句为单位外,绝大部分的新月诗歌都实现了这个转变。在另一方面,域外诗歌的躯壳下所隐藏的则是新月诗人对传统汉语诗歌的张扬,闻一多说:"句法整齐不但于音节没有妨碍,而且可以促成音节的调和。……整齐的字句是调和的音节必然产生出来的现象。绝对的调和音节,字句必定整齐。"⑫这显然是传统汉语的近体诗,而非现代的域外诗歌,因为,他试图将新诗的音节和意义的完整性表述理想地结合起来,而当时的域外诗歌很少会在格律化的范畴内考虑意义和音节的统一,而是大多侧重于音节,徐志摩甚至毫不隐讳地说"我们干脆承认我们是'旧派'",⑬陈梦家在《新月诗选》的序言中这样总结新月诗歌的成就:"影响于近时新诗形式的,当推闻一多和饶孟侃他们的贡献最多。中国文字是以单音组成的单字,但单字的音调可以别为平仄(或抑扬,)所以字句的长度和排列常常是一首诗的节奏的基础。主张以字音节的谐和,句的均齐,和节的匀称,为诗的节奏所必须注意而与内容同样不容轻忽的,使听觉与视觉全能感应艺术的美(音乐的美,绘画的美,建筑的美,)使意义音节(Rhythm)色调(Tone)成为美完的谐和的表现,而为对于建设新诗格律(Form)唯一的贡献,是他们最不容抹杀的努力。"⑭这样,西洋诗歌、传统汉语诗歌以及新月诗人自身对于新诗的理解三者融合在一起,就形成了新月诗歌独特的新诗语言观。

抛弃固定的诗歌语言范型而采取随机的规律化表述,尊重诗人个体对语言的驾驭,这是新月诗歌对新诗规律化内涵的具体阐释。与传统汉语诗歌相比,新月诗歌不设置先验的语言范型,而是充分尊重诗人个体的文本经验,诗人可以依据具体的诗情而设置相应的诗歌表述格律,诗歌语言的空间表述形态呈现为多姿多彩的亮丽局面而非单一的偏枯,"律诗永远只有一个格式,但是新诗的格式是层出不穷的。"⑮朱湘的《采莲曲》为了构筑轻盈、跳脱、明快的意境,以表述采莲人的喜悦之情和诗情画意的采莲场景,采取的是富于节奏感和层次感错落有致的规则化语言表述,多以短句为行,每阙划一,形成一种节奏和视觉上的复沓,而他的《日色》则构筑的是"树状"的语言形态:

日　色

奇幻呀

善变的夕霞:

它好像肥皂水泡

什么颜色都变到,

又像秋

染遍了枝桠。

苍凉呀

大漠的落日:

笔直的烟连着云,

人死了战马悲鸣,

北风起,

驱走着砂石。

阴森呀

被蚀的日头:

一圈白咬着太阳,

天同地漆黑无光,

只听到

鼓翼的鸱鸺

日落松后,满目苍远,形式与意境巧妙结合,颇有后来图像诗的韵味;闻一多《快乐》的长短句式与徐志摩的《再别康桥》的"下句错落",两者在语言表述上迥然不同、有各自的语言表述规律。新月诗歌的规则化表述不但会因诗人而不同,而且每一个诗人也会基于不同的诗境构筑和诗意表述而不同。除了十四行诗以外,汉语新诗在每个新月诗人的笔下都显得特立独异、各领风骚。当传统汉语诗歌的诗人在苦苦思索,如何选择恰当的语词将诗意融化进先验的诗歌语体时,这种寓自由和包容为前提的新诗语言表述的规律化建构要求,决定了新月诗人以智慧而聪敏的头脑,在创造和试验着取自不同资源的数量繁多的诗歌语体,徐志摩以其因诗而生的天赋在实践着新月诗歌的语言试验,以至于西滢在评价他的诗集《志摩的诗》时说:"《志摩的诗》几乎全是体制的输入和试验。经他试验过有散文诗,自由诗,无韵体诗,骈句韵体诗,奇偶韵体诗,章韵体诗。虽然一时还不能说到它们的成功与失败,他们至少开辟了几条新路。"⑯闻一多对十四行诗的肯定和朱湘在《石门集》中的切身实践,卞之琳、林徽因乃至陈梦家等人的个体创造,可以说,新月诗人在真正意义上实现了刘半农所期待的"增加诗体""增多诗韵"的理想,新诗初期所期待和勾画的美好胜景在新月诗人的自觉浇灌下盛开得花团锦簇、分外妖娆。

实际上,新月诗歌的这种自由与格律巧妙结合的新诗语言表述方案有其内在的语言基础,否则也不能取得如此的成功。现代白话取代文言是一次语言思维的颠覆性变革,而不是单纯的传统白话的延续,随着现代思维表述的需要,现代白话中的多音词占据汉语词汇中的大多数,文言中以单音词为主的词汇系统逐渐退出历史舞台,虚词、连词等单纯表示实词之间语义逻辑联系与修饰关系的词汇突现出来,语言媒介的变迁决定了汉语新诗很难也不可能重现传统汉语诗歌的语言表述。高擎新月诗歌理论旗帜的闻一多对汉语新诗规律化的理解,在很大程度上偏重于传统汉语诗歌的格律内涵,也正是在这个意义上,他认为自己的《死水》"是第一次在音节上最满意的试验"。我们不妨来看看《死水》:

死　水

这是一沟绝望的死水,

清风吹不起半点漪沦。

不如多扔些破铜烂铁,

爽性泼你的剩菜残羹。

也许铜的要绿成翡翠，
铁罐上锈出几瓣桃花；
再让油腻织一层罗绮，
霉菌给他蒸出些云霞。

让死水酵成一沟绿酒，
漂满了珍珠似的白沫；
小珠们笑声变成大珠，
又被偷酒的花蚊咬破。

那么一沟绝望的死水，
也就夸得上几分鲜明。
如果青蛙耐不住寂寞，
又算死水叫出了歌声。

这是一沟绝望的死水，
这里断不是美的所在，
不如让给丑恶来开垦，
看他造出个什么世界。

无论是节奏安排还是以整齐的语句为排列单位都打上了深深的近体诗的烙印，无论是字数还是韵律，里面充满了律诗的刻意和雕琢，显然同所谓的"天然的整齐的轮廓"相距甚远，从简约松散的文言过渡到规则化表述的现代白话，语言符号的变迁决定了闻一多的理想不可能实现。事实证明，也只有刻意雕琢的《死水》实现了他的理想，很难再有第二首诗歌能让他如此称心，他后来远离汉语新诗，转而沉浸于古典文学的研究，和这种理想没有实现有很大关系。但闻一多的这种追求"整齐"的诗歌理念，却因为他的诗歌地位和人格魅力影响了后来新月诗歌的创作,以至于为新月诗歌带来了"豆腐干"体的讽喻,这种讽喻本身也从另一个角度证实新月诗歌将自由和格律相对立统一的新诗规律化概念的合理性。另一方面,尽管现代白话受了印欧语系的影响,但从根本上依然属于汉语的语言范畴,域外诗歌的规则化语言表述尽管为汉语新诗所推崇,但事实上不可能原汁原味的在现代白话的语境下获得认同。朱湘曾经试图以十四行诗为素材这样做,他失败了,造成了"如其有一天我能化成鹰,高 / 飞入清冷的天,在云内涤翼"以及"儿啊,那啾啾的是乳燕 / 在飞;一年,一年望着它们在梁间 / 兜圈子,娘不是不知道思念你那一啼"这样的为了遵循十四行诗的严格的音韵要求而不顾现代白话表述的拙劣分行。对此,诗歌评论家梁宗岱在给徐志摩的信中说:"'在飞''兜圈子'有什么理由不放在'乳燕'和'梁间'下面而飞到'一年''娘不是'上头呢,如其不是要将'燕'字和'间'列成韵?"⑰ 直到后来,只是被作为一个名称而非原质诗体的时候,经过民族化、汉语化了的十四行诗才真正在中国繁花似锦、山花烂漫,诞生了冯至的《十四行集》。因此,新月诗歌创造性地提出汉语新诗的规律化而非传统意义上的格律化语言表述,是基于现代白话的语言媒介本身同时又是对新诗众多资源吸收利用的结果。

到了后期新月诗歌,诸多新月诗人对于新诗语言规律化的认识更为深刻和具有超越性,陈梦家说:"格律在不影响于内容的程度上,我们要它,如像画不拒绝合式的金框。金框也有它自己的美,格律便是在形式上给与欣赏者的贡献。但我们决不坚持非格律不可的论调,因为情绪的空气不容许格律来应用时,还是得听诗的意义不受拘束的自由发展。"⑱ "诚实表现自己渺小的一掬情感,不做夸大的梦",闻一多的豪气干云演变为冷静的云卷云舒,新月诗歌的规律化诗歌理念才真正臻于成熟。

海德格尔曾这样论述过词语的诗意表达:"按诗意经验和思想的最古老传统来看,词语给出存在。于是,我们在运思之际必须在那个'它给出'(es,dasgibt)中寻找词语,寻找那个作为给出者而本身决不是被给出者的词语,"⑲ 从这个意义上,诗歌语言天然地属于象征和譬喻,也就是说文字意象蕴含暗示着诗人的诗意而又同时启发着读者的阅读,成为一种诗人与读者间的过渡桥梁,但绝不是终点。由于依赖于散文的他者阐释,初期新诗并没有刻意的关涉到汉语新诗文字和意象的营构,要消解传统汉语诗歌的"典故"式原型语言意象,注重写实的具体可感性,将诗歌的文字意义的明白如话作为处理新诗语词的理想境界,"诗到语言为止",也就是说,初期新诗的文字意象在给出诗人诗意的同时本身也成为了"被给出者",演变为一种最终的结果而非一种读者接受以及再创造过程的中介。新月诗歌因为忠实于诗歌语言的本体,故尔,回归到象征和譬喻的诗歌语言表述必然是其内在要求,为避免陷入初期新诗诗意表达过于直露的泥淖而遵循"理性节制情感"的表述规则,在选择承载诗意的语词上多运用譬喻、象征等曲折委婉的表述方式,多青睐于内涵丰韵、歧义纷纭,同时又能激发读者自由联想的语汇来营构诗歌的多义磁场,造就了新月诗歌多姿多彩的文字意象群落。西滢在评论徐志摩的诗歌时说:"他的文字是受了很深的欧化的,然而它不是我们平常所谓欧化的文字。他的文字是把中国的文字,西洋文字,融化在一个洪炉里,炼成的一种特殊的而又曲折如意的工具。"[20]新月诗歌的这种杂糅中外传统、熔炼出新鲜之姿的绝妙之处当属对传统汉语诗歌意象的"化骨",如朱湘在《饮酒》中对"酒"的表述:

> 情况既然如此,
> 又何必苦眼愁眉?
> 我有口能饮,
> 酒又爱般美
> 斟吧,快斟上一杯!

这与李白笔下酒的"借酒浇愁愁更愁"的苦闷和"举杯邀明月,对影成三人"颇有异曲同工之妙。"梦""摇篮""柳""莲""昭君"等在传统汉语诗歌中堪为典故的诗歌意象共同组成了朱湘诗歌的古典神韵,闻一多所喜爱的"太阳""菊""秋色",陈梦家所描述的"琵琶""观音""古战场",可以说,在被初期新诗丧失理性地抛弃后,这些颇富原型意蕴的意象在新月诗人的笔下重新焕发了诗意。但显然,新月诗人并不是移植或者简单的挪用传统汉语诗歌的这些原型意味的意象,而是对之进行个人化赋形后的结果,经过新月诗人的刻意"融化",一些已经因为被滥用而失去生命力的传统汉语词汇重新焕发出鲜活的色彩。"水莲花"在徐志摩的笔下由传统的"出污泥而不染"的君子形象演变为面带羞嫣的日本少女,"最是那一低头的温柔 / 恰是水莲花不胜凉风的娇羞"。(《沙扬娜拉一首——赠日本女郎》)"晚霞""枫林"甚至"落叶"等一向与感伤、离别意绪相粘连的意象也以"天国的消息"引来了"小儿女的笑声"和"呖呖的清音",(《天国的消息》)灯影迷离、青楼妓歌的秦淮河在陈梦家的视野中竟然幻化成"喜也没有""笑也没有","只有一团鬼火,一串骷髅"的"鬼哭"景象。(陈梦家《秦淮河的鬼哭》)除了化用,新月诗人几乎都能创作出最能体现各自诗歌风格的独特意象,"康桥"之于徐志摩,"死水""昏鸦"之于闻一多,"莲花""摇篮"之于朱湘,意象如诗,诗如意象。新诗中的意象在新月诗人的手中,第一次实现了个人化的丰盈,而卞之琳在《黄昏》《望》等诗中对日常口语意象的喜好则显示出新月诗人的全新创造。可以说,新月诗人从自我观感和诗意寄托出发对传统汉语诗歌意象、日常生活意象乃至域外诗歌意象的化用、活用为新诗的语汇意象提供了新鲜而颇富创造性的文本实践。

第三节 承上启下:新月诗歌的语言价值估衡

当主体性和现代理性精神成为现代性的支柱力量后,能否实现自我确证必然是事物能否获得现代性的重要标志。无论是迪卡尔的"我思故我在"还是康德哲学对自我意识的强调,乃至于在被哈贝马斯誉为"第一位意识到现代性问题的哲学家"[21]的黑格尔那里,自我身份的确证都被视为困扰现代哲学的核心话题。正是因为有了自我确证的需要,现代哲学才会在面对无法剥脱的传统因子而备感焦虑,"我是谁?"以及我与周围环境乃至他人之间的关系都成为现代哲学无法回避的问题。"他人是地狱",尼采的经典言论透视出自我身份确证给现代人带来的空前巨大的压力。汉语新诗在实现语体变革后同样面临这些问题,于是在经过初期新诗的短暂迷茫后,诞生了诸多着力于新诗身份建构的诗歌流派。以殷夫的"红色鼓动诗"为代表的左翼诗人,以蒲风、杨骚为代表的中国诗歌会诗人以及初期象征诗派等,都依据自己对汉语新诗的理解从理论到文本实践描绘出了理想的蓝图,形成了初期新诗后新诗史上的现实主义诗歌运动和初期象征主义诗歌思潮。但事实上,左翼诗歌和中国诗歌会所发起的现实主义诗歌运动,其目的在很大程度上并不在于汉语新诗本身,而是过于强调新诗对于社会时代内容的承载,过于强调新诗的工具化作用,因此从严格的意义上说,它对于新诗的关怀是在内容上而非语言表述上。李金发所代表的初期象征派诗歌是出于对法国象征主义诗歌技法的好奇,而企图将其横向移植到汉语诗歌中来,它同样没有从现代白话的语言实践出发,而只是一种域外诗歌形态在汉语中的"鬼魅"表演,只是以新奇而非实绩光耀诗坛,它所作的只是引进的开拓之功而非里程碑式的诗歌实践。新月诗派从现代白话的语言本体出发来实践新诗语言的规律化运动,以清醒而自觉的理性眼光来审视传统和域外资源,并且在意象、音韵乃至节奏等最能表征新诗物化语言形态的方面阐释出独特的见解,它所彰显出的现代新诗观念以及诗歌文本在为新诗前进指出路向的同时,自身也演绎为丰硕而厚重的诗歌之果,成为现代新诗坛上最美的收获之一。在具体的诗歌实践中,涌现出了徐志摩、闻一多以及陈梦家、方苇德、林徽因等现代新诗史上的著名诗人,出版了《翡冷翠的一夜》《巴黎的麟爪》《红烛》《死水》《草莽集》等数量繁多的诗集,诞生了《死水》《再别康桥》以及《采莲曲》等脍炙人口、至今吟诵不绝的优秀诗篇。更为重要的是,新月诗歌不仅仅反驳了新诗初期过于散漫、趋向解构的语言表述,而且在吸收传统和域外诗歌资源的情况下,大胆创造,为新诗确立了"熟悉而又陌生"的格律理念,在很大程度上厘定了新诗的语言表述。可以说,在新月诗派的手中,新诗第一次拥有了独立自足的身份界定和阐释话语。从这个意义上讲,新月诗歌的萌生和繁荣当属新诗真正获得现代质素的标志。虽然新月诗派在后来趋向现代主义,在一定程度上抛弃了从音韵、视觉等具有浓厚传统格律观念的新诗规律化语言理念,但它所确立的对传统汉语诗歌和域外诗歌资源的理性思辨观念却是成就现代主义新诗的关键所在。因此说,新月诗派以其建设性的诗歌理论和创作实绩被视为新诗批评史上的一道奇绝的风景,成为一个难以回避的话题。

注释：

①② ［德］黑格尔：《美学》第 3 卷（下），朱光潜译，商务印书馆 1981 年版，第 21、63 页。

③ 克林斯·布鲁克斯：《意释邪说》，见《新批评》，张廷深编，四川文艺出版社 1989 年版，第 15 页。

④⑫⑮ 闻一多：《诗的格律》，《晨报副刊·诗镌》第 7 号，1926 年 5 月 13 日。

⑤ 徐志摩：《诗刊弁言》，《晨报副刊·诗镌》第 1 号，1926 年 4 月 1 日。

⑬ 徐志摩：《诗刊放假》，《晨报副刊·诗镌》第 11 号，1926 年 6 月 10 日。

⑥⑦⑭⑱ 陈梦家：《〈新月诗选〉序言》，见《新月诗选》，陈梦家编，新月书店 1931 年版，第 15、17、23—24 页。

⑧ 胡适：《〈尝试集〉再版自序》，《胡适文集》第 9 卷，北京大学出版社 1998 年版，第 84 页。

⑨⑯ 闻一多：《女神之地方色彩》，《创造周报》第 5 号，1923 年 6 月 10 日。

⑩ 石灵：《新月诗派》，《文学》第 8 卷第 1 期，生活书店 1937 年版。

⑪ 中国社会科学院语言研究所词典编辑室：《现代汉语词典》修订本，1996 年 7 月版，第 424 页。

⑰ 梁宗岱：《论诗》，见《诗与真、诗与真二集》，梁宗岱著，外国文学出版社 1984 年版，第 37 页。

⑲ ［德］海德格尔：《海德格尔选集》，孙周兴译，生活·读书·新知三联书店 1996 年版，第 1096 页。

⑳ 西滢：《闲话》，《现代评论》第 3 卷第 72 期，1926 年 4 月 24 日。

㉑ ［德］哈贝马斯：《现代性的哲学话语》，曹卫东译，译林出版社 2004 年版，第 51 页。

第八章　迷失的风景

——1949—1979 年汉语新诗综论

从 1949 年中华人民共和国建立,到 1979 年新时期的来临,汉语新诗尽管在这 30 年间作为主流的文学话语风光一时,取得了数量颇丰的创作和评论成绩。但恍如云烟,进入新时期之后的评价同这一时期的文学一样,往往处在被忽略的状态。谢冕说"三十年诗歌的症结不是在形式。根本弱点是诗歌没有思想。标语口号化的结果,诗人失去了他的独立见解、以及表达这一独立见解的自由。"① 郑敏在新世纪总结汉语新诗近百年的历史功绩时,对此一时期的诗歌几乎是一笔带过,② 在价值评判上,无论是正值还是负值,"政治化口语"也好,"文白相间的革命诗体"也好,这都说明这 30 年的汉语新诗在新诗史上还是留下了痕迹的。作为一种诗学现象,或者说史学现象,都值得我们继续探究下去。

第一节　体制化：创作机制的更迭

1942 年的延安整风之后,汉语文学的创作机制和价值厘定尺度发生了根本性的变化。这就是在"政治标准第一,文艺标准第二"的评判标准下,汉语文学成为表述意识形态的重要工具,其理论话语、文本表征和精神向度随之重构。这自然有其特殊的时代要求,因为形式上的可操作性和思想传达上的便捷,汉语新诗在实现意识形态在文学领域的意图时,显得尤为得心应手。墙头诗、街头诗、民歌体等短小精悍、鲜活明快的诗歌体裁被创造出来并发扬光大。从李季的《王贵与李香香》、阮章竞的《漳河水》、田间的《给战斗者》等代表性诗篇的纷至沓来来说,汉语诗歌很早就融入了意识形态所指定的轨道。1949 年后,随着新政权的建立,无论是主观上还是客观上,汉语新诗继续强化其被意识形态所赐予的位置感。

意识形态对汉语新诗的规训是通过一系列的非诗学化的手法来完成的。通过成立作协、文联等半官方的组织来统一管理诗人,将诗人的生存理念、生活方式和创作方式纳入到集体管理的模式,通过作家研讨会、专题学术会议的形式来展开关涉诗歌写作的主题、形式、语言等问题的讨论,将其置于先验的理论框架和题材阈限内,采取相似或相近的主题或题材进行集团性创作,这就改变了传统诗歌领域的以个人化为中心的写作生产模式。这样,诗人和诗歌成为一种统一化的集体行为,在处理汉语新诗问题时,往往也采用集体攻关、"攻占堡垒"等颇富军事化色彩的行事策略。比如 1950 年 3 月 10 日,《文艺报》第 1 卷第 12 期就刊出诗歌笔谈——《新诗歌的一些问题》,计刊有萧三《谈谈新诗》、冯至《自由体与歌谣体》和王亚平《诗人的立场问题》等论文,从语言特点、新诗与旧诗、格律等问题出发,开始有意识地探讨和规范诗歌创作方向。50 年代中后期,在《文学评论》《光明日报》《人民日报》《文艺报》等报刊杂志的召集和传播下,将何其芳、卞之琳、林庚、王力、冯至等众多行家里手都囊括进来,在很短的时间内通过讨论会的形式,报刊杂志集中刊载更为系统的学术论文的媒体轰炸,等等,试图依靠理性的推理和观点逻辑的推演来为汉语新诗发展的形式问题提供"灵丹妙药"。应该说,这种理论指导创作而非单纯的总结创作的情形在汉语新诗发展史上并不鲜见,或者说这是一个传统。如闻一多的格律理论对新月诗歌的引领,象征派诗歌对李金发、穆木天等人的诗歌的影响,等等。但一般来说大多是沙龙化的同人行为,局限在有着同一志趣的小圈子里,在组织上并不那么严谨,而且突出表现为个人主导的"英雄主义"角色。像 50 年代新诗格律这样的讨论,参与人数之多、并带有官方意识形态的如此大规模的探讨,这次应该是集中的反映,并以此为先例,

30 年的时间内，还有大跃进新民歌运动、小靳庄诗歌，等等，并逐渐形成为汉语新诗的集体无意识。体制化所营造的"氛围"笼罩着诗人的创作，在外部环境上相对限制了诗人的创造性。自然，汉语新诗服务于意识形态的结果之一就是失去了主体性和自主性，沦为表述先验理念的工具，诗歌也就只是单一思想的文字外显。只要有了诗歌的外形，人人皆可成为诗人，是缺了规范和审美准则，这在一定意义上不失为一种狂欢。俄罗斯理论家巴赫金在论述狂欢理论时说："与官方节日相对立，狂欢节仿佛是庆贺暂时摆脱统治地位的真理和现有的制度，庆贺暂时取消一切等级关系、特权、规范和禁令。"③ 在鄙视和消解掉文体独有的规范后，汉语新诗成为众人狂欢的领地，于是就出现了大跃进新民歌运动中的诡异景象，"在那些最激动人心的大跃进高潮的日子里，一个工厂、一个农业社，在一夜之间，人们创作的诗歌，往往要用千首万首来计算，真个是'百花怒放，万紫千红'。在大跃进高潮中，往往出现这样的事情，经过一个不眠之夜，就使一座城市变成了诗城。街头巷尾，机关商店的里里外外，到处都贴满了诗，挂满了歌，人们称这为'一夜东风吹，跃进诗满城'。""群众诗歌创作的规模，在出版物上，也得到了应有的反映。在民歌运动的初期，报纸和刊物就大量刊出了民歌，许多报纸，如《人民日报》《中国青年报》等，都用大量篇幅，经常刊出以'最好的诗'、'跃进战歌'、'口号和战歌'等为名的民歌专栏或专页。全国报纸毫无例外地经常刊载民歌和论述民歌的文章。许多文艺期刊，如《边疆文艺》《文艺月报》《处女地》《前哨》，等等，都在这一年出了诗歌专号，大量地选登了民歌。书籍出版上更是一种无比宏伟的景象，据极不完全的统计，全国省级以上出版社出版的民歌集子总数达七百多种，至于专区、县、区、乡，乃至社出版的民歌集子，那更是无法计算。"而且这种现象的出现被归结为和诗歌不那么有联系的因素上，"大跃进诗歌创作的雄猛来势，是与生产大跃进的情势和规模相适应的。"④ 相较于闻一多、徐志摩、胡适等诗人的个人化写作来说，体制化的要求和现代媒体的介入将汉语诗歌的创作推向了另一种极致，无论是参与人群还是"成果"的数量上，都堪称"硕果累累"。三十年的汉语诗歌以"运动"的机制来践行着非诗歌的使命，于是，诗歌越来越成为一个公共事件，无论是题材、主题还是形式都行走在公共的轨道上。无论是大跃进诗歌运动还是小靳庄诗歌运动,都是一次诗歌的全民"狂欢节"。这种狂欢带来的另一个后果是,它能够营造出足以裹挟个人情性,让人迷失的激情氛围,进而积极而主动地参与到这种氛围中,唯恐被抛弃,慢慢地消解掉了个人的痕迹,"'狂欢节效应'指的是当一群志趣相投的寻欢作乐者决定纵情享乐,不顾后果与责任时,他们会暂时放弃传统对个人行为的认知和道德约束。这就是群体行动的去个人化过程。"⑤ 而且,这个"去个人化过程会创造出一种独特的心理状态,此一心理状态下的行为受到当下情境的指挥,以及生物性的、荷尔蒙的分泌驱使。于是行动取代了思想,立即享乐凌驾了延迟的满足,而小心谨慎的自我克制也让路给愚蠢的情绪化反应。……内在的约束被搁置时,行为完全受到外在的情境操控——外在控制了内在。做一件事时考虑的不是正确与适当与否,而只看可不可能、做不做得到。个人和群体的道德罗盘已不再能够指挥方向。"⑥ 在这种情境下,我们就可以理解曾写出《大堰河——我的保姆》《在北方》《黎明的通知》的大诗人艾青,在50年代写出的那些"杨家有个杨大妈/她的年纪五十八/身材长得高又大/浓眉大眼阔嘴巴"的荒诞诗句了,而且我们充分相信艾青写作此诗时的真情与投入。

　　体制化的文本生成机制对汉语新诗的影响还表现在对诗人的形塑上。这是特殊社会文化背景下个人诗歌经验对体制化诗歌经验的认同意识带来的。剑桥大学教授刘易斯(C·S·Lewis)在其著作《核心集团》(The Inner Ring)中说,"我相信,想打入某个核心的渴望及被排除在圈外的恐惧,会占据所有人一生中的某些时期,甚至许多人从婴儿时期到垂垂老矣,终其一生都被这些念头盘据……在所有热情之中,成为圈内人的热情最善于让本质还不坏的人做出罪大恶极的事。"⑦ 如果说在新政权建立之前,因为国统区、解放区的政治分野还能容许不同文学思想和诗歌理念和谐共生的话,那么,新政权建立后,给予特殊时代需求而建立的文学格局就打碎了这种平衡。不同诗歌理念的生存空间被压缩,来自解放区的文学家开始以正统和领导者的角色俯视和批判那些"非我族类",这其中不仅仅有着精神批判,往往还夹杂着肉体的惩戒,这尤其让知识分子感到恐惧。譬如,

30 年代的沈从文可以很从容的在《论郭沫若》中,指斥郭沫若"不适宜于小说",在他看来这是就文艺论文艺,并没有意识到这其中所隐藏的凶险伏笔,在当时很多人也不以为然,觉得只不过是书生意气。及至 1948 年,郭沫若在《斥反动文艺》中将其列为"桃红色"的反动作家的时候,他才意识到大难临头。于是,在 1951 年发表在《光明日报》上的《我的学习》中说自己在"思想战争里病倒下来",并屡次以自杀的方式表达出这种恐惧。以小说叱咤文坛的沈从文从此寂然。这是个案,但也是一部分知识分子的生活拐点。坎坷生涯的积淀和丰富学识的滋养下的诗人穆旦,在 40 年代汉语诗歌领域做出了卓异的成就,其诗歌中创立的分裂的"我"的形象,非常深刻地透视出现代人的酸涩和灵魂纠结,面对生与死、爱恋与离别折磨的痛苦思考,一个诗人兼哲学家的穆旦影响着许多人。但 50 年代的穆旦开始彻底放弃早已蜚声的"我",开始阐发出原罪感的忏悔。他在 1957 年《诗刊》5 月号上的《葬歌》表现得比较充分:

1

你可是永别了,我的朋友?
我的阴影,我过去的自己?
天空这样蓝,日光这样温暖,
在鸟的歌声中我想到了你。

我记得,也是同样的一天,
我欣然走出自己,踏青回来,
我正想把印象对你讲说,
你却冷漠地只和我避开。

自从那天,你就病在家中,
你的任性曾使我多么难过;
唉,多少午夜我躺在床上,
辗转不眠,只要对你讲和。

我到新华书店去买些书，
打开书，冒出了熊熊火焰，
这热火反使你感到寒栗，
说是它摧毁了你的骨干。

有多少情谊，关怀和现实
都由眼睛和耳朵收到心里；
好友来信说："过过新生活！"
你从此失去了新鲜空气。

历史打开了巨大的一页，
多少人在天安门写下誓语，
我在那儿也举起手来；
洪水淹没了孤寂的岛屿。

你还向哪里呻吟和微笑？
连你的微笑都那么寒伧，
你的千言万语虽然曲折，
但是阴影怎能碰得阳光？

我看过先进生产者会议，
红灯，绿彩，真辉煌无比，
他们都凯歌地走进前厅，
后门冻僵了小资产阶级。

我走过我常走的街道，
那里的破旧房正在拆落，
呵，多少年的断瓦和残椽，
那里还萦回着你的魂魄。

你可是永别了，我的朋友？
你的阴影，我过去的自己？
天空这样蓝，日光这样温暖，
安息吧！让我以欢乐为祭！

2

"哦，埋葬，埋葬，埋葬！"
"希望"在对我呼喊：
"你看过去只是骷髅，
还有什么值得留恋？
他的七窍流着毒血，
沾一沾，我就会瘫痪。"

但"回忆"拉住我的手，
她是"希望"底仇敌；
她有数不清的女儿，
其中"骄矜"最为美丽；
"骄矜"本是我的眼睛，
我真能把她舍弃？

"哦，埋葬，埋葬，埋葬！"
"希望"又对我呼号：
"你看她那冷酷的心，
怎能再被她颠倒？
她会领你进入迷雾"
在雾中把我缩小。
幸好"爱情"跑来援助，
"爱情"融化了"骄矜"：
一座古老的牢狱，

呵，转瞬间片瓦无存；
但我心上还有"恐惧"，
这是我慎重的母亲。

"哦，埋葬，埋葬，埋葬！"
"希望"又对我规劝：
"别看她的满面皱纹，
她对我最为阴险：
她紧保着你的私心，
又在你头上布满

使你自幸的阴云。"
但这回，我却害怕：
"希望"是不是骗我？
我怎能把一切抛下？
要是把"我"也失掉了，
哪儿去找温暖的家？

"信念"在大海的彼岸，
这时泛来一只小船，
我遥见对面的世界
毫不似我的从前；
为什么我不能渡去？
"因为你还留恋这边！"

"哦，埋葬，埋葬，埋葬！"
我不禁对自己呼喊：
在这死亡底一角，
我过久地漂泊，茫然；

让我以眼泪洗身，

先感到忏悔的喜欢。

3

就这样，像只鸟飞出长长的阴暗甬道，

我飞出会见阳光和你们，亲爱的读者；

这时代不知写出了多少篇英雄史诗，

而我呢，这贫穷的心！只有自己的葬歌。

没有太多值得歌唱的：这总归不过是

一个旧的知识分子，他所经历的曲折；

他的包袱很重，你们都已看到；他决心

和你们并肩前进，这儿表出他的欢乐。

就诗论诗，恐怕有人会嫌它不够热情：

对新事物向往不深，对旧的憎恶不多。

也就因此……我的葬歌只算唱了一半，

那后一半，同志们，请帮助我变为生活。

这是一个以否定过去，并对未来表示惶恐的一代"旧知识分子"的象征，出身的原罪感让他们不敢有"信心"和"希望"，在不得不为过去唱葬歌的同时，在灵魂深处依然留恋着"回忆"，在"你可是永别了，我的朋友？"的不停疑问中，诗人也在痛苦地思索如此丢弃诗性心灵中的最瑰丽的东西是否值得。在害怕被时代所抛弃的恐慌下，尽管以眼泪洗面，但也不得不为自己开始的忏悔感到"欢喜"。无论如何，诗歌结尾的谦逊还是真实地表露心迹的，"就诗论诗，恐怕有人会嫌它不够热情"，从此表征汉语诗歌的高贵影像断然消没。然而现实比诗人想象的更为残酷，也因为这种纠结，很快被人认为这首诗"好像是旧我的葬歌，实际上却是资产阶级个人主义的颂歌。"⑧认为穆旦并没有响应知识分子进行脱胎换骨改造的号召。这使得诗人随后不得不以更为卑微的心态不停地否定自己的人和诗歌。这里应该说说另外一个叫郭小川的诗人。1969 年 1 月 8 日，政治抒情诗人郭小川在日记中写道:"今后我必须抓紧一切时间交代检查自己的问题,革面洗心,重新做人……往日的罪过,将成为我永生永世的教训,伟大的毛泽东思想将是我的强大武器。伟大领袖毛主席呵,下半生我将永远忠于您!"⑨1970年12月10日,在写给儿子郭小林的信中,这样写道:"我过去写的东西,有些实在是不行的。那时候,没有认真活学活用毛泽东思想,没有用毛泽东思想加以检验。今后,决不能这样瞎干了。处处要突出毛泽东思想,一定要准确,文学这东西是生活的能动的反映……不要以为诗可以由自己随意去写。"⑩因之,郭小川在谈及叙事诗的写作时说,"叙事诗要有适合它的题材,并不是什么题材都可以写成叙事诗。这种艺术问题,也实际上是政治思想问题,我大概也说不清楚。"⑪被称为"政治抒情诗人",郭小川显然有其不得已而为之的情怀。

除了穆旦、郭小川等人的被动体制化之外,还有一种就是主动融入体制,并以代表意识形态的角度来展现的诗人,譬如郭沫若、何其芳和胡风。1954年,曾经在《预言》《画梦录》里"如烟似梦"地描画"扇上的烟云"的何其芳写了《回答》,表达出在新的局势面前的诚惶诚恐:"从什么地方吹来奇异的风,/吹得我的船帆不停地颤动:/我的心就是这样被鼓动着,/它感到甜蜜,又有一些惊恐。/轻一点吹啊,/让我在我的河流里勇敢的航行,/借着你的帮助,/不要猛烈得把我的桅杆吹断,/吹得我在波涛中迷失了道路。"一样对前途的不知所踪,一样的自我忏悔,但和穆旦的痛苦纠结不同,何其芳迅速背叛过去,走向了新生,写出《我们最伟大的节日》:"到街上来,/到广场上来,/到新中国的阳光下来,/庆祝我们这个最伟大的节日。"新政权刚刚建立,郭沫若就写作了《新华颂》,"人民中国,屹立亚东。/光芒万道,辐射寰空。"胡风则有长诗《欢乐颂》问世,"时间!时间!/你一跃地站了起来!/毛泽东,/他向世界发出了声音/毛泽东,他向时间发出了命令。"一个新政权的建立,在实现了国家和民族独立的激情里,胜利者的心态笼罩一切,代言人的欢乐和发自肺腑的赞扬是自然的,也是真诚的。正如张志民所说,"为新中国而歌,几乎成为诗人们一个共有的题目。"⑫

无论是主动还是被动,伴随着30年社会文化历史中的"反右""文化大革命"等数次文化改造运动,汉语新诗人从肉体到精神都丧失了"个人化"的痕迹,慢慢地磨灭了诗歌的创作激情,改变了诗性思维模式。随之建构起来的,则是被规训好了的话语模式,在这种模式里,诗人是一个写作的执行者,而非创作者。无论是红卫兵战歌还是小靳庄诗歌,甚至包括汉语新诗发展路向的讨论,比如重建新诗格律和"古典 + 民歌"的发展方针,在这些过程中,很难说有多少诗人是按照诗歌本性的要求来创作的。毫无疑问,诗人在运用主流话语创作的同时,尽管也曾有不少的"潜在写作",比如食指的诗《相信未来》,比如黄翔的诗《野兽》《独唱》等,但在当时的诗坛上,相对来说,潜在写作的部分并没有再引起多大的反响。只是随着新时期的到来,其价值才逐渐被发现。

第二节 消费模式的重塑

这里诗歌消费的概念不仅仅是指读者的阅读,它是个更为宽泛的概念。第一,汉语新诗的出版机制。新政权成立后,大部分所有发表新诗的杂志和出版社,成为意识形态管控的官方机构,是"事业"单位。既然受命于体制,那么受意识形态掌控,为意识形态的喉舌,便是必然。体制可以决定任何一本诗歌杂志的生死存亡,《诗刊》《星星》等专门的诗歌杂志都曾遭受过停刊的命运。作为意识形态话语的践行者,每一个出版机构都有相应的刊载诗歌的要求,比如1957年,《星星》创刊号上登载的稿约中对诗歌稿件"我们只有一个原则的要求:诗歌,为了人民!"汉语新诗只有符合这个要求才能得以发表,而且在这个过程中,还有诗歌编辑在执行相关方针政策的时候,所把握的尺度和个人喜好,这些都可以成为主宰诗歌命运的重要因素。另一方面,现代传媒机制的诞生营构出独特的诗歌生产和阅读模式,给诗歌评论和文学史的编撰带来一个不成文的惯例,这就是所要研究的对象一般是以公开发表的为主。这就为期待进入批评家视野乃至"文学史"青睐的诗人徒增了另一层压力,再加上现代稿费制度的运作机制,又关涉到诗人的生活和生存。这样,各种因素融合在一起,能否发表就成为诗人创作的必然关卡,诗人就得想方设法按照这些期刊的要求来进行写作,诗歌在非诗歌的建议下不停地"修改",就很难说是幸事了。发表后的诗篇显然就不只是诗人"手之舞之,足之蹈之"的发自性情的文字了,应该说,"发表"在诗歌创作中的地位和作用还是值得探讨的。第二,诗歌评论家主体地位的确立。诗歌历史上曾有很多诸如茅盾和徐志摩这样的相得益彰的诗人和评论家的和谐共生的例子,但更多的则是诗人瞧不起评论家的例子,甚至还以诗歌的形式对之嘲笑,比如李亚伟的那首脍炙人口的名篇《中文系》,"中文系是一条撒满钩饵的大河 / 浅滩边,一个教授和一群讲师正在撒网 / 网住的鱼儿 / 上岸就当助教,然后 / 当屈原的秘书,当李白的随从","一个老头 / 在讲桌上爆炒野草的时候 / 放些失效的味精 / 这些要吃透野草的人 / 把鲁迅存进银行,吃他的利息"。甚至有的时候把评论家嘲讽为"寄生虫"。但风水轮流转,但无论哪一个朝代,哪一个时期,恐怕都很难找到在此 30 年中,诗人在评论家面前表现得如此的"噤若寒蝉"了。姑且不说被强力推行的"三突出"和"三结合"的创作方法,革命现实主义和革命浪漫主义相结合的创作原则是诗人写作必须遵循的宏观原则,在诗歌的形式和意象选用上,也处处体现出评论家的"颐指气使"。因为是要歌颂江青视察西沙的功绩,并且被作为御用文人来使用,因此浩然在回忆长篇叙事诗《西沙儿女》的创作经过时说,"由于对生活不熟悉,《西沙儿女》采用诗体形式,在形式上变变样,避免把故事写得那么细。把我所知道的我家乡抗战故事改造一下应用上去了。写这本书,热情很高,但又是应付差事,不足为法。尤其是第二部是在批林批孔的气氛下写的,写了阿宝参加路线斗争,参加反击右倾翻案风,这么写都是跟着形势走的。"⑬ "跟着形势走",这是多么好的描述这 30 年汉语诗歌创作机制的语言! 再比如郭小川在写作《毛泽东颂》的时候,在初稿中,"郭小川下笔称毛是'世界的太阳',主持《东方红》创作的周巍峙不同意,郭又改为'人间的太阳'。周巍峙仍觉不妥,再三争论之后,最后定稿为'光辉的太阳'。"⑭ 实际上,所谓诗歌评论家位置的突出,往往是和意识形态的权力结合在一起的,在一个诗人丧失话语权的时代,这不足为怪。

正是从出版到评论的独特消费机制,使得这两者之外的最大多数的受众成为旁观者,阅读的诗篇限于正式出版物,对文本的理解倾向于评论家的解读和作者以评论家身份所写的创作经验谈。

第三节　表述结构的重组

主题先行,诗歌文本的异化。在完成了诗人和诗歌消费的体制化后,诗歌文本的呈现状态自然也就明晰了。从存在的合法性上来说,30 年的汉语新诗整体上是依附于先验的主题的。汉语新诗的使用价值和载道功能成为其存在的主要目的。诗歌甚至可以承担改造世界观的认识功能,"通过诗歌作品,帮助我们提高分辨是非、分辨善恶、分辨进步和落后的能力,从而能改造主观世界和客观世界。"[15] 诗歌的描述内容也有着特定的指向性,"诗必须抒发无产阶级或英雄人民的革命豪情,而不是'中间人物'或'反面人物'的小资产阶级、资产阶级以及其它剥削阶级的感情。"[16] 即便是抒情诗,也是如此,"抒情诗的思想内容还需要两个条件:新和奇(也可以说是一个:新奇)。既是马列、毛主席的思想,又跟具体实践相结合,就新奇了。"[17] 按照这种模式生产出来的诗歌,也就只能是泛化的,毫无文体特征的所谓诗篇了,"我们这个时代,真是一个出诗的时代,我们这个社会主义国家,真是一个盛产诗人的国家。无论你走到哪里,在城市的街头,在乡村的墙壁上,在矿山的井架上,在车间的机器旁,在部队的枪杆上,到处都可以看到诗;我们许多同志在会议上是用诗发言;许多地方的斗争口号,实际就是诗;我们有好多大字报也写的是诗。我们常常用诗歌颂我们的生活,用诗提出建设性的意见,也用诗批评生活中的某些缺点,指责某些不得人心的人和事。……我们的外国朋友,有时候也问我们:你们有多少诗人? 每年可以出多少诗集? 我们现在可以答复他们:我们国家的诗人大概不会比桂树少。(诗人不是要戴桂冠吗?)至于我们的诗,它的储藏大概不会比石油少,而开采量可要比石油多得多。"[18] 当我们看到郭小川以神气扬扬的自豪口气来写出这段文字的时候,恰恰说明一个问题,新诗失去了贵族气息,失去了相应的规定性,那也就无所谓诗歌了。

正是在这种要求下,30 年的汉语新诗多表现为程式化的群体表述。第一,诗歌意象所指意义的单一性。譬如"井冈山",不再是拥有美丽自然风光的山峰，而成了承载革命理想和追忆伟人革命足迹的固定意象，"井冈山呵是摇篮，/催着幼芽快发展；/井冈山呵是全书，/刻下史诗千万卷；/井冈山呵是丰碑，/高瞻远瞩向明天。"（徐刚《我爱井冈山》）"啊，井冈山：红色的山！光荣的山！啊，井冈山：革命的山！英雄的山！"（杨德祥《井冈礼赞——喜读毛主席的〈水调歌头·重上井冈山〉》）甚至是和井冈山相关联的八角楼、茨坪等，也都基本是指向此意。比如太阳，"彩云缭绕的韶山上屋场，/是红太阳升起的地方；/群星簇拥的北京纪念堂，/是红太阳安息的地方。"（苏方学《太阳的殿堂》）其他如春风、春雨、东风雷电，几乎都有相对应的固定内涵，在不同诗人的不同诗篇中，意义并没有质的差别。第二，"从小见大"的升华式叙述结构。虽然"古典+民歌"的"公式"没有将汉语新诗引领到光明的前途，但在内在结构上，却是影响甚大。比如30年的汉语新诗运用最多的叙述结构则是传统汉语诗歌的"比兴"手法，从太阳、春雨、夜等自然现象出发，进行比附，从而最终表达出崇高的革命理想或者伟人崇拜，或者政治豪情。比如木棉树在西彤的笔下成了固守边疆的哨兵，"我心爱的木棉树，/和我一起守卫着海防"，"木棉树呀象我的战友，/斗争中肩并肩锻炼成长。威武而坚定的英雄树呀，/高高地挺立在国境线上。/哎，我心爱的木棉树，/和我一起守卫着边疆。"乌篷船不再是周作人笔下娓娓道来的"有趣的东西"，它在诗人朱丹的笔下成为"乌篷船/载着青春的欢乐航行"的青春叙事。再如柯仲平的《革命长征征不断》，"踏过万水千山，/革命落脚延安；/革命长征征不断，/脚底板下出春天。""敢叫日月换新天"，在这种进化论的未来叙述模式下，在"五四"诗歌中，总是切切私语、月落长恨天的"夜"开始焕发出光明的色彩，在革命者叙事的情境中，"夜"的意象走向了内涵的反面。唐祈的《水库夜景》中如此描写夜色，"夜半的水库工地，/恍如一片神奇的梦境。/宝石般璀灿的灯光，/象一阵黎明的雨/洒落在墨绿的河面上。"野曼的《夜猎》写晚上打猎归来，"归来一路吹叶笛，/绿色山村已入眠。/树梢挂一弯峨眉月，/公社呵/闪动着一双大眼睛！"章长石的《夜航机》写"夜空的流萤"，"夜空的流萤，/你提的灯笼，/怎的那么亮，那么红？/不，你瞧哪家窗口的灯光，/不比我的更亮更红。/燃烧的不是油，不是电，/而是守卫祖国的忠诚。"

秋天也不再是"秋风秋雨愁煞人"，而是"秋天来了，大雁叫了；/晴空里的太阳更红、更娇了！"（郭小川《秋歌之一》）"一江秋水一江绿，/两岸翡翠两岸霞，/碧天连麻麻连水，/百里麻乡一幅画。"（孙伦《麻乡秋色》）。

除了从自然中引发，还有就是从小我出发到大我的彰显，如张天民的《爱情故事》中，写夫妻两个人在白杨树下聊天：

> 你磨着我讲一个故事，
> 还指定要关于爱情的，
> 我猛然想起一对夫妻，
> 好像和我们差不多年纪。
> 他们的身边也有一排白杨，
> 可是白杨树上缠着铁蒺藜，
> 他们也坐过一条长椅，
> 是老虎凳啊！斑斑血迹！
> ……
> 他们的山盟是'同志，坚持！'
> 他们的海誓是'不屈，胜利！'
> 放风的时候远远一望，
> 把万千情意彼此赠与。
> ……
> 有了他们的生死别离，
> 幸福和青春才有权并肩坐这长椅！
> 如果建设需要我爬冰卧雪，
> 分离那天让我们想想过去！"

这恍如后来人对类似于刑场上的婚礼的追忆，对革命者的感恩升华个人的情感，这是典型的革命叙事。比如吕剑在写于1951年的《为了爱情，也为了仇恨》中将爱情和仇恨结合在一起写：

> 我是多么不能平静，

我整天地坐卧不宁。
是什么在胸中燃烧?
是爱情,还是仇恨?

世界才从梦中醒来,
屋子里沐浴着金色的晨光,
亲爱的人在晨光中编着发辫,
一面又逗着孩子轻声地歌唱。
……
忽然阴云腾起要扑盖晴空,
边境上传来了侵略者的炮声,
强盗们想用狂风煽起大火,
把遍地金黄的麦穗烧个干净。

明亮的孩子的眼睛,
柔和的母亲的歌声;
我们是要这金色的晨光,
还是要那满天的阴云?
幸福的光明的今天,
三倍幸福的光明的明天;
我们是要这麦穗和欢笑,
还是要那大火卷着狂风?

不,我们的日程不准变更。
叫敌人伸过来的爪子,
滴沥着鲜血缩回去!
——为了爱情,也为了仇恨!

在看似不相关的男女美好私情同社会文化的仇恨联系起来,这是30

年汉语新诗遍地皆有的痕迹,也是独特的爱情景观。散文中的"卒章显其志"的杨朔模式也成为30年汉语新诗的惯用套路。

第四节　结　语

30年的汉语新诗的演进痕迹,有很多现象值得沉思的。在诗歌观念上,数量的繁华取代了质量的困窘,成为影响汉语新诗历史的重要观念。经过几十年的大浪淘沙,30年的汉语新诗文本能被后人记忆的屈指可数。但谁也不能否认汉语新诗在这30年文学中的主流地位。新时期以来,人们总是埋怨汉语新诗的被边缘化,感叹诗人的生不逢时,繁华落于永寂。之所以有这个落魄的感受,相对应的显然是30年的汉语新诗所拥有的"喧嚣"传统。大跃进民歌、小靳庄诗歌运动、红卫兵战歌、四五诗歌运动,贺敬之、郭小川、郭沫若、王老九,等等,都是响彻一时的诗歌元素,这些喧噪一时的"诗歌现象"眩晕了汉语新诗的眼睛。在诗歌功能上,过分强化了诗歌的宣传作用,工具理性取代了价值理性,成为30年新诗存在的合法性。论及对30年的汉语诗歌影响深远的"革命浪漫主义和革命现实主义",理论家林默涵说:

> 什么是革命现实主义和革命浪漫主义相结合的创作方法?我以为,不要把它看得很神秘,似乎难以捉摸。如果做简单的解释,就是文学艺术必须从现实生活出发,必须按照现实生活的本来面目来写作,同时又必须表现出现实的发展前途,因而能够鼓舞人的斗志,能够把人的精神提升到一个更高的境界。……我们的文艺应当担负批判的任务,不但批判资产阶级思想,还要批判封建思想,提倡民主,但我们是站在无产阶级的立场,在共产主义思想指导下来批判和提倡的。"[19]

要诗歌承担政治文件应该负担的使命,有了这种外在的硬性要求,汉语新诗自然难以获得生长的独立性和自由,放弃了诸如死亡、爱情等人性永恒主题,而注目于暂时的政治书写,足以彪炳千古的诗篇也就难以诞生。当运用各种各样的会议讨论、政治指示等外部的理念,来试图解决属于汉语新诗的某些问题时,不但不会取得预想的效果,往往会走向反面。徒增诸如大跃进民歌、红卫兵战歌一样的应景之作。局促于社会事件的反映,是30年来汉语新诗的一个标志。即便是后来被誉为来自民间的自发诗歌行为的四五天安门诗歌运动,80年代的诗学狂欢,其内在的精神根源,恐怕都和这个有关系。欧阳江河曾在80年代作如此论述:"有一点我是深信不疑的:对任何一个民族来说,人人写诗和没有一个诗人是同样可悲的。在文学领域内,权威的丧失可能并非一件幸事,因为这样一来就难以形成必要的支援意识,使文学本身缺少内聚的、可以保持住的、强硬的核心部分,而只拥有散布的、花样翻新的、把黑暗或光芒平均分配的外在部分。想象一下这样的局面:无论是多么深刻的思想、多么珍贵的感情,人人都在写它、复制它,使之成为流行的大众文化,成为它自己的赝品。"[20] 实际上,朦胧诗的很快被跨越和被抛弃,和它在内在精神上承续1949—1979年的诗歌运作机制和价值理念有内在的关系。另一方面,过于强调外部的非诗歌话语和诗学内部的先验性理论的指导和引领地位,从而扭曲了汉语新诗应有的前进方向,也是这30年汉语新诗所结下的苦果。余光中这样评论作者(诗人)和学者(诗歌评论家)的关系,"作者志在创新,学者啧在研故;作者追求,而学者追认。"[21] 吴宓也在1922年的《学衡》上介绍英文诗歌时说,"作诗论诗,皆须有就实有之篇章而研究之,先有作出之诗,而后始有原理、精神、格律程式,故未可悬空立论,闭户造车也。"[22] 在这个创作与评论的客观规律面前,汉语新诗走了太多的弯路,这也是我们在高扬理论先行的大旗的时候,应该深入反思的问题。

注释：

① 谢冕：《和新中国一起歌唱——建国三十年诗歌创作的简单回顾》，《文学评论》1979年第 4 期。

② 在整篇文章中，郑敏只用下面的廖廖数语来评价，"这是一个政治术语成为权威的阶段。通过会议发言和政治学习，革命大批判和报章评论等各种途径，政治意识形态语汇已经深深渗入日常生活用语和文学语言。文学作品自我否定了其过去的文学语言。这时期的诗歌写作除了用学院派的政治语言，就是民间的政治化口语。大跃进迎来歌颂人民公社的全民诗歌运动，农民作家们发展出一种文白相间的革命诗体，颇有特色。60年代的大字报运动则发展一种辩论文体，它的痕迹在相当长的一段时期影响着我们的议论文和议论者的写作心态。"（见郑敏：《中国新诗八十年反思》，《文学评论》2002年第 5 期）

③ ［俄］巴赫金：《拉伯雷研究》，河北教育出版社 1998 年版，第 11 页。

④ 天鹰：《一九五八年中国民歌运动》，上海文艺出版社 1959 年版，第 9—11 页。

⑤⑥⑦ ［美］津巴多：《路西法效应：好人是如何变成恶魔的》，孙佩妏等译，生活读书新知三联书店 2010 年版，第 353、352、304 页。

⑧ 李树尔：《穆旦的"葬歌"埋葬了什么？》，《诗刊》1958 年第 8 期。

⑨⑩ 陈徒手：《人有病，天知否》，人民文学出版社 2000 年版，第 246、263 页。

⑪ 郭小川：《诗论》，上海文艺出版社 1978 年版，第 47 页。

⑫ 张志民主编：《中国新文学大系（1949—1966）·诗集·导言》，中国文联出版公司1990 年版，第 2 页。

⑬ 陈徒手：《人有病，天知否》，人民文学出版社 2000 年版，第 368 页。

⑭ 陈徒手：《人有病，天知否》，人民文学出版社 2000 年版，第 231 页。

⑮ 李岳南：《与初学者谈民歌和诗》，上海文艺出版社 1959 年版，第 63 页。

⑯ 郭小川：《诗论》，上海文艺出版社 1978 年版，第 20 页。

⑰ 郭小川：《诗论》，上海文艺出版社 1978 年版，第 84 页。

⑱ 郭小川：《兴起一个规模巨大的诗歌朗诵运动》，见《诗论》，郭小川著，上海文艺出版社 1978 年版，第 105 页。

⑲ 林默涵：《总结经验，奋勇前进——一九七八年十二月十四日在广东省文学创作座谈

会上的讲话》,《作品》,1979 年第 4 期。

⑳ 欧阳江河:《从三个视点看今日中国诗坛》,《诗刊》1988 年第 6 期。

㉑ 余光中:《谈新诗的语言》,《余光中集》第 7 卷,百花文艺出版社 2004 年版,第 45 页。

㉒ 吴宓:《英诗浅释》,《学衡》1922 年第 9 期。

第九章　朦胧诗：一个需要继续
重述的诗学概念

朦胧诗作为汉语新诗史上的重要诗潮之一,已经载入史册,这是毋庸置疑的,但这种载入并非如新月诗派对汉语新诗形式的提倡作为主要功绩一样达成共识,而是在充满争议和悖论中被书写的。尽管有了堪称汗牛充栋的诸多文章和著作的论述,但就是朦胧诗的基本内涵这样最为基本,最为前提性的命题都很难说是清楚的。无论是代表性诗人还是作品,甚至包括具体的时空范围都缺乏更为细致的认识。自 20 世纪 80 年代中期起,1985 年由阎月君等人编选,春风文艺出版社出版的《朦胧诗选》,是影响最大的一个选本,但一直以来,这个选本都在不停地修订,譬如 2002 年的版本中就增加了食指和多多的诗歌。相较于陈梦家 1933 年编选的《新月诗选》的恒定性,这种 "修订" 本身就说明,人们对于朦胧诗的认识依然是变动不拘的。更何况,在几乎同时期出版的另一本《朦胧诗精选》中,编选者还有 "我们采用的标准,也似乎是我们或多数人对这类诗歌的一种意会,只能感觉,不好说出。" 这样的迷惑呢。[①] 新世纪以来,人们依然在为朦胧诗的代表性诗人做 "鉴定" 性的工作,[②] 可以说,尽管曾经遭遇到被 "pass"的命运,曾经面红耳赤的朦胧诗论争也基本尘埃落定,但在学术的层面上,朦胧诗依然是一个可能性的概念,尚没有盖棺定论的史学意义上的叙述。

第一节　表述他者的媒介："崛起"
论视野中的朦胧诗

近年来的朦胧诗研究中,最为重要的也是最令人兴奋的,当属对诗人食指创作的诗学价值的发掘和重新厘定其在朦胧诗诗人群体中的意义了。无论是林莽的从生平到具体作品背景的梳理,③还是张清华的具有史学意义的论估④,都彰显出朦胧诗研究的新进展。但这些本应让人兴奋的成就并没有获得食指的认同,崔卫平 1998 年采访食指的时候,谈及他的作品同后来的其他朦胧诗人的区别时,食指的回答颇让人大跌眼镜,"我不朦胧"!⑤按照知人论世的传统文学阐释原则,这种回答几乎颠覆了让朦胧诗研究者颇为自豪的研究成绩。20 世纪末,诗人廖亦武以怀旧追忆的心态,通过追访当事人,重新整理相关资料,以刊物《今天》为中心,将朦胧诗产生的前因后果作了总结性梳理,结集为《沉沦的圣殿》。同其他资料积累性的文字不同的是,这本书中充满了热情洋溢而又不乏历史深刻性的评论文字,从当局者的角度在某些方面改变了人们对朦胧诗的认知,比如书中曾如此描述《今天》杂志与朦胧诗的关系:

> 1980 年,《今天》停刊不久,《诗刊》举行首届青春诗会,《今天》诗人及投稿者江河、顾城、舒婷、梁小斌应邀参加。而在此之前,《今天》主要作者北岛等人的诗作已在全国各公开杂志大量发表,并引起强烈反响。尔后,"朦胧诗"这个贬义词出现,在长达几年的争鸣中,北岛、舒婷、顾城、江河、杨炼成为'朦胧诗'的代表,象征着新思潮,并为国际诗歌界所重视。1986 年,全国第二大诗刊《星星》将上述诗人同较正统的杨牧、叶文福、傅天琳、李钢、叶延滨并列,评为最受读者欢迎的十大中青年诗人。
>
> 至此,"朦胧诗"在同保守势力的拉锯战中取得"家喻户晓"的全面胜利,《今天》由此被载入史册。但是,食指、多多、芒克、方含,还有我们在本书中写到过的若干诗人、志愿者、思想者、文化传播者、启蒙者们都在被称作"文学繁荣时代"的十年里渐渐

> 湮灭和遗忘,是岁月的无情?人类们健忘?还是所谓"历史的选择"?
>
> 一批人注定付出代价、一批人注定是这个代价的受益者。而在我们编辑这本书的时候,食指、多多、芒克早已被重新'挖掘'了出来,在有限的时过境迁的文化圈子产生影响。这是世纪末怀旧的需要?还是对过早成名者的逆反心理?总之,与学术无关。
>
> 一切都会过去,唯有大众的朝秦暮楚是不会改变的,诗人,永远生错了时代吗? ⑥

这里最后所发出的诗人"生错"了时代的疑问和得出的大众以朝秦暮楚的姿态阅读诗歌的结论,所隐藏的潜台词同食指的回答给朦胧诗的研究者带来的尴尬是一样的。这不得不让人产生清晰的想象,虽然一千个读者的心中会有一千个哈姆雷特的譬喻作为阅读和创作的基本理论已经成为共识,但哈姆雷特的诸如身份、性格等基本前提要素还是在众多读者中达成共识的。而这里的朦胧诗中,诗人和读者之间的巨大鸿沟所带来的对同一概念的认识却是很难用这个定理来解释得清楚的。

众所周知,"朦胧诗"的命名肇始于章明发表在《诗刊》1980 年第 8 期上的《令人气闷的"朦胧"》的文章。在文章中,章明觉得当时代出现的一些诗歌"十分晦涩、怪僻,叫人读了几遍也得不到一个明确的印象,似懂非懂,半懂不懂,甚至完全不懂,百思不得一解",因之而命名为"朦胧体"诗歌。而章氏所依据的诗歌作品之一,却是和后来的朦胧诗风马牛不相及的九叶诗人杜运燮的《秋》。如此说来,与其说章明是在批评、否定朦胧诗,不如说是在当时的主流话语体系下反对诗歌的另一种表述趋向,颇有断章取义之嫌。随着谢冕、孙绍振、徐敬亚等人所写的三篇著名的"崛起"文章的先后出笼,从相对的角度对这种称呼作了相应的辩护,这个命名也就约定俗成地承传下来。尤其是随着臧方、程代熙、艾青、贺敬之等代表着官方诗歌话语的权威诗人的加入,可以说,对朦胧诗的讨论从一开始就不是属于诗歌的,在诗歌的讲台演绎为另一场意识形态的战争。其实,读过这些文章我们不难发现,孙绍振也好,谢冕也好,在他们眼中,朦胧诗与其说是一种独立的、活生生的诗歌诗潮,不如说是在强调和肯定一种久违了的写作技法,一种新诗被政治文化俘获后再也没有回来的写作技法。所以,我们不难发现,谢冕的《在新的崛起面前》着重关注的是朦胧诗重拾现代主义诗歌表述方式的象征意义,并因此和"五四"新诗运动联系起来,将启蒙、革命精神等适用于大多数汉语新诗的词汇加之于朦胧诗。孙绍振的《新的美学原则在崛起》关注的则是朦胧诗的写"自我"问题,"在年轻的探索者笔下,人的价值标准发生了巨大的变化,它不完全取决于社会政治的标准。"并因此而赞赏朦胧诗的沉思风格。如果严格说来,20世纪40年代的汉语新诗,无论是写自我还是对自我同世界的关系的哲理性思考,都比朦胧诗要深入得多,走得更远,其成绩也是朦胧诗很难超越的。相对于谢冕、孙绍振的成熟与稳重,徐敬亚的《崛起的诗群》则在文风朝气蓬勃,思想锐气逼人的背后,充满了幼稚和轻率。文章对后来成为朦胧诗的这种诗歌潮流并没有整体的把握。从他将当时并不赞成朦胧诗的顾工、公刘等人列为这种诗潮的代表性人物就可窥见一斑,他在开篇所论述的"我郑重地请诗人和评论家们记住1980年(如同应该请社会学家记住1979年的思想解放运动一样)。这一年是我国新诗重要的探索期、艺术上的分化期。"他将北岛的《回答》作为第一首"代表我国新诗近年来现代倾向的第一首公开发表的诗",这些都值得商榷,无论是后来人将《今天》作为朦胧诗诞生的标志还是将60年代食指、黄翔的创作作为朦胧诗萌生的征兆,徐敬亚的断言都具有浓厚的个人主观性和断裂性。另外,这三篇为读者奠定朦胧诗最初认识的文章,并不是基于大量的文本分析基础上的具有学理性的评说文章,虽然孙绍振对于舒婷的诗歌较为熟悉,徐敬亚也少量引用了几首诗歌作为例证,但对一个诗潮来说,感性的、朦胧的可能性叙说依然是他们共同的特点。得出这种结论,当然颇有后知后觉的味道,在当时的条件下,这也是不可避免的局限。但是问题就在于,这三篇文章长期以来代表着朦胧诗的权威认识,它们的误读几乎形成了文学史的共识,因此作出这种梳理还是有必要的。

从"崛起论"开始的朦胧诗从一开始就不是一个单纯的诗歌事件。在各种因素的综合作用下,它演变成了一个社会文化事件,或者说一种延续中华人民共和国成立以来的政治文学事件。"崛起"的文章被影响广泛的《光明日报》《当代文艺思潮》以及《诗刊》等刊载后，马上引起了强烈的反驳。戚方、程代熙、艾青、公刘、顾工等人纷纷撰文以或激烈或温和的言词来表述对朦胧诗的不满，要遮蔽或者说"引导"朦胧诗，无论是思维方式还是价值观上，依然是政治挂帅那一套。我们不妨看看程代熙对徐敬亚的《崛起的诗群》的批判：

> 你的长篇论文《崛起的诗群》我读得较早，那还是在《当代文艺思潮》杂志发表之前。这之后，我还读过多次，而且还读了你在《新叶》(辽宁师院《新叶》文学社编辑出版)上未经删节的初版本。对你的这篇文章，说实在的，我不愿也不能献出掌声。如果那样做，倒是害了你。你在文章里引用了一些写诗的青年人的话，把它们说成是'新的诗歌宣言'。其实你的这篇文章又何尝不是一篇宣言，一篇资产阶级派的诗歌宣言。如果你能恕我直言，我倒想说是一篇资产阶级自由化思想的宣言书。"⑦

我们姑且不说徐敬亚对朦胧诗的误读，就是单纯从一篇评论诗歌的文章出发，程代熙将徐敬亚的文章说成是资产阶级自由化思想的宣言书，这种逻辑推理哪有诗歌的具体影子？缺乏诗学逻辑的背后，彰显出荒唐而畸形的想象，尽管这带有那个时代色彩，但这其中的反思做的远远不够。多年之后，通过当事人的口述，人们弄清楚了无论是针对徐敬亚还是孙绍振的批评都是一种有预谋的行为，而且从一开始就是借朦胧诗的平台而论其他，要通过诗歌配合当时的清除"精神污染"的政治任务，除了结果的迥异，这就和中华人民共和国建立后的历次文学批判运动没有根本性的区别了。⑧另一方面，我们知道，80年代朦胧诗之所以能够声名鹊起，其中一个主要因素是现代传播媒介的介入，倘若没有《人民日报》《光明日报》《福建文学》《诗刊》《星星》等当时或在意识形态或在诗歌专业上具有领军意义和掌握话语权的媒介的参与，北岛、舒婷的诗歌也许依然会一直潜伏在地下，无法为世人所知。及至后来，阎月君、高岩等四个学生编写的《朦胧诗选》由春风文艺出版社出版后，几乎成为了人们认识朦胧诗的经典范本，自 1985 年出版以来，到 2002 年已经 8 次印刷，发行量达 24 万余册，影响之广、之深，很少有选本能望其项背，它的诗学选择理念、标准，从文本的意义上奠定了人们对朦胧诗的感性认识。北岛、舒婷和顾城后来被视为朦胧诗的代表性诗人，固然主要是他们的创作成绩所致，但和这个选本将这三位诗人过于"器重"不无关系（选择的篇数中，这三位居前三位），这也使得媒介视野下的"朦胧诗"概念得以形成。影响更为深远的是，徐敬亚、谢冕、孙绍振的《崛起的诗群——评我国诗歌的现代倾向》《在新的崛起面前》等"三崛起"的文章发表后，尽管这些文章对朦胧诗的认知具有片面性，但在媒介的眼中一下子就成了朦胧诗的代言人，程代熙、林希、戚方等人对朦胧诗的质疑基本等同于对这些文章所塑造的朦胧诗的质疑。比如从题目看，戚方以《现代主义和天安门诗歌运动——对〈崛起的诗群〉质疑之一》⑨的名字来反驳朦胧诗，程代熙则以致徐敬亚的一封信的形式直接就《崛起的诗群》里所阐述的诗歌趋向作针锋相对的批驳，甚至上升到政治立场的层面。《福建文艺》在 1980 年发起针对舒婷诗歌的讨论，这次大讨论虽然是从舒婷的诗歌创作出发，但到最后却脱离了具体诗歌的分析和鉴赏为新诗与民族化、大众化的关系，如何扩大诗的题材，如何反映社会生活等一般性的诗学命题，这些都是官方诗歌几十年以来持续关注的问题，孙绍振发表的《恢复新诗根本的艺术传统——舒婷的创作给我们的启示》等从作品实际出发的文章当属少数，这也符合当时人们惯用的"微言大义"、上纲上线的庸俗社会学的思维定势。但显然的事实是，传播媒介视野中的朦胧诗是一种被再解读和抽象化后的朦胧诗，带有强烈的主观意图在内，尤其是朦胧诗的论争在很大程度上又是一种离开了诗歌本体的论争，先入为主地阐释理念是不可避免的，这与《星星》诗刊顾城的朦胧诗的目的在于"引导"他的创作走向"健康"轨道，徐敬亚经过一系列的"思想"斗争，在《人民日报》上发表"忏悔"的文章一样，媒介视野中的朦胧诗遮蔽了真实的朦胧诗。读这些文章不难发现，大多数的叙述是从抽象的概念到抽象的概念的逻辑推理，对于朦胧诗的鲜活影像却很少关注。因此说，如何摆脱基于特殊时代氛围下产生的媒介视野中的朦胧诗的影响，甄别《朦胧诗选》和相关论争文章所营造的"朦胧诗"理论形象，重新审视朦胧诗的真实场景，就显得很有必要了。

第二节　懂与不懂：一个不具学理性的命名

给朦胧诗以定义的，就是人所共知的"懂与不懂"，也就是诗意表述的朦胧与清晰的问题。这显然是从受众接受的角度来臧否朦胧诗的。这在汉语新诗史上，并不是第一次。早在 20 世纪 20 年代，李金发、冯乃超等为代表的初期象征主义诗歌萌生之时，就有不少人针对其意义表述的晦涩而发难，说其食洋不化，母语不通等等，这个用词比章明对朦胧诗的用词要激烈得多。到了 30 年代的现代主义诗歌，40 年代的"中国新诗"派都曾面临过此类诘问。虽然从接受美学的角度来看，读者对于作品的实现起着重要作用，但读者并不参与到文本的创造。相对于读者阅读的多样性，文本的相对恒定性理解应该更为重要，尤其是命名作为认识朦胧诗的第一要素而言，就尤为值得重视。因此说，懂与不懂不能作为判定朦胧诗能否为诗的前提条件。顾城在 1983 年的回答是很中肯的，"我和一些诗友们，一直就觉得'朦胧诗'的提法本身就朦胧。'朦胧'指什么，按老说法是指近于'雾中看花'、'月迷津渡'的感受；按新理论是指诗的象征性、暗示性、幽深的理念、迭加的印象、对潜意识的意识，等等，这有一定道理。但如果仅仅指这些，我觉得还是没有抓住这类新诗的主要特征。"[10] 其次，诗歌的"朦胧"与"清晰"的争论，在更深层的意义上，集中体现的，是一种由传统沿袭下来的汉语诗歌的不同语言习惯之间的分歧。20 世纪 20 年代左翼文学以来，汉语新诗就同大众化、政治化的意图紧紧捆绑在一起，中华人民共和国成立后，一直到 70 年代末，此种趋势愈演愈烈。从大的诗歌思潮来说，民歌运动、小靳庄诗歌运动，从具体作品来说，《新华颂》《时间开始了》《西沙海战》等等，这些诗潮和作品的诞生都是大众化的产物。因为受众的原因，大众化的汉语新诗所关注的内容必然是集体经验、大众题材，这就决定了其语言选择上的通俗易懂，偏重于使用语词的通约性意义，叙述公共经验,诗歌意象的概念化,"卒章显其志"的光明式尾巴格式,民歌体、政治抒情诗,"非个人化"的"大我"情感的抒发,等等。这种面孔本来只是汉语新诗的一种模样,但随着诗歌和政治意识形态的进一步联姻,主题先行的意图进一步得到强化,50年代以后,诗歌思想意识上的"小我"对"大我"的彻底融入,现代主义、象征主义等语言技法,在"革命浪漫主义和革命现实主义"的所谓"写真实"的汹涌潮流的裹挟下消失得无影无踪,"如烟似梦"的何其芳们,不再续写"扇上的烟云"的柔美风姿,而是去唱响"我们伟大的节日",铿锵而明亮。这种强大的传统力量必然会因为强大的历史惯性而冲击着后来者的革新。第三,受众和政治等外在于诗歌本体的要求所规范出的汉语新诗的语言习惯,发展到后来,基于共知的原因,就成为汉语新诗的标准体式,无形中形成了话语霸权。这在后来反驳朦胧诗的过程中,发挥得淋漓尽致。曾以写"军旅诗"闻名的诗人顾工在评价其子顾城的《爱我吧,海》时,有如此颇带"矫情"但很真实的认识,"勉勉强强地一行一行读下去",发出读不懂的叹息,并因此而"越来越气忿",在读到如"我的影子,/被扭曲,/我被大陆所围困,/声音布满/冰川的擦痕,/只有目光,/在自由延伸……"等诗句时,说"太低沉,太可怕!"⑪1979年的《星星》诗刊的复刊号上,被誉为归来派诗人的代表的大诗人公刘认为,顾城"仅有幻想的乳汁,又怎么能不导致病态的早熟?"⑫该杂志还以"编者按"的形式如此评价以顾城为代表的朦胧诗,"怎样对待像顾城同志这样的一代文学青年?他们勇于思考,勇于探索,但他们的某些思想、观点,又是我们所不能同意,或者是可以争议的。如视而不见,任其自生自灭,那么人才和平庸将一起在历史上湮没;如果加以正确的引导和实事求是的评论,则肯定会从大量幼苗中间长出参天大树来。这些文学青年往往是青年一代中有代表性的人物,影响所及,将不仅是文学而已。"在貌似"语重心长"的语词背后,不难看出"以我为尊"的话语姿态和超越诗歌的"思想"忧虑。相对于对"崛起论"朦胧诗的批判来说,这种分析虽然多侧重于朦胧诗真实文本的考量,但依然没有摆脱先入为主的"训导"式姿态。1980年,《福建文学》围绕舒婷诗歌的讨论,程代熙在《诗刊》上针对孙绍振《新的美学原则在崛起》的批判,艾青、贺敬之对朦胧诗的发难,等等,都是这种话语交锋的直观显现。

从这里我们可以再一次看出，朦胧诗称谓的提出并非源自诗歌本身，而是一种杂糅了各种因子的非本体行为，或者说是汉语新诗阅读习惯的一种惯性所致。其实，如果放弃先入为主的固执，即便是按照传统的阅读习惯，朦胧诗也是不难理解的，它的很多诗歌甚至采取了政治抒情诗的话语系统。比如食指的《相信未来》，从孩子的视角来展望未来的美好景象，这同政治抒情诗里面盛行的未来叙事异曲同工，而且最后的"朋友，坚定地相信未来吧／相信不屈不挠的努力／相信战胜死亡的年轻／相信未来、热爱生命"，这是典型的意识形态化的说教式诗歌。包括他的《这是零点四十分的北京》等代表性篇目在内，如果仔细分析，无论是语言表述方式还是主题确立都和官方主流诗歌话语殊途同归，再比如梁小斌的《中国，我的钥匙丢了》中对"中国"意象的使用，其中的呼喊和迷茫，一个迷途的人向"中国"的追问，这同样是盛行于个人融入集体的时代的通用模式，舒婷的《致橡树》里的思想在当时看来颇为前卫，但里面的对比抒情方式，"树"的伟岸，"凌霄花"的柔弱等意象的含义并没有得到相反的或者说个性化经验的使用。朦胧诗中的很多诗歌，能够很快被代表意识形态的《诗刊》《星星》等接受，一定意义上的异质同构的诗学选择是前提基础。据蔡其矫的回忆，后来疯狂反对朦胧诗的艾青，也是很欣赏舒婷的《致橡树》的（后来反对朦胧诗则另有原因），这其中所蕴藏的意味，也许能为人们重述朦胧诗提供一个新的视角。[13]

第三节　泛泛而言：朦胧诗的时间问题

就现代阐释体系来说，一种诗潮或者说诗歌流派的界定，时间上的界线是重要的认识纬度。在这个问题上，朦胧诗同样出现了较为重大的分歧。就开端而言，徐敬亚认为是1980年，因为这一年代表性诗人舒婷、北岛的代表性作品在代表诗歌权威的《诗刊》上发表出来，而且崛起论最早的提出者谢冕的文章也是在同一年发表，理论和作品互相呼应。后来人们发现，舒婷、北岛的诗最早是在民间杂志《今天》上发表的，据此而将朦胧诗的衍生时间匡正为《今天》杂志成立的 1979 年。再后来,围绕《今天》上发表诗作的诗人创作,或者围绕 20 世纪 70 年代末的民刊热,人们发现了诗人食指和黄翔早在 60 年代就进行类似的创作了,朦胧诗的诞生时间因此而继续前突。"对于保持着冷静的人们来说,80 年代初期发展到成熟的涌流阶段的'朦胧诗',……其文本滥觞可上溯到 60 至 70 年代后期的'X 小组''太阳纵队''白洋淀诗群''《今天》诗群'"。⑭张清华认为陈超的这个界定应该成为"当代文学史家的共识"。⑮

对于朦胧诗的终结时间,至今众说纷纭。杨匡汉认为,"'朦胧诗'潮流以其勇决的气势破坏着过去那个衡定的秩序。但到 20 世纪 80、90 年代之间,'朦胧诗'的审美规范尚未成熟地建立,却又遭到了另一股潮流的'粗暴'侵入。一批以当代学院诗作者为主体的新锐,面对'朦胧诗'派发出宣告:'一进入现实生活,我们便发现你们太美丽了,太纯洁了,太浪漫了……别了,舒婷、北岛! 我们要从朦胧走向现实。'"⑯郑敏则认为朦胧诗逐渐退出舞台是从 1983 年开始的。⑰文学史上一般的认识,大多将朦胧诗的终结归结为 20 世纪 80 年代中期,尤其是以 1986 年《深圳青年报》和《诗歌报》的现代诗群体大展的举办作为标志性事件,认为这次展示宣告了朦胧诗的终结和第三代诗的萌生。

从一个不具学理性的概念来做学理性的论述本身就是困难的,这也就是朦胧诗出现这么多分歧意义的原因所在。从以上的梳理来看,对于朦胧诗概念的争议并不会因为"朦胧诗论争"的尘埃落定而休止,它还会继续下去,只不过是在学术的层面上,不会再体现政治文化的角力。就目前的研究而言,旧的问题尚未解决,新的问题却也是生生不息。

首先,前伸研究的"过度"阐释。任何一种文学现象的出现都不是突兀的,都需要一个长期积累的过程,看似突然出现的朦胧诗自然也不例外。顾城在解释朦胧诗的概念时说,"'朦胧诗'这个名字,很有民族风味,它的诞生也是合乎习惯的。其实,这个名字诞生的前几年,它所'代表'的那类新诗就诞生了,只不过没有受过正规的洗礼罢了。当人们开始注意这类新诗时,它已经渡过压抑的童年,进入了迅速成长的少年时期。"⑱因此,喜欢朦胧诗的研究者就开始做追根溯源的努力,并取得了不菲的成绩。在近年来的朦胧诗研究成果中,最为显在也是最为集中的,就属于对朦胧诗孕育期的研究。这其中,包括对 70 年代末的《今天》诗歌的研究,还有对 60—70 年代的 "X 诗社" "白洋淀诗歌群落" 和 "太阳纵队" 等所谓的诗歌群体的研究。毋庸置疑,这些研究对于廓清朦胧诗的来龙去脉,对于更好地了解汉语诗歌的发展是有重要意义的。但是,也许是囿于对这些诗歌长期生长于恶劣环境的同情,出于对参与其中的诗人的坎坷人生的感动,也许是出于发现的兴奋,甚或一些研究者在其上找到了自身遭遇的共鸣,等等,各种因素杂糅在一起,使得人们对这些诗歌的研究从一开始就是将其作为一种道德或者文化的道义范畴来思考的,这就很容易失去冷静的观察和客观分析,而带有过度阐释嫌疑,附加上诸多诗歌之外的不应有的光晕。比如,从众多目前发掘的材料看,"白洋淀诗歌群落" 里的诗人中,除了多多、江河、芒克等屈指可数的几个人,很少有诗人超过十首诗歌的,比如根子只有三首(据徐浩渊的回忆有 9 首,但都依然是手稿状态,至今未对汉语诗歌造成影响。[19] 依群的诗歌有四、五首,宋海泉则有两首诗歌流传。曾经身处其中的林莽也认为,白洋淀诗群中 "成气候的多多、芒克,别的都不怎么写了,留下诗歌的也不多。"[20] 很多诗人的创作与其说是自觉自为的文学活动,不如说是受当时群众化诗歌运动影响的产物,[21] 凑热闹的成分居多。现在看来,无论是创作数量还是理论构建,相比于之前、之后的诗歌来说,总是显得瘦弱许多,能否构成一个诗歌群落尚存在疑问。60 年代的所谓 "太阳纵队" 的代表性人物张朗朗的诗歌也很少,"张朗朗的创作也不是太多,写了两首长诗。"[22] 即便是少量的创作里面,也有 "不合群" 的诗篇在,愈益增加了诗歌分析的难度。牟敦白在回忆 "太阳纵队" 的创作时认为,"我写的不少,张郎郎写的也不少,有点田间阶梯式的,革命向前向前之类。郭世英也是想跟时代接拍,张郎郎也是,但后来发现你跟也没有用,那个时代不属于你。也有一个转变过程,开始就是唯美主义,比如'白洋淀',比较追求朦胧,另一派,比较注重词句和意境的推敲,象征意义,比我们更上一个层次。我们都是直接流露,没有走向意象、朦胧和象征。"[23] 张新华也认为 "太阳纵队" 的很多创作是和当时代的主流诗歌合拍的,"写诗变化也有变化,但也不多,初期还有反修的诗,还有些文革情况的诗"。[24] 也就是说,在这些数量较少的诗歌群体中,也还存在一个甄别的问题,有些诗歌是不属于"朦胧诗"的写作范畴的,那么如此"去芜存菁"后,能称作朦胧诗的,也就屈指可数了。后来的很多研究成果里,几乎异口同声地提到这些诗歌活动的沙龙特点,丰韵的美丽想象增添了不少浪漫的色彩,以至于后来者的理解中,这些诗歌活动是一种完全自觉和理性的诗歌活动。但事实如何呢? 60年代的王东白曾如此评价当时的诗歌活动,"我实事求是地说从来就没自诩过沙龙,其实我们非常幼稚,不懂什么叫沙龙。对我来说,其实就是年轻人互相认识,一起交流,当时还挺幼稚的,诗歌方面的活动也不多。(沙龙)都是后来给戴的帽子。"㉕ 这种对"文学沙龙"称谓的否定,不仅仅只此一处,徐浩渊、牟敦白等人对此说法都不置可否。在这里,我并不想对这些诗歌现象单纯地作否定性评价,也不想否定之前的研究实绩,但如何摆脱情感的遮蔽,理性而较为客观的,从诗歌的角度出发来看待他们对朦胧诗的影响,以及自身的诗歌特质,对当前的研究来说,尤为有意义。

其次,如何对待朦胧诗的传统精神向度问题。今天看来,《今天》上发表的诗歌对于朦胧诗的重要性是不言而喻的,毕竟后来成为朦胧诗代表性诗人的,几乎都是从《今天》杂志开始发表作品的。对于《今天》诗派的研究,基本认为上面刊发的诗歌都是以"地下"的或者说异端的姿态出现的,往往被视为汉语诗歌真理持有者的象征,一种勇敢的颇带悲壮意义的断裂。《今天》的出现,"在中国特殊的背景下,其颠覆了权力对语言的操纵,恢复了汉语的人文情态和诗歌语言……如果说中国曾一度中断了人文精神传统,北岛和《今天》则是其一个文学的连接和复生,当然很微弱,但事实上他们起到了这个作用。"㉖ 在于"'今天派'曾经标志着文学的官方模式失控和自律的文学意识萌动的开端。"㉗ 对这种说法甚至波及到70年代末的民刊运动,包括贵州的《启蒙》。但实际上,《今天》杂志上发表的第一首诗是50年代响彻诗坛的蔡其娇化名乔加所写的三首诗《风景画》《给……》和《思念》。不妨来看《风景画》:

风景画

积雪融冰中一条小溪

响动着生命活泼的欢歌

绿满原野围护着笔直大路
在忧伤和光明的连接中沉吟

孤寂静悬的冬日斜阳
以喃喃唇音向高树繁枝诉说

静静山林深处倾泻的瀑布
不断传来悠远空濛的回声

无论是夏天斜雨或冬天飞雪
都四向播送着波荡的旋律

即使是幽暗寂静的赤裸林木
也隐约有如缕的切切细语……

啊，大师！你怎样精心提炼
使色彩和音响凝成一块？

你怎样用画笔拨动天弦
唱出人对广阔生活深沉的爱？

　　通过对一系列风景进行描述后，最后有这样的诗句："啊，大师！你怎样精心提炼／是色彩和音响凝成一块？／你怎样用画笔拨动天弦／唱出人对广阔生活深沉的爱？"不难看出，这是典型的政治抒情诗的"比兴"式写法。对比一下郭小川写于1955年的政治抒情诗《向困难进军——再致青年公民》，问题就很清楚了，（这首叙事诗，是通过对一系列事件的描述，"骏马／在平地上如飞地奔走／有时却不敢越过／湍急的河流／大雁／在春天爱唱豪迈的进行曲 / 一到严厉的冬天 / 歌声里就满含着哀愁；"紧接着就过渡到思想的核心，"公民们！/ 你们 / 在祖国的热烘烘的胸脯上长大 / 会不会 / 在困难面前低下了头？"，"在我们的祖国中 / 困难减一分 / 幸福就要长几寸，/ 困难的背后 / 伟大的社会主义世界 / 正向我们飞奔。"除了后者稍微直白以外，内在结构和基本思想倾向并没有多大的差异，所谓的象征也是"一穷二白"，很容易看出的。另一方面，如果回到杂志诞生的现场来看，其实《今天》诗人群并不是一直甘心于民刊的地下孤寂状态，一旦社会文化允许，还是竭力想融入曾经"厌恶"的主流诗歌话语的。据芒克的回忆，"我想我们当初之所以要办《今天》，就是要有一个自己的文学团体，行使创作和出版的自由权利，打破官方文坛的一统天下。"但往往是事与愿违，而且充满矛盾。比如尽管北岛是赞成芒克对《今天》的定位的，但还是"主张尽可能在官方刊物上发表作品"，据说因此可以扩大影响，一种诗歌话语试图借助另一种"假想敌"来扩大影响，这本身就是颇为滑稽的。芒克在回忆《今天》的解体时说，《今天》停刊后，成立的"今天文学研究会"很快就自动消散了，"其实在人散之前，心早就散了。许多人想方设法在官方刊物上发表作品，被吸收加入各级作家协会，包括一些主要成员。"㉘后来舒婷的《致橡树》、北岛的《回答》就是在邵燕祥的引荐下，发表于《诗刊》这样表征当时官方政治话语的刊物上了。及至1980年《诗刊》举办首届青春诗会，"《今天》诗人及投稿者江河、顾城、舒婷、梁小斌应邀参加。而在此之前，《今天》主要作者北岛等人的诗作已在全国各公开杂志大量发表，并引起强烈反响。"㉙实际上，即便是已经颇露峥嵘的诗作，在《诗刊》《星星》这样的主流诗歌话语系统中，还是受到排挤的，只能作为点缀面世，最初的朦胧诗还是随时面临被革除的危险。㉚《今天》的解体，一方面固然是当时代政治的高压，另一方面和《今天》诗人群基于不同诗学选择而产生的内部分歧也有直接关系。朦胧诗人这么渴望而且能够这么快地融入到曾经排斥的官方话语系统中，这里面究竟蕴含着什么样的诗歌理念？我们原先所高擎的朦胧诗的"反抗""启蒙"的旗帜的对立背景是否真的存在？北岛说，"《今天》一开始就存在一个很大的问题，既是怎么在文学和政治之间作出选择？所以在我早期的作品中带有很强的政治色彩,和当时的具体的个人经验也很有关系,当时就是整天面临着生离死别,就是这样,每天都有威胁,所以它构成了一种直接的压力。"③ 正是面临如此的二元选择和压力,才有了《回答》的出现,这首一直被视为朦胧诗象征的诗篇在若干年后被作者彻底否定,"现在如果有人向我提起《回答》,我会觉得惭愧,我对那类诗基本持否定态度。在某种意义上,它是官方话语的一种回声。多是高音调的,用很大的词,带有语言的暴力倾向。"③ 北岛的这种否定与《今天》诗歌的前后选择,不能不引起我们对朦胧诗的旧有厘定作重述的注意,究竟该如何思考朦胧诗和汉语诗歌传统之间的关系。唐晓渡说,"谢冕很喜欢说朦胧诗继续了'"五四"'新诗传统,实际上从文本上来说,没有很直接的关系。我们还记得,一九八三年在小圈子里才谈到穆旦。当然艾青是有一定的影响的。比较说,黄翔很明显地受到了艾青的影响,北岛早期诗歌也受艾青的影响。但是就那么很少的因素,要是说从文本风格上来说,跟'"五四"'一代诗人没有什么关系。"③

第四节　矛盾的文本:朦胧诗的诗学结构

20 世纪三四十年代以来,囿于社会斗争和主流文化的需要,中国新文学的宣教功能被人为的过分夸大,并将其强调至本体化的高度。1942 年,《在延安文艺座谈会上的讲话》的发表,标志着"政治标准第一,文艺标准第二"的新文学发展方向的确定,随后展开的对王实味的《政治家·艺术家》和丁玲的《在医院中》《我在霞村的时候》等一系列作品的批判,非文学的技法对文学的规范获得了实效,个人主义色彩浓厚的丁玲,写出配合政治主题需要的小说《太阳照在桑干河上》既是明证。及至 1949 年,新政权的诞生结束了自 1840 年以来战乱频仍的神州大地,安居乐业的梦想和胜利后的豪情万丈,决定了新文学必然做出从被动接受,转变为主动融入既定文艺政策的选择。无论是被动还是主动,汉语新诗都是怒放的第一支报春花。抗日战争时期,就出现过街头诗、墙头诗,还有诗传单,等等。其基本使命就是鼓动、激励和号召。从郭沫若创作于 1949 年 10 月的《新华颂》和后来胡风的《时间开始了》为起点,汉语新诗的"颂歌"浪潮风起云涌,类似的诗歌选择一直持续到 1977 年后的新时期。如果很简单的来概括汉语新诗的这一诗学选择的话,"概念化"应该是较为恰当的词汇,所谓概念化,就是诗歌表述内容和语言结构上的恒定化和单一化、程式化。在内容上,诗歌往往成为某一先验的社会主题的载体,尤其是发展到后来诗歌完全成为可操纵的文学媒介后,比如小靳庄诗歌运动,这种内容上的概念化达臻巅峰。在意象上,"东风""太阳""舵手""大海"等本来为多义性的意象演变为特定所指的意象群落。"严格而刻板的社会意识要求于诗的,不仅是内容的纯化,而且是风格和形式的纯化,这就最后导致诗的枯竭。一切只能是'向上'的'乐观',而且是如此一致的'乐观'。到了'文革',连太阳上升的色彩和姿态都受到了严格的规定,'落日'是不可稍涉的禁忌。"�在诗学表述结构上,"卒章显其志"往往成为最为流行的叙述方式,盛行"光明的尾巴",从景物描述作铺垫开始,到最后一定要上升到某种政治高度,表达某种政治豪情。

任何事物的发展一旦被追求大一统的权力所俘获,就不可避免的彰显出话语的暴力性特点。经过 30 多年的发展,到 70 年代末,汉语新诗所呈现出来的从意象选择到结构组成特征,就是这种暴力话语在汉语新诗中的体现。谢冕说,"三十年代有过关于大众化的讨论,四十年代有过关于民族化的讨论,五十年代有过关于向新民歌学习的讨论。三次大讨论都不是鼓励诗歌走向开阔的世界,而是在'左'的思想倾向下的支配下,力图驱赶新诗离开这个世界。"㉟事实上,汉语新诗的这种语言暴力从 60 年代开始到 80 年代中期,一直在想方设法遮蔽着朦胧诗的上浮,地下文学在默默地守候着文学的园地。如果说这种遮蔽在 60—70 年代是汉语新诗概念中的应有之意的话。那么,到了 80 年代,旧的政治文化体制在表面上破碎后,这种本被忽视的应有之意暂时失去了历史的依存,但其遮蔽的动机和惯用的套路并没有作本质性的改变。尽管谢冕、孙绍振和徐敬亚的三个"崛起"的文章,并没有真正描述出朦胧诗的本来,但这并不妨碍它们成为这种语言暴力猛烈轰炸的对象。这三篇崛起论提出的最为集中的两个问题,一个是汉语新诗写"自我"的问题,另一个是汉语新诗同西方的现代主义表现形式接轨的问题。程代熙在评论孙绍振在《新的美学原则在崛起》中提出

的诗歌关注个人情感时,运用了如下的语言格调:

> 孙绍振同志把'人的价值',仅仅归结为'个人利益'、'个人的精神',而衡量'人的价值标准'又只是'个人的幸福在我们集体中应该占什么地位',以及'个人的感情,个人的悲欢,个人的心灵世界'在艺术上得到了怎样的反映。真是除了个人,还是个人。个人成了一切,成了至高无上的东西。现在我们总算能够理解他说的'社会、阶级、时代逐渐不再成为个人的统治力量'这句话的真意了,那就是:或者把个人置于社会、阶级、时代之上,或者将它们置之度外。总之,文学完全是作家的私事,与社会、阶级、时代无关,而不是如高尔基所说,文学'永远是时代、国家、阶级的事业'。把孙绍振同志的美学原则的这个出发点和它的纲领——'自我表现'联系起来,一套相当完整的、散发出非常浓烈的小资产阶级的个人主义气味的美学思想就赤裸裸地显示了出来。[36]

我们姑且不论孙绍振的"自我表现"和这里的"自我表现"是否一致,是否被做了阿Q式的偷换概念的游戏,但从诗歌出发归结到非诗的阶级咒骂上来说,其中的话语暴力就不禁令人瞠目结舌,本该属于诗歌批评的范畴,却被上升为阶级属性的批判。

实际上,无论是60年代就创作出《这是零点四十八分的北京》的食指,还是《今天》派的北岛、舒婷们,都是在反抗这种话语暴力的基础上声名鹊起的。对于饱受这种弥漫于生活的各个角落的话语暴力摧残的几代人来说,朦胧诗的萌生掺杂着太多的残酷因素。"太阳升起来, / 天空——这血淋淋的盾牌"(芒克《天空》)中所隐喻的控诉,"天空"这样一个被传统文化神化的意象在朦胧诗的眼中成为杀人的刽子手。"冰川纪过去了, / 为什么到处都是冰凌?"这是一代人的疑问,很长时间以来没有回音。"卑鄙是卑鄙者的通行证, / 高尚是高尚者的墓志铭"(北岛《回答》),这种颇带"善恶"总结意味的结论不能不说充满无奈和宿命论的意味,这些,在某种意义上,无论是从感情上还是从表述方式上都回归了长期被压抑的诗歌真实。这也是人们长期不吝将"辉煌""优雅""优美""启蒙"等溢美之词加之于朦胧诗的原因之一。

但我们的问题是,朦胧诗在突破这种话语暴力,在被冠以接续了'五四'传统",高擎启蒙主义大旗等"大词"后,是否真正实现了这些名词背后的诗歌意义?从文学的层面上,这种社会学或者说思想史层面上的担当,对朦胧诗来说究竟带来了什么?朦胧诗因为使用隐喻、象征等所谓的现代主义手法而被称之为"古怪"的诗,那么,这种所谓的现代主义手法是否在朦胧诗中实现了本真的表达?还是只是借用表象?而在根本上走向了另一种语言暴力?

50年代,以写政治抒情诗闻名的郭小川曾很鲜明地描画出了其诗歌的政治底线,那就是"诗必须抒发无产阶级或英雄人民的革命豪情,而不是'中间人物'或'反面人物'的小资产阶级、资产阶级以及其它剥削阶级的感情。"[37]这是长期以来的战争文化所培养出的诗歌认识世界的一种方式。思维方式上,非此即彼,旗帜高擎,并没有将这个世界视为一个有机的、有生命的整体去思考。朦胧诗虽然在语词选择和诗学结构上有所改变,但并没有从根本上改变这种认识世界的思维方式。我们不妨从两个方面来就此问题进行论述。

首先,个人视角下的以代言人的角色来展开的宏大叙事格局。无论是发自内心的政治抒情诗还是人为炮制的小靳庄诗歌运动,以个人视角代言国家、阶级等宏大主题几乎是一致的选择。尽管标榜个人主义,但朦胧诗重的"个人"在一定意义上并没有改变这一基本内涵,只不过是演变为另一种意义上的代言符号,所以舒婷在《会唱歌的鸢尾花》中说:

> 我的名字和我的信念
> 已同时进入跑道
> 代表民族的某个单项记录
> 我没有权利休息
> 生命的冲刺

没有终点，只有速度。

　　徐敬亚说读朦胧诗有"一代人正在走过"的历史进程感，这是另一种意义上的集体主义感觉。比如北岛的《回答》中对"天空""死海"的拷问，舒婷《致橡树》中对平等自由的爱情宣言，梁小斌《中国，我的钥匙丢了》中对前途的迷茫，在盲从中丢失的青春，再也无法回来，于是作者追问太阳，"太阳啊，／你看见我的钥匙了吗？／愿你的光芒，／为它热烈地照耀。"诗歌的叙述语调虽然是个人视角，但这个个人显然代表着一个时代对另一个时代的表述，一种不满和控诉的结果。朦胧诗在当时能够引起人们的共鸣，很大程度上也是得益于这种无私的代言情结，舍"己"为"人"的英雄情结。宏大叙事的代言身份，意象选择的相似性，这些都表征着朦胧诗并没有彻底摆脱"政治抒情诗"一类的诗歌话语模式。这是一种精英主义的立场和"启蒙"话语的诗歌演说方式，五四的启蒙是现代文化对传统文化的启蒙，是一种文化的整体反思和选择性替换，其中一个重要的内涵就是从现代个人主义视野出发，来延伸至整个时代的变迁。朦胧诗的出现则是在对立思维和过度压抑情绪突然发泄的非正常状态下的自然产物，自诩接续了"五四"的启蒙精神，但它的启蒙显然是非理性的情绪化的"启蒙"，控诉苦难和伸张所谓的"正义"成为贯穿其中的主题。这显然不是真正的启蒙所具有的对自我和社会反思的精神。比如，朦胧诗在控诉的同时，很少对造成苦难的自我和社会文化进行反思，而是一股脑的将其作为仇恨的象征。比如北岛在《结局或者开始》中，借歌颂遇罗克烈士抒发自己的苦闷与焦灼，"我，站在这里／代替另一个被杀害的人／没有别的选择／在我倒下的地方／将会有另一个人站起"。多多说，"一个阶级的血流尽了，／一个阶级的箭手仍在发射。"（《无题》）在阐述血琳琳的对抗事实的同时，很少有诗歌对造成这种现状的内在文化动因作反思，从而使朦胧诗多流于感情的宣泄，缺乏强劲的思想力量。

　　其次，另一种"大词"的意象铺排。语言是思维的外化。对抗性的思维逻辑，代言人的角色选择，启蒙和控诉的价值定向，这些都决定了朦胧诗的存在绝不是单一的诗歌存在，而呈现为扩散性的，囊括社会文化各个层

面内容的文化符号。在具有代表性的朦胧诗篇中,从个人遭际辐射出时代主题的诗歌呈现为主流。比如北岛的《一切》:

一切都是命运
一切都是烟云
一切都是没有结局的开始
一切都是稍纵即逝的追寻
一切欢乐都没有微笑
一切苦难都没有泪痕
一切语言都是重复
一切交往都是初逢
一切爱情都在心里
一切往事都在梦中
一切希望都带着注释
一切信仰都带着呻吟
一切爆发都有片刻的宁静
一切死亡都有冗长的回声

这里面所传达的内容,经历过 70 年代风风雨雨的人莫不心有戚戚焉。及至舒婷在《这也是一切——答一位朋友的〈一切〉》中的"锦上添花",朦胧诗所要表述的"一切"也就在"金童玉女"的唱和中得以彰显。《这也是一切》是这样写的:

不是一切大树
都被暴风折断,
不是一切种子,
都找不到生根的土壤;
不是一切真情
都流失在人心的沙漠里;

不是一切梦想

都甘愿被折掉翅膀。

不,不是一切

都像你说的那样!

不是一切火焰,

都只燃烧自己

而不把别人照亮;

不是一切星星,

都仅指示黑夜

而不报告曙光;

不是一切歌声,

都掠过耳旁

而不留在心上。

不,不是一切

都像你说的那样!

不是一切呼吁都没有回响;

不是一切损失都无法补偿;

不是一切深渊都是灭亡;

不是一切死亡都覆盖在弱者头上;

不是一切心灵

都可以踩在脚下,烂在泥里;

不是一切后果

都是眼泪血印,而不展现欢容。

一切的现在都孕育着未来,

未来的一切都生长于它的昨天。

希望,而且为它斗争,

请把这一切放在你的肩上。

北岛在控诉,在悲哀,在消极地对待生活,舒婷则在宽慰,在希望,在饱含热情地迎接生活。无论是"树""暴风""曙光""火焰"还是"死亡",这些意象都早已超越了北岛和舒婷的个体经验而上升为一代人的集体经验,成为宏大意义的象征符号。在北岛和舒婷的唱和模式中,总给人一种训诫的场景,舒婷在给迷途的北岛以期许的答案,这个模式又恰恰是红色写作中常用的上级给下级做"思想工作"的模式。北岛在《结局或者开始——献给遇罗克》中,通过生者与死者的对话来展现遇罗克所代表的一代人的抗争精神在朦胧诗里得到的同情和共鸣。遇罗克是因为1967年在《中学文革报》上发表著名的《血统论》,反对以出身论英雄的文革腔调,强调人的平等观念,因此被打倒、杀害的一个时代英雄。北岛对遇罗克的死亡悲愤不已,因此在诗里说,"我,站在这里/代替另一个被杀害的人/为了每当太阳升起/让沉重的影子像道路/穿过整个国土",这几乎是经历过文革时代的人的共同体验,"以太阳的名义/黑暗公开地掠夺/沉默依然是东方的故事/人民在古老的壁画上/默默地永生/默默地死去。"这里从两个含义上运用"太阳"意象,一个是"领袖的象征""权力的象征",另外一个则是日常的太阳,象征着人间光明和正义的太阳。"也许有一天/太阳变成了萎缩的花环/垂放在/每一个不朽的战士/森林般生长的墓碑前/乌鸦,这夜的碎片/纷纷扬扬。"无论太阳如何萎缩,朦胧诗意象的选择都是基于之前诗歌所赋予的意义的基础上的,在内在的意义赋予和思维模式上并没有本质性的变化,或者说很难形成相对独立的意象群落。如果要追根溯源,那么从1925年郭沫若发表《文学与革命》开始,包括汉语新诗在内的新文学的社会政治话语的宣传功能逐渐被重视、强化,诗人郭小川说,"诗必须抒发无产阶级或英雄人民的革命豪情,而不是'中间人物'或'反面人物'的小资产阶级、资产阶级以及其它剥削阶级的感情。"㊴如此做二元对立的规范自有其特殊的原因,但也就形成了汉语新诗长期以来从思想内容到语词选择上的对立模式,"东风""太阳""牛鬼蛇神"等意义单一的意象和"弘扬"某种主题"批斗"某种思想的对立斗争结构成为此时期汉语新诗的基本语言构成。无论是朦胧诗还是之前的"前朦胧诗",它们产生的基本背景就是对当时的社会主流诗歌话语的不满,"地下诗歌"的称呼较为恰当地形容了这种格局。虽然孙绍振、谢冕和徐敬亚将朦胧诗视为一种"新的美学原则在崛起"，后来也为朦胧诗在诗歌意象运用和基本表述结构上的新鲜感而欢呼。但实际上，朦胧诗的萌生背景和激发动机决定了它在诗学本质上和之前的社会主流诗歌没有根本的区别。首先，将汉语新诗视为表述某种社会主题思想的载体。食指在《相信未来》中尽管"蜘蛛网无情地查封了我的炉台"，"我的鲜花依偎在了别人的情怀"，但依然"相信未来"，因为"坚信人们对于我们的脊骨 / 无数次的探索、迷途、失败和成功 / 一定会给予热情、客观、公正的评定"，而且是"焦急地等待着他们的评定"，并因此发出号召，"朋友，坚定地相信未来吧 / 相信不屈不挠的努力 / 相信战胜死亡的年轻。"这种社会代言人的诗语体系所形成的"启蒙者"的精英意识是朦胧诗背后的价值资源。舒婷在《致橡树》和《神女峰》中所张扬的女性爱情观早就超越了个人经验而上升到一种社会的呼唤，"与其在悬崖上展览千年 / 不如在爱人肩头痛哭一晚。"北岛的名作《回答》开篇所说"卑鄙是卑鄙者的通行证，/ 高尚是高尚者的墓志铭"，虽然掷地有声，让刚从黑白颠倒、是非错乱的时人倍感鼓舞和热血沸腾，但其中所蕴含的训诫情结也成为朦胧诗的一种基本价值取向。其次，虽然朦胧诗的意象选择和主题表述呈现为"令人气愤的朦胧"，颇让人费解，并因此招致众多诗人的批判，但是这种"朦胧"显然是以之前诗歌过于明晰为背景的。我们不妨比较一下两首诗。一首是写于1967年的吴克强的《放开我，妈妈》，其中开篇说：

> 放开我，妈妈
> 别为孩子担惊受怕。
> 到处都是我们的战友，
> 暴徒的长矛算得了啥！
> 我决不作绕梁呢喃的乳燕，
> 终日徘徊在屋檐下；
> 我要做搏击长空的雄鹰，
> 去迎接急风暴雨的冲刷。
> ……

阶级斗争的疆场任我驰骋，

门庭梨院怎能横枪跃马?!

另一首是朦胧诗人舒婷的《在诗歌的十字架上——献给我的北方妈妈》，其中描写到：

我钉在

我的诗歌的十字架上

为了完成一篇寓言

为了服从一个理想

天空、山峦与河流

选择了我，要我承担

我所不能胜任的牺牲

……

我献出了

我的忧伤的花朵

尽管它被轻蔑，踩成一片泥泞

我献出了

我最初的天真

虽然它被亵渎，罩着怀疑的阴云。

那么这两首同样是写给妈妈的诗篇，除了用词上的变化外，无论是诗歌结构还是所要表达的意境和思想主题并没有根本性的差别。都是借自然意象以抒胸臆，为实现理想而献身。朦胧诗的最大贡献就在于改变了口号和标语也被称为诗歌的历史，重新让汉语新诗寻找到了经验的隐喻和象征，但这种回归并没有摆脱掉长期以来所形成"载道"思想，因此，即便是以个人化经验出现，诗歌意象的最终归宿也是"集体无意识"的。从这个意义上说，朦胧诗并没有改变之前汉语新诗的基本语言结构。

众多的朦胧诗人同写一个或者一种意象也是朦胧诗的一大景象，这应

该是另一种意义上的集体写作,虽然没有用共同署名的形式。比如写"祖国",舒婷有《祖国啊,我亲爱的祖国》:

> 我是新刷出的雪白的起跑线
> 是绯红的黎明
> 在喷薄
> ——祖国啊
> 我是你十亿分之一
> 是你九百六十万平方的总和
> 你以伤痕累累的乳房
> 喂养了
> 迷惘的我,深思的我,沸腾的我
> 那就从我的血肉之躯上
> 去取得
> 你的富饶,你的荣光,你的自由
> ——祖国啊
> 我亲爱的祖国。

有梁小斌的《中国,我的钥匙丢了》:"中国,我的钥匙丢了。/天,又开始下雨,/我的钥匙啊,/你躺在哪里?/我想风雨腐蚀了你,/你已经锈迹斑斑了。/不,我不那样认为,/我要顽强地寻找,/希望能把你重新找到。"食指的《祖国》,"只因有了你/你在我心中/我简直一时无法搞清/是真的在严寒里找到了火堆/游子回到了慈母的怀中/只因有了你,你在我心中。"等等。从整体来讲祖国这一意象的内涵,比如母亲、依赖、为之献身的崇高目标等等,并没有发生根本性的变化,在这点上朦胧诗并没有提供多少新鲜的经验。除了"一切""祖国"等意象外,"一代""时代"等时间性的集体意象也成为诗人笔下的描述对象,比如顾城的《时代》,"大块大块的树影。/在发出海潮和风暴的欢呼;//大片大片的沙滩,/在倾听骤雨和水流的痛哭;//大批大批的人类,/在寻找生命和信仰的归宿。"还有那

首著名的《一代人》,"黑夜给了我黑色的眼睛 / 我却用它寻找光明。"徐敬亚的《一代》:

以前额注视死亡

从活里走向水

多么令人诱惑呀

还没有来得及死

就诞生了

影子回到我的身体里来吧

太阳升起时

白纸上的字迹也无影无踪

我心柔似女

风,一阵哭一阵笑

大丈夫,多么富有魅力

第一朵花就掩埋了春天

苦难挽留我!

唯有你能够把我支撑

就在这里

钉下一颗钉子

我是无法再生无法死去的男人。

舒婷的《一代人的呼声》:

我决不申诉

我个人的遭遇。

……

假如是我,躺在'烈士'墓里;

青苔侵蚀了石板上的字迹;

假如是我,尝遍铁窗风味,

和镣铐争辩真正的法律；
假如是我，形容枯槁憔悴
赎罪般的劳做永无尽期；
假如是我，仅仅是
我的悲剧——
我也许已经宽恕，
我的泪水和愤怒，
也许可以平息。

但是，为了孩子们的父亲，
为了父亲们的孩子，
为了各地纪念碑下，
那无声的责问不再使人颤栗；
为了一度露宿街头的画面
不再使我们的眼睛无处躲避；
为了百年后天真的孩子
不用对我们留下的历史猜谜；
为了祖国的这份空白，
为了民族的这段崎岖，
为了天空的纯洁
和道路的正直
我要求真理！

　　众多诗人同写一个意象，意象内涵和描写技法大致相近，那么所体现出来的诗歌经验和语言表述结构大致相同。这些宏大意象的抒写，在很大程度上限定了朦胧诗的表达张力，成为散文的概念化而非富有诗人个体新鲜陌生体验的诗歌语词。"诗与传统的小说、戏剧不同之处是诗的突出的含蓄。这种含蓄常常使它有着不同于上述的文学品种的内部结构。它主要的效果不是在于描写情景像小品文那样，不是像说理文那样以严紧的逻辑为主要因素,不是像故事、小说那样以展开放事为主,不是像戏剧那样以发展矛盾、解决矛盾为主,它的主要特性是通过暗示、启发,向读者展现一个有深刻意义的境界。"⑩ 对于朦胧诗来说,指向过于清晰和单纯一方面使得它能赢得万众欢呼,但这显然也是致命的。也许这是朦胧诗的宿命,也是后朦胧诗那么急切的超越它的内在原因。以政治抒情诗为代表的汉语诗歌传统笼罩着他们,使得他们难以挣脱束缚,独立的行走。

本来,朦胧诗是从尊重个体生命自由,重新恢复人的基本尊严为自我存在的标志的。无论是舒婷的《致橡树》《神女峰》还是北岛的《回答》,梁小斌的《中国,我的钥匙丢了》,但因为长期的思维惯性和话语系统的养成,使得他们不得不或者说下意识的使用到了类似于"毛文体"的语言表述。这种以诗歌的形式最终落脚到非诗歌的目的,决定了朦胧诗无法使得汉语新诗化蛹为蝶。同为朦胧诗的代表诗人的杨炼在 1988 年时说:

诗人重要与否,其界限在于他是否有能力自觉逾越被动阶段,把写诗从满足简单的表现欲深化为主动地对自我世界潜在层次和领域的探索。他能否通过不断深入自身而最终超越自身,在自己生存深处挖掘出与现实、历史、文化、语言、整个人类乃至自然相沟通的某种'必然'?我所强调的是:重要的诗人,必须在作为人的意义上,经由对自己生存的独立思考,达成与'世间一切崇高事物'本质性的精神联系。也只有在这个层次上来考察,他的世界才谈得上加入人类精神的历史,他的诗才能摆脱种种被'非诗人'玩弄的厄运,从人人想喝就喝、包治百病(因而无一意义)的汤药,变成毒酒,变成人类精神的实验室里迫不得已进行的冒险,直到令所有沽名钓誉者望而却步。诗一旦完成,就弃诗人而去。它将独自立足于艾略特和埃利蒂斯之间,金斯伯格和加里·斯奈德之间,屈原和陶渊明之间,被所有先行者的灵魂接纳或拒绝。它能活下来而不被别人的影子遮没吗?或起码退避三舍吗?还是它不仅作到这些,甚而把自己造就成一个新的'文化源头',成为未来人们摧毁或发现的对象呢?如果是,它就有意义。如果不,就没意义。④

他这里所要道出的是朦胧诗缺乏独立话语的现实,这也是杨炼能够得益于朦胧诗,并能走出朦胧诗的前瞻意识。杨炼从最初《大雁塔》的写法走出来,走向独立而深刻的对汉语诗歌和诗人命运的深层次思考,后来有《大海停止之处》《同心圆》等结合汉语字符特点和精神传统创作的诗篇萌生,以实绩来宣告了朦胧诗的"短命"。以杨炼为代表的少数朦胧诗人完成了汉语诗歌的被动表述到自在自为创作的转变,北岛和舒婷甚至离开诗歌,将主业转向了散文创作,写出了《失败之书》《时间的玫瑰》《蓝房子》,等等,顾城则真的做不下去了,原来的梦幻破灭,新的理想尚未建立,他彻底绝望了,这是他选择死亡的原因之一,"顾城是个早熟的诗人,也可说是个神童诗人。他8岁开始学诗。1971年才15岁,便写出了代表作《生命幻想曲》。1979年至1984年是他创作的高峰期。1985年以后,新生代诗人崛起,诗坛格局发生重大变化。同属朦胧诗人的江河发表了组诗《太阳和他的反光》,一时之间轰动诗坛。但顾城的创作却未能发生新的嬗变。类似的内容、格局与手法的一再重复,使他逐渐退出了诗坛关注的中心地位。"④

舒婷在后来和作家北村的一次谈话中,谈及自己的《祖国呵,我亲爱的祖国》时,觉得自己也读不下去,接受读者觉得里面写的都是空话的批评,"陈村说:'你现在还有什么感想呵,比如说读以前的什么《祖国呵,我亲爱的祖国》?'舒婷说:'这不能读,受不了,受不了。'陈村问:'自己受不了啊?'舒婷说:'自己也受不了'。"④北岛和舒婷如此否定曾给自己带来无上声誉的诗篇,另一个朦胧诗人杨炼也认为自己朦胧诗时期的创作只是"练笔的'史前期'",并因此"而从自选集中统统删除",其理由在于那些诗歌不具备他理想的"从生存感受,到语言意识,再到诗歌观念的整个'诗学'特征"。④诗人的自我否定一方面是诗人个人诗学的成长,另一方面也是汉语新诗在走过众多弯道之后的警醒。资深诗人郑敏先生说的好,"只有当一首诗具有诗所特有的内在结构时,它才能给读者这种满足。换言之,诗的内在结构是实现诗的这种特殊功能所必需的有机组成部分,一首诗可以不押韵,却不能没有这种诗的内在结构,修辞的美妙细微的观察,音调的铿锵都还不足以成为构成好诗的充分条件,正象美丽的窗格,屋脊上的挂铃都还不能构成富丽的宫殿,只有结构才能保证一首诗站起来,存在下去。……诗的内在结构是一首诗的线路,网络,它安排了这首诗的意念、意象的运转,也是一首诗的展开和运动的路线图"。[45] 在这个意义上,朦胧诗显然没有胜任。无论是汉语诗歌史的自然嬗变,还是诗人的自我否定,时过经年,朦胧诗当年的喧嚣终于还是在历史的理性里回归到了应有的处境,拥有昙花一现的美丽后重归沉寂。

注释：

① 喻大翔、刘秋玲编选：《朦胧诗精选·前记》，华中师范大学出版社 1986 年版。作家
出版社 1986 年出版的《五人诗选》，选入了北岛、顾城、舒婷、杨炼和江河等五人的
诗，这个选集被流行的当代文学史讲述朦胧诗时作为朦胧诗代表诗人的标志性选本来
使用的。如 2009 年张学昕在和杨炼的一次对话中所说，"八十年代有本诗选，收入了
北岛、舒婷、顾城、江河、杨炼。我们这些人在大学里讲《中国当代文学史》的时候，
在讲八十年代诗歌的时候，尤其'朦胧诗'的时候，都是围绕你们这五个人展开的。"
但对此，杨炼是不以为然的，"我觉得不必过多理睬这些所谓的选本。因为当时中国
有很多局限性，历史的、社会的、政治的，同时别忘了语言和写作观念等。那些选本
将来都不足以作为一种历史标志来对待。"并表达了自己对于"朦胧诗"的看法，"朦
胧诗其实从来不是一个美学概念，也不是诗的概念，很可笑。当时这命名纯粹是对现
代诗的批评，不好懂、晦涩。因为'朦胧'这个词比较中性，渐渐竟变成一种褒义的
名称。但实际上到现在为止，我觉得还从没有一个诗人把'朦胧'作为一个自己独特
的美学或诗学概念来看，像当年意大利蒙塔莱们提出的'隐逸诗'那样。"进而提出，
"'朦胧诗本身就是社会学和诗学的观念混淆。就像刚才唐晓渡说的，既然理解混乱，
那么更有必要把这个名称下比较清晰的成员、作品作一个梳理。'"（见张学昕：《"后锋"
诗学及其他——诗人杨炼、唐晓渡访谈录》，《当代作家评论》2009 年第 4 期）

② 张清华依然认为目前的朦胧诗研究，对食指和芒克的认识远远不够。（见《朦胧诗：
重新认知的必要和理由》，《当代文坛》2008 年第 5 期。）

③ 林莽：《食指生平断代（1964—1979）》和《并未被埋葬的诗人》，见《沉沦的圣
殿——中国 20 世纪 70 年代地下诗歌遗照》，廖亦武主编，新疆青少年出版社 1999 年版。

④ 张清华：《从精神分裂的角度看——食指论》，《当代作家评论》2001 年第 4 期。

⑤ 崔卫平：《诗神眷顾受苦的人》，廖亦武主编，《沉沦的圣殿——中国 20 世纪 70 年代
地下诗歌遗照》，新疆青少年出版社 1999 年版。

⑥ 廖亦武：《沉沦的圣殿——中国 20 世纪 70 年代地下诗歌遗照》，新疆青少年出版社
1999 年版，第 414—415 页。

⑦ 程代熙：《给徐敬亚的公开信》，《诗刊》1983 年第 11 期。

⑧ 关于《新的美学原则在崛起》受批判的经过，孙绍振曾有如下的口述，从中我们大致

可以了解其中的来龙去脉:"我的稿子到了以后,《诗刊》打印出来向上汇报。贺敬之主持了一个会。出席的有《人民日报》的缪氏俊杰,《文艺研究》的闻山,《文学评论》的许觉民,《诗刊》的邹获帆,《文艺报》的陈丹晨,这么几个人。贺敬之拿着打印稿,我原来的题目是《欢呼新的美学原则在崛起》,后来拿掉了'欢呼'二字,我同时还删掉了一些过激的话。会上就讲了,现在年轻诗人走上了这条道路,这个形势是比较不好的,不能让它形成理论,有了要打碎。就发给大家看。陈丹晨看了以后说,孙绍振是我的大学同学。贺敬之说,不对吧,年龄也不对呀。陈丹晨说,他是调干生,工作过几年,年龄大一些,孙绍振是中学生考上来的。在贺敬之的印象中,我可能是红卫兵。有人说不能搞大批判,贺说不搞大批判,要有倾向性的讨论。这时候,邹获帆说稿子退了。陈丹晨说,贺敬之愣了一下,还是想办法把稿子弄回来吧。于是就有了《诗刊》的那封信,说稿子还是要用的。我就上了当。这是以后才知道的。谢冕是副教授,不好批,只好找我这个无名小卒。找个红卫兵来批一下。但搞错了,我和谢冕是同学。"基本说清楚了朦胧诗论争的内在理路。(见王尧《"三个崛起"前后——新时期文学口述史之二》,《文艺争鸣》,2009年第6期。)

⑨ 戚方:《现代主义和天安门诗歌运动——对〈崛起的诗群〉质疑之一》,《诗刊》1983年第5期。

⑩ 顾城:《"朦胧诗"问答》,《文学报》1983年3月14日。

⑪ 顾工:《两代人——从诗的"不懂"谈起》,《诗刊》1980年第10期。

⑫ 公刘:《新的课题——从顾城同志的几首诗谈起》,《星星》1979年复刊号。

⑬ 在被要求谈谈《今天》第1期的情况时,蔡其矫说的很详细:"《今天》首期首篇是我的(指诗歌)。因为当时我跟他们年龄不一样,北岛就替我用了一个化名叫乔加。第二个就是舒婷的《致橡树》。这首诗是舒婷来北京后回去再寄给我的。我拿给艾青看,艾青十分欣赏,给北岛看,北岛就要去用了。"在谈到艾青为什么反对朦胧诗时,他给出了这样的答案:"他(指艾青)30年代就批过何其芳,虽被打成右派了,但他本质上是古的。他到日本去开了个什么会回来,就完全是官方口吻了。他有了地位后,就慢慢显出他的古了。这是官方意识对他的影响,所以他就反对'朦胧诗'。"(见廖亦武、陈勇:《蔡其矫访谈录》,《沉沦的圣殿——中国20世纪70年代地下诗歌遗照》,新疆青少年出版社1999年版,第493、495页。)

⑭ 陈超:《中国先锋诗论》,人民文学出版社2007年版,第4页。

⑮ 张清华:《朦胧诗:重新认知的必要性和理由》,《当代文坛》2008年第5期。

⑯ 杨匡汉:《中国新诗学》,人民出版社2005年版第391页。

⑰ "从1983年左右,诗风变了。从各个角落里冒出焦躁不耐的诗行。它们唯恐不惊动人们,

大有语不惊人死不休的气势。"（见郑敏：《自欺的"光明"与自溺的"黑暗"》,《诗刊》1988 年第 2 期。）

⑱　顾城：《"朦胧诗"问答》,《沉沦的圣殿——中国 20 世纪 70 年代地下诗歌遗照》,廖亦武主编,新疆青少年出版社 1999 年版,第 480 页。

⑲　王士强：《徐浩渊访谈录》,首都师范大学博士论文,2009 年。徐浩渊在另一篇回忆文章里,对"白洋淀诗派"几乎采取了否定性的界定,"我想,被现在人称做'白洋淀诗派'一事,是误传。因为在 1971—1972 年的北京地下诗歌的鼎盛期,我仅仅见过一位来自白洋淀插队的人写的诗,他是根子（岳重）。现在自称多多的人,当年学名栗世征,乳名'毛头',他倒是来自白洋淀。我刚刚在网上找到了他写的一篇被无数人引用的文章《被埋葬的中国诗人》,才明白那些误传文字的出处。该文中有太多不实之词。因为害怕自己的记忆有误,我与当年一起玩耍的朋友们再三核实,大家都说那时候从来没见过毛头写诗。我也不认为他与诗有何干系,当然更不会向他讨诗来看。"（见北岛、李陀主编,《七十年代》,生活·读书·新知三联书店 2009 年版,第 52 页。）

⑳　王士强：《林莽访谈录》,首都师范大学博士论文,2009 年。

㉑　比如宋海泉回忆当时写诗的动机时说："这可能是现在跟过去的大区别,也不为了什么,也不为了出名,当然有一种谁要写的好的话,长长份,得得意,可能有这种感觉。它过去有种比赛性质,这比赛性质那时啊叫决斗。毛头跟猴交换诗集叫决斗,这个过程叫"茬"诗；茬舞、茬歌、茬琴、茬诗,所谓茬就跟打架似的,看谁力量大就叫茬,有种比赛、决斗的意思,说缓和点就是比赛,说硬点就决斗。北京话茬架就打架,茬歌就比赛歌,你唱一首我唱一首,看谁唱的好,北京方言,一直存在着,但是顶多大家有种茬的感觉,在决斗过程中,大家得到一点小小的满足,这么一种现象。"（见王士强：《宋海泉访谈录》,《1960—70 年代"前朦胧诗研究"》,首都师范大学博士论文,2009 年。）

㉒　王士强：《张新华访谈录》,首都师范大学博士论文,《1960—70 年代"前朦胧诗研究"》,2009 年。

㉓　王士强：《牟敦白访谈录》,首都师范大学博士论文,《1960—70 年代"前朦胧诗研究"》,2009 年。

㉔　王士强：《张新华访谈录》,首都师范大学博士论文,《1960—70 年代"前朦胧诗研究"》,2009 年。

㉕　王士强：《王东白访谈录》,《1960—70 年代"前朦胧诗研究"》,首都师范大学博士论文,2009 年。

㉖　一平：《孤立之境》,《诗探索》2003 年第 3—4 辑。

㉗ 杨小滨：《今天的"今天派"诗歌》,《从最小的可能性开始》,人民文学出版社 2000 年版,第 348 页。

㉘ 唐晓渡：《芒克访谈录》,廖亦武主编,《沉沦的圣殿——中国 20 世纪 70 年代地下诗歌遗照》,新疆青少年出版社 1999 年版,第 353 页。

㉙ 廖亦武主编：《沉沦的圣殿——中国 20 世纪 70 年代地下诗歌遗照》,新疆青少年出版社 1999 年版,第 414 页。

㉚ 柯岩说,"一九八〇年《诗刊》在北京举办《诗人谈诗》讲座时,曾有人当场问我：'允不允许朦胧诗存在？'我回答说：'当然允许。不但允许,我们《诗刊》还发表几首呢！但坦白地说,也只能发表很少的一点点,因为朦胧诗永远不该是诗歌的主流。朦胧虽然也是一种美,但任何时代都要求自己的声音,只有表达了人民群众思想感情和自己时代声音的歌手才会为人民所拥戴,为后世所记忆。'"(见柯岩：《关于诗的对话——在西南师范学院的讲话》,《诗刊》1983 年第 12 期。)

㉛ 刘洪彬整理：《北岛访谈录》,见廖亦武主编,《沉沦的圣殿——中国 20 世纪 70 年代地下诗歌遗照》,新疆青少年出版社 1999 年版,第 339 页。

㉜ 北岛：《热爱自由与平静》,《中国诗人》2003 年第 2 期。

㉝ 张学昕：《"后锋"诗学及其他——诗人杨炼、唐晓渡访谈录》,《当代作家评论》2009 年第 4 期。

㉞ 谢冕：《20 世纪中国新诗——1949—1978》,《诗探索》1995 年第 1 期。

㉟ 谢冕：《在新的崛起面前》,《光明日报》,1980 年 5 月 7 日。

㊱ 程代熙：《评〈新的美学原则在崛起〉——与孙绍振同志商榷》,《诗刊》1981 年第 4 期。

㊲ 郭小川：《诗论》,上海文艺出版社 1978 年版,第 20 页。

㊳ 北岛：《热爱自由与平静》,《中国诗人》2003 年第 2 期。

㊴ 郭小川：《诗论》,上海文艺出版社 1978 年版,第 20 页。

㊵ 郑敏：《英美诗歌戏剧研究》,北京师范大学出版社 1982 年版,第 20 页。

㊶ 杨炼：《毋庸讳言》,《诗刊》1988 年第 1 期。

㊷ 吴思敬：《走向哲学的诗》,学苑出版社 2002 年版,第 252 页。

㊸ 参见李美皆：《从舒婷看诗歌的荣与耻》,《文学自由谈》2006 年第 4 期。

㊹ 杨炼：《我的文学写作——杨炼网站"作品"栏引言》,《一座向下修建的塔》,杨炼著,凤凰出版传媒集团、凤凰出版社 2009 年版,第 161 页。

㊺ 郑敏：《英美诗歌戏剧研究》,北京师范大学出版社 1982 年版,第 42 页。

第十章　激情泛化的诗：论第三代诗歌的青春化写作

　　欧阳江河在评价 20 世纪 80 年代中期以来的汉语诗歌时，谈到了从朦胧诗到第三代诗歌的变迁：

　　　　如果说北岛、舒婷等'朦胧诗人'是一代人当之无愧的代表，那么，在当今中国诗坛，从舒婷到翟永明，诗歌的青春已完成了从二十多岁到三十多岁的必要的成长，并在思想和情感的基调上完成了从富有传统色彩的理想主义到成熟得近乎冷酷的现代意识的重要的过渡；而从北岛等人到柏桦等人，诗歌也已完成了从集体的、社会的英雄主义到个人的深度抒情的明显转折。这种过渡和转折，我们还可以从张枣、陈东东、西川、钟鸣、陆忆敏、万夏、韩东、伊蕾等人的创作中看到。种种事实说明诗歌的变化已经不是表面的，而是发生在思想和感情深处的普遍而又意味深长的改变。"①

　　他敏锐的捕捉到了汉语诗歌在思想和感情深处的改变，这为他后来和肖开愚共同提出 1989 年后的汉语新诗"中年写作"的概念打下了基础。

事实上,尽管从朦胧诗到第三代诗歌,汉语诗歌有了改变,并且后者的出现是以同朦胧诗对立的姿态来揭开隐藏的面具的,但这两种思潮在"青春期写作"这个层面上还是取同一步调的,相互承继但又有区别。

关于青春,李大钊在1919年发表在《新青年》上的《青春》中如此描写青年与青春,"青年之自觉,一在冲决过去历史之网罗,破坏陈腐学说之囹圄,勿令僵尸枯骨,束缚现在活泼泼地之我,进而纵现在青春之我,扑杀过去青春之我,促今日青春之我,禅让明日青春之我。一在脱绝浮世虚伪之机械生活,以特立独行之我,立于行健不息之大机轴。"另一位革命闯将陈独秀同时期在《敬告青年》中对青年性格的定义也是"自主的而非奴隶的""进取的而非保守的",同李大钊一起营构了融合"五四"启蒙主义和和谐进化论的哲学理想的青年品性和青春性格。在这个意义上,朦胧诗在控诉和反抗,以重新寻找失去的生命尊严。第三代诗歌的狂狷不羁,激情涌动,躁动不安,等等,都是"五四"开创的这种青春气息在新的文化背景下的表现,难怪新时期诗歌中,人们想到最多的就是如何重新回到"五四"的时代去,以接续"五四"的文学精神和价值选择,尽管这是徒劳的。

一般来说,朦胧诗的青春写作还带有集体主义的性质,是一种国家或者民族共同体的行为,代言者的符号象征着压抑单纯个体的情欲表达,个体的情感涌动融入到民族国家的宏大叙事之中。"'今天'的激情是以时代代言人的形象出现的,他无疑是一种传统知识分子受难、担当的现代书写,是历史宏大的叙述和表达。"② 经过80年代初社会文化的巨大变迁后,朦胧诗的这种诗学思想失去了存在的前提基础。汉语诗歌自然演变到了第三代诗歌,这时,朦胧诗曾经面临的写作的可能性问题不复存在,"《今天》派"曾经面对的政治文化高压对第三代诗歌来说也减轻许多,写什么和怎么写的问题不复存在,诗歌写作获得了空前的自由。这就为第三代诗歌的青春化写作从外在环境上提供了朦胧诗所难以企及的狂欢和汪洋恣肆的可能。虽然徐敬亚在评价新时期的汉语诗歌发展时,依然将朦胧诗视为汉语新诗"最饱满的高峰"。③ 但对汉语诗歌来说,第三代诗歌所拥有的真正的青春化写作也是朦胧诗所艳羡的。

第一节 宣泄的青春

李亚伟在他的那首《二十岁》中，很细致地抒发了第三代诗人的青春激情，遍布利比多的奔涌："听着吧，世界，女人，21岁或者 / 老大哥、老大姐等其它什么老玩意 / 我扛着旗帜，发一声呐喊 / 飞舞着铜锤带着百多斤情诗冲来了 / 我的后面是调皮的读者，打铁匠和大家农妇。"青春期最大的特点就是以舍我其谁的姿态叛逆，毫无理性的、狂热地对抗限制其自由的一切威权和制度，以彰显幼稚自我的存在，张扬主体的力量。第三代诗歌在这种激情的催生下，将叛逆的矛头首先指向了最贴近它的朦胧诗，这是第三代诗歌萌生的主要动机。我们不妨来看看"第三代诗歌"命名出炉的轨迹，据柏桦的回忆，1982年10月，身居四川的各种诗歌流派的代表人物云集西南师范大学："各路诗歌总教头代表着她们各自的部队云集在这个太温柔、太古老、太浩大的校园里。他们正火热而亡命地讨论着'这一代人'这一生死攸关的问题。他们准备联合出击，联合反抗一个他们认为太陈旧、太麻木、太堕落的诗歌时代。目标：宣言；形式：诗集。"在"争吵的三天，狂饮的三天，白热颠覆的三天"之后，"正式将'这一代人'命名为第三代人（一个重要的、日后在诗歌界被约定俗成的诗歌史学概念被呼之欲出、敲定下来）并决定出《第三代人诗集》……这也是一次未达最后胜利的聚会，青春热情及风头主义成了合作的龃龉。目标和形式都没有出现，两派形成了。廖希的重庆派，万夏和胡冬的成都派，三军过后没有尽开颜，而是鸟兽散……"。④ 这与其说是一次文人雅集之中激发出来的审美共鸣，莫不如说是一次颇带江湖气息的青春游戏。很多评论者指出第三代诗歌所受到的美国自白派诗歌的影响，"就像金斯堡之于'垮掉的一代'一样，真正能体现第三代人诗歌运动的流浪、冒险、叛逆精神与生活（按：也包括文本）实践的，无疑是'莽汉'诗派。"⑤ 众所周知，莽汉诗歌产生的动机颇为滑稽："万夏和胡冬在一次喝酒中拍案而起：'居然有人骂我们的诗是他妈的诗，干脆我们就弄他几首'他妈的诗'给世界看看'"，"一夜之间，南充师范学院所有诗人在万夏、李亚伟的指挥下，以超速的进军号角卷入这一'莽汉'革命行动,行动目标:攻下'今天'桥头堡,天使不须望故乡,只许飞行,再飞行。一捆一捆的'莽汉'诗就此被制造出来了,一捆一捆投向麻木不仁的人群的炸弹被投掷出去了。'莽汉'诗就此登上历史舞台。"⑥ 这种诗歌的生产速度赶上了大跃进时代的全民诗歌狂欢了。

爱情是属于青春的,无论是《致橡树》还是《神女峰》,朦胧诗对爱情的描述都打上了浓重的时代烙印,纯洁,精神至上,借爱情以言女权,以控诉压抑,等等,作为社会文化的代言者,情诗注定只是朦胧诗的重要组成部分。第三代诗歌的爱情则在很大程度上抛弃了社会文化的象征,被剥脱为男女之间的激情碰撞和两情相悦,还原为爱情的原始意义,利比多过剩的喷涌。爱情和女人在第三诗歌中是一个核心的意象。这里的女人一方面是指男诗人笔下的渴求,比如李亚伟在一次回忆中说,"1995年的冬天,在成都寒冷的街边小店里,胡冬半醉半醒地对我说,你一定要记住,那是偶然的。他说的就是1982年夏天的那次聚会,他和万夏认识了廖希。我理解他的意思。但是,我更愿意这样来看这件事:因为少女帅青,使'第三代人'有了一个好的开始。我们本来就是喜欢美女的人。"⑦ 以及我们看到于坚在《我知道一种爱情……》里说:

> 我曾经在童年的一天下午
> 远地传来的模糊的声音中
> 在一条山风吹响的阳光之河上
> 在一个雨夜的玻璃后面
> 在一本往昔的照片薄里
> 在一股从秋天的土地飘来的气味中
> 我曾经在一次越过横断山脉的旅途上
> 强烈地感受到这种爱情
> 每回都只是短暂的一瞬
> 它却使我一生都在燃烧。

看到李亚伟在《老张和遮天蔽日的爱情》所描述的老张期待的"遮天

蔽日"的爱情，但"哺乳两栖类的雌性／用气泡般的爱情害得他哭了好些年鼻子"，于是"他开始骂女人都是梭叶子／甚至开始骂娘了／骂过之后就像一般人那样去借酒消愁／醉得把嘴卷进怪脸中／这年月，爱情搀假，酒也搀水。"自信，期望，失望，到绝望，活脱脱一副青春感伤的爱情故事。胡冬这样写女人："你是矛你是盾你是甬道是宽阔的大桥繁忙的码头／你是城门洞开人流自由通过"，"你是钢窗是水塔是烟囱是迫击炮是密集的火力／你是初次造爱的恐怖是破贞后的啜泣"，等等，语无伦次，摇滚般的激情荡漾，"你是人之初，你是根，你是女人"。女人成了诗人眼中的一切。另一方面，则是迅猛崛起的以伊蕾、翟永明为代表的女性性意识在诗歌中的表现，女性性爱心理和欲望的重新发现，这些都将赋予爱情以激情的底色和更为丰沛的内涵。应该说，无论是相敬如宾还是举案齐眉，乃至于以"树"的形象共同砥砺风雨，这些过于理性的情感模式都不属于第三代诗歌。

诗人柏桦曾写过一首名字为《痛》的诗：

怎样看待世界好的方面
以及痛的地位
医生带来了一些陈述
他教育我们
并指出我们道德上的过错

肉中的地狱
贯穿一个人的头脚
无论警惕或恨
都不能阻止逃脱

痛影射了一颗牙齿
或一个耳朵的热
被认为是坏事，却不能取代
它成为不愿期望的东西

　　幻觉的核心

　　倾注于虚妄的信仰……

　　克制着突如其来

　　以及自然主义的悲剧的深度

　　报应和天性中的恶

　　不停地分配着惩罚

　　而古老的稳定

　　改善了人和幸福

　　今天,我们层出不穷

　　对自身,有勇气、忍耐和持久

　　对别人,有怜悯、宽恕和帮助

　　这是一首身处其中而又出乎其外的诗篇,以纪念1986年这样一个激情迸发的诗情年份:"我放佛也长久地迷失于1986年寒气逼人的冬天。我在坠入那个年代特有的集体诗情里,坠入而一时无法说出,还需要时间,需要一种奇妙且混乱的痛苦等待。脸,无数的脸在呈现,变幻,扭曲。在四川大学的校园里人们(包括逃学的学生,文学青年,痛苦者,失恋者,爱情狂,梦游者,算命者,玄想家,画家,摄影师,浪漫的女人,不停流泪的人,性欲旺盛的人,诗人,最多的永远是诗人)在这个冬天奔走相告,剖腹倾诉,妄想把一生的热情注入这短暂的几天。一个人的泪水夺眶而出,她呕吐着,并用烟蒂烧自己的手背;在另一个黑夜,几个人抱头痛哭,手挽手向着车灯的亮光撞去;还有一位却疯狂于皮包骨头的痴情,急得按捺不住。"⑧这显然是一个布满青春痕迹的年份,为满足青春的激情奔放的愿望,死亡、哭泣、性爱都在放荡不羁的年代里迸发。所以诗人用"痛"来做命名,有冲动,有激情,有冒失,有偏激,报应和惩罚,过错,等等,这是一些容易走向极端和带来痛苦结果的情感状态。充满幼稚和冲动的青春注定充满各种"伤痛","痛"过之后,也才明白"对自身,有勇气、忍耐和持久 / 对别人,有怜悯、宽恕和帮助。"

第三代诗人的年龄大多在二十几岁，从生理到心理上都处在青春期。兼有理论代言人和诗人身份于一身的徐敬亚在《历史将收割一切》中说，"除了个别几位能跨越栅栏的朦胧诗人外，现代诗的天下已经是他们的了。他们刚刚二十多岁，中国诗的希望真是年纪轻轻。"⑨2007 年的回忆文章中，他说，1986 年的诗歌是"一种定向的青春宣泄方式，也是一次次对秩序破绽的追寻。"⑩

第三代诗人急于彰显存在，急于打破影响他们凸现的朦胧诗，于是在对抗的思维下，影响的焦虑演变成了一次次愤激的文化行动。这种自"五四"以来所形成的偏激的进化论价值取向成为第三代诗人的内在动力。正如"五四"对父权、专制的彻底反抗一样，对抗、否定乃至敌对成为这些被青春的酒精和性欲冲昏头脑的诗人处理与汉语诗歌传统关系的方式。从精神到技术的断裂，是第三代诗歌虽然没有完全实现，但尽可能去做的选择。1984 年，作为在磨难中辉煌的朦胧诗翘楚，诗人梁小斌对朦胧诗的写作技法和诗学理念产生了怀疑，"必须怀疑美化自我的朦胧诗的存在价值和道德价值，"在他 1984 年根据 1974—1984 年的日记整理创作的诗歌《断裂》中，写"吐痰"，"伪造的病历""我的日子，有时候也想泌尿科一样难听"，"受到恐吓的人，/ 才学会了爱美。"这些意象选择和意义赋予都迥然不同与朦胧诗的"道德拜物教"式的审美取向。如果说《断裂》是用感性的诗语表现一种新的诗歌气息的话，那么 1986 年写作的《诗人的崩溃》，则用理性的推理将汉语新诗所面临的新的诗学变革彰显出来。如果说梁小斌的《断裂》只是一种启示，一种肇始的话，那么随后杨炼、于坚、韩东等深谙朦胧诗写作之道的诗人的创作，则彻底宣告朦胧诗已成"昨日黄花"。欧阳江河在评价 1989 年作为一种"象征性的时间"表示在汉语新诗中的意义时说："一个主要的结果是，在我们已经写出和正在写的作品之间产生了一种深刻的中断。诗歌写作的某个阶段已大致结束了。"⑪这一年，青年才俊海子以肉体消失换取精神永恒的方式，这种惨烈的命运归宿，同样昭示着汉语新诗的重新"上路"。在 1984 年的"断裂"和 5 年后的"中断"两种意义基本相同的名词之间，汉语新诗从诗学认知到语词选择呈现出何种面影？如果将其放置到整个20世纪汉语新诗的背景下，我们又该如何看待这种"认知"和"选择"的变迁呢？

首先是精神上的断裂。从诗歌表现上说，朦胧诗在很大程度上浮现的是传统古典汉语诗歌的特征，注重意象和意境在诗歌表现中的作用，象征和隐喻成为诗意表述的主要依托手段。第三代诗歌在这方面的选择虽然比较多，但大多抛弃了朦胧诗的路数。莽汉诗歌和他们诗派运用口语，从题材到语言让诗歌走向日常、凡俗化叙事。另一个路数则是更为西化，更为注重从西方诗歌中汲取营养，王家新、西川、张曙光等人的诗歌表现比较明显，在他们的诗歌中，多多少少都体现出对西方诗歌的崇拜迹象。洛尔迦、爱伦·金斯堡、帕斯捷尔纳克，等等，都是第三代诗人的偶像。

其次，诗歌传播渠道的断裂。如果说鲁迅作品中父亲角色的缺席是青春""五四""的象征的话，那么，对公开出版机制的挑战则是第三代诗歌激情青春的外露。近现代稿费制度的产生在改变文学写作者的命运和生存方式的同时，也奠定了传播媒介在文学传播过程中的重要作用。作家对传播媒介的依赖和顺从在一定程度上改变了文学的生成和消费模式。当政治意识形态的宣传机制为代表的社会文化介入到这种模式之后，期刊杂志、报纸和图书出版等文学传播媒介的承载内容和存在宗旨就会被外在力量进一步纯化，文学也就被一系列的条条框框束缚住。就现代诗歌而言，这种所谓的官方文学出版机制通过传播媒介表现出来，即《诗刊》《人民文学》《星星》诗刊等为代表的诗歌传播平台。受编辑思想、办刊宗旨等先入为主思想的限制，发表在这些杂志上的诗歌作品反映只能是整体诗歌的一个局部，但在社会文化的要求下，这些局部恰恰就成为整个诗坛创作的风向标和"主流"，引导着诗歌创作的走向，这自然是有弊端的。朦胧诗人没有逃脱趋向"主流"的命运，舒婷、北岛的诗歌最终从地下的《今天》走向了地上的《诗刊》，顾城也写过大量的反映红卫兵文化的诗歌等等。但到了第三代诗歌，则掀起了对官方诗歌话语的集体反驳。曾经为朦胧诗摇旗呐喊的徐敬亚说："严明的编辑、选拔，严明的单一发表标准，大诗人小诗人名诗人关系诗人——什么中央省市地县刊物等级云云杂杂，把艺术平等竞争的圣殿搞得森森有秩、固若金汤。"[12]在这里他又为第三代诗歌作了总结性的发声。诗人尚仲敏在《关于大学生诗报的出片及其它》中谈及《大学生诗报》的产生,把这本民间诗刊遇到官方话语的怠慢,进而命途多舛的经过描述得绘声绘色:

在另一个中国日历上没有标出的夜晚
我们房间来了一群粗暴男子
一些温柔可爱无比美丽的女性
他们拿出我们的油印刊物
口若悬河演讲了五个小时
骂我们是胆小鬼不敢出去走走
连徐敬亚都不如
哼
我们的男性血液便异乎寻常地膨胀起来
以至于次日凌晨从怀里掏出砖头
敲了敲出版社的大门
我们敲得不是很响
那扇门油漆斑驳是一副死人的骨架
绝非我们的对手
有关领导正坐在里面喝茶
……
整整一个上午
他喝了 4 斤茶
同时我们给他投射了 20 支高级香烟
和 80 粒上海糖果
(全是我们从紧巴巴的助学金里抠出来的)
结果呢
他劝我们回去好好读书
(他妈的还我香烟还我糖果!)
走到大街上我们又从怀里掏出砖头

差一点要把小小寰球敲出几个窟窿
（你得当心
我们的砖头是刚性的
随时都可以向你敲了过去）

　　面对这样的诗歌生长环境,这也许我们就可以理解"撒娇派"的无奈告白了,"活在这个世界上,就常常看不惯。看不惯就愤怒,愤怒得死去活来就碰壁。头破血流,想想别的办法。光愤怒不行。想超脱又舍不得世界。我们就撒娇。"[13] 于是我们看到杭炜在《退稿信》中写道:

我一式十份的手抄仿宋体稿被退回来了
邮差一语不发帽沿压着眉尖叮铃铃消失
每天处理情感公文的邮差叼着烟卷一条又一条街道
顺手塞来一封信有时候你就完了
称呼是某同志大作拜读原因种种不予采纳
你的感情不予采纳致以革命敬礼
……
我竖起耳朵谛闻门外是否有叮铃铃的邮差
帽沿压着眉尖叮铃铃我转念一想忽然大喊一声去他妈
的发表。

　　四川莽汉诗人特点之一就是体现为诗歌创作和发表的"江湖气息",李亚伟说:"'莽汉'人人都是写诗的狠角,同时人人都是破坏老套路,蔑视发表,蔑视诗歌官府的老江湖,莽汉流派当初纯粹一个诗歌水浒寨、一座快活林和一台夜总会,这帮人是 80 年代中国成名时平均年龄最小、在官方刊物发表作品最少、出诗集最晚的一个赖皮流派,在这个流派混过一水的人,并非故意不发表作品,作隐士样。"[14] 所以我们可以理解,自《今天》开创 70 年代末 80 年代初的民刊源头后,80 年代始终是民间诗歌刊物盛行的年代,数量如过江之鲫,一直延续到 90 年代末。《大学生诗报》《未名湖》《赤子心》《崛起的一代》《非非》《海上》《他们》《现代诗内部交流资料》等等。
逐步形成了可以同官方诗歌传播媒介相抗衡的阵势。"在当代中国一直存
在着两个'诗坛'，一个是官方诗坛，另一个是非官方诗坛"，"尽管非官方
诗歌刊物的发行量有限，它们的重要性是不容低估的。从 20 世纪 70 年代
末《今天》的创刊到 90 年代末的今天，非官方诗歌一直是当代中国文学实
验和创新的拓荒者。"⑮

第二节　行为的诗歌

　　诗歌对于第三代诗人来说，既是一次新的诗歌理念的更迭，更重要的
应该是借诗歌而言他的行为艺术，甚至说，诗歌就是诗人生活、生命的承载
方式。《诗·大序》里说："诗者，志之所之也，在心为志，发言为诗。情动
于中而形于言，言之不足故嗟叹之，嗟叹之不足故永歌之，永歌之不足，不
知手之舞之，足之蹈之也。"因此，相对于小说、话剧等文学形式来说，诗歌
应该是最能和人对自然、自身生命感受相融的表达形式。诗人海男说诗
人活着的意味是"把生命变成一种命运，把记忆变成一种有用的行为，把
延续变成一种有意义的时间"。⑯这已经超越了诗歌的文体意义，上升到
了存在价值的思考。
　　"五四"以来的文学家在处理与文学的关系时，多是将文学视为启蒙
和救亡的工具，蔡元培在《中国新文学大系·总序》里说："为什么改革思
想，一定要牵涉到文学上？这因为文学是传导思想的工具。"过于冷静、理
性的笔触和长期养成的精英身份，所延伸出的清醒的传道意识一直是中国
现代文学的特点。比如鲁迅、巴金、老舍和钱锺书的作品。但自从 1942 年
确立文学与政治之间的新型关系以来，文学的生命就紧紧地和作家的现实
生活相关联。中华人民共和国成立后，经历过《武训传》《海瑞罢官》"样
板戏"等文化事件之后，文学作品的生成和阅读样式已不仅仅是作家自身
关注的问题，甚至上升为国家的文学战略。文学在政治意识形态和权力话
语的催促和逼迫下，在自卑和高傲的极端情感冲击中重塑着慌张的人格。
这种慌张注定了 1949 年以来，老舍、曹禺等作家们不停地根据时势的要求

对作品进行修改了。

尽管后来人感叹文学自主性丧失所带来的悲剧,但"成也萧何,败也萧何",恰恰是这种自主性的丧失和权力话语的介入,无论是创作者还是受众,在数量上而非质量上给文学带来了异样繁荣,大跃进诗歌、"三红一创"、样板戏,等等,文学能够成为社会文化的主流话语,这得益于工具化的命运。

尽管对于70年代末的文学变迁,人们多归结为文学本体的回归,文学重新回到了自身,拥有了主体性的身份。但实际上,这些都没有从根本上得以改变传统的因袭。至少在朦胧诗是如此,舒婷的《致橡树》、北岛的《回答》和顾城的《一代人》都是为时代代言的产物,是诗歌之外的东西在支撑着他们的生命。80年代中期的舒婷在反思《致橡树》后写出了《会唱歌的鸢尾花》,面对爱情,不再追求木棉的刚强与伟岸,而是"在你的胸前/我已变成会唱歌的鸢尾花",一个柔弱、鲜艳的草本植物。诗人说:"如果可能,我确实想做个贤妻良母。……无论在感情上、生活中我都是一个普通女人,我从未想到要当什么作家、诗人,任何最轻量级桂冠对我简单而又简单的思想都过于沉重。"⑰ 这是一种转变,一种诗歌经验从代言到个人经验的转变,朦胧诗在否定之中逐步开始承担属于诗歌的东西。但随后的第三代诗歌并没有从根本上接续这种转变,实现诗歌的真正主体化,而是让诗歌沿着工具化的路子继续前进,只不过内容有所变易,这是一件很可惜的事情。柏桦在评价莽汉诗歌时说:"莽汉,代表第三代诗歌的总体转向,是一种个性化书写,农耕气质的表达,他们用口语、用漫游建立起'受难'之外另一种活泼的天性存在,吃酒、结社、交游、追逐女性……通过一系列漫游性的社交,他们建立了'安身立命'的方式,并为之注入了相关的价值与意义。"⑱ 李亚伟说,"'莽汉主义'不完全是诗歌,'莽汉主义'更多地存在于莽汉行为。作者们写作和读书的时间相当少,精力和文化被更多地用在各种动作上。最初是吃喝和追逐女色,从一个城市到另一个城市去喝酒,从一个省到另一个省去追女人。"⑲ 非非主义在界定诗歌理念的最终结论时说:"一种新的觉悟降临。我们自己带着自己,把立足点插进了前文化的世界。那是一个非文化的世界,它比文化更丰富更辽阔更远大;

充满了创化之可能。它过去诞生过文化,它现在和将来还将层出不穷地诞生出更新文化更更新文化!"⑳这是借诗歌在言文化,泛文化的目的往往失却了诗歌的审美。李亚伟有一首名字叫《妻子》的诗,用隐喻的方式写一个丈夫对妻子失贞的落寞感:

> 她在腰间破了一个洞
> 露出了鲜红的毛衣,我觉得陌生
>
> 她十岁那年,一颗奇怪的钉子
> 从木楼梯边扯了一下她的衣服
> 以后那钉子再没挨着她的边儿
> 现在她傲慢地向我解释胸口带血的凡高
> 说他捂着血从北欧走进巴黎
> 学会画画后开枪让血流了出来
> 好像凡高才是她的不听话的孩子
> 而我成了别的什么了
> ……
> 她的衣服在江南一个小镇上挂破的那年
> 我在北方痛苦地闭上了眼
> 我当真成了别的什么了
> ……
> 但结婚的那晚,趁她在婚床边抬头的时候
>
> 我坚定地说:"可别人的伤是在胸口
> 而不是别的什么部位!"

　　这首诗中所论述的凡高的典故,显然是作者为了表现所谓的"文化"痕迹而加强进去的,突兀异常,和整体诗歌的表达并不和谐。上海的海上诗群则将诗歌归结为真诚:"生活在这个世界上,除了真诚,我们几乎一无

所有。为了真诚,我们可以付出一切;为了真诚,我们可以不择手段。一手拿着存在的武器,一手拿着虚无的武器。当存在的时候就存在,当存在虚无之后就虚无,所以我们坚信,人将永远不死。"[21] 这应该是针对某些政治抒情诗之类的诗歌的"假大空"的写法而言的,有其历史合理性,而且发乎于情,这符合诗歌的抒情性特征,但只是"真诚"显然无法是诗歌创作的根本性动力。悲愤诗人谌林说:"主啊! 让我悲伤,让我做出好诗。"然后我们看到了他在《想起你》中的失恋情绪的宣泄:

> 黄昏时候
> 我一个人
> 和我的影子
> 默默无语
>
> 不
> 我没有想到你
> 你已是别人的妻子
>
> 你的家离学校不远
> 不是吗
> 你送过我一张照片
> 不是吗
> 你给我写过信
> 不是吗
>
> 那些过去的事情
> 我总是不愿想它
> 不想
> 根本不想
> 今天晚上

不吃饭

不吃饭

你已是别人的妻子

今天晚上

不吃饭

不吃饭

　　从情绪宣泄的角度说，这种简单的内涵，诗歌未必是最好的选择。

　　尽管看起来，第三代诗歌在处理与政治文化的关系要比朦胧诗疏远多了，更多的是立足于生命和生活的本然需求而进行创作，但诗歌依然没有剥去代言的命运，很难成为自在自为的存在。

　　在关于第三代诗歌的众多选本中，徐敬亚编选的《中国现代主义诗群体大观1986—1988》应该是比较全面的，尤其是它的编选体例，从诗歌理论的自释到代表诗人、成立时间和代表作品都较为翔实，时过经年，仍然经得起历史的推敲，既有史学家的眼光又有编选家的理性和客观。在这本书中，共有67种有名有姓、有独立诗歌主张的诗学团体，个个张扬独特的诗学理论旗帜。在短短的3年时间里，涌现出如此多的诗歌理念，算得上现代汉语诗歌发展史上的一个奇迹，百家争鸣，当属恰当。但综观这些所谓的诗歌社团，大多是昙花一现，除了非非主义、他们文学社等几个少数的优秀分子给汉语诗歌带来了新的写作风格外，大多消隐在历史的尘埃里。从代表诗人数量上说，人员较多的如海上诗群、非非主义、他们文学社，以及地平线诗歌实验小组等，有十数人。其他基本就是寥若晨星的小圈子了，三五成行，如江苏的"日常主义"、北京的"北京四人"等，甚至有一人成军的，如四川胡冬的九行诗、上海吴非的"主观意象"，等等。从诗歌理论上说，有些理论是创作的总结，如李亚伟的诗篇就很好地诠释了莽汉主义的诗学主张，韩东、于坚的创作也堪为"他们文学社"口语诗写作的翘楚。但也有很多诗学理论只是一种理想，停留在旗帜的虚空飘扬中。比如杭州的"地平线诗歌实验小组"，在《地平线宣言》中，他们认为："我们不想再给你一种新的东西,我们让你从考虑诗歌的根本开始。……语言应尽可能恢复它的交际功能,我们倾向于认为,相对实用语言的诗歌语言,是人类在诗篇中得到娱乐和普遍危机感的根源。"[22] 这显然是自相矛盾的诗学理论,在诗歌中发挥语言的对话性和娱乐性,这本身就是不同于同时代其他诗歌观念的。除此,在创作中诗人并没有对信誓旦旦的言说做忠诚的执行,比如宁可的《重庆诗歌朗诵会》:"七灯齐亮 / 惊动十一月旗帜片片 / 身后的钥匙暗哑 / 身后是车站 杯子 / 长桌上的一只杯子……。"整首诗就是第三人称的对会议现场的描述,并没有多少新鲜,诗歌语言的对话性也没有超越卞之琳、废名等老一辈诗人在20世纪三四十年代的创造。再比如撒娇派诗歌,其诗歌宣言所体现的只是一种生活态度,一种将诗歌囊括其中的生活态度:"写诗就是因为好受和不好受。如果说不该撒娇就得怨人不该出生。撒娇派其实并非自称。只是因为撒娇诗会上撒了太多的娇,我们才被人称作撒娇诗人。我们的努力,就是说说想说的,涂涂想涂的……写诗容易,做人撒娇不一定容易。我们天性逢佛杀佛,逢祖杀祖,逢人给人洗脑子。"[23] 从创作来看,你可以说撒娇派在描写内容上和用词上有所突破,比如语言的俚语化、粗俗化,比如锈容的《报仇雪恨》的自嘲:"如果证实了你在我背后 / 确实说过我走路的样子歪歪扭扭 / 像一只笨狗熊","我不和你一起微笑 / 我要在你家的窗下撒尿" 等,但也只能是昙花一现。

第三节 结语

在很多时候,谈论第三代诗歌不得不离开狭义的诗歌,从文化、生命等泛诗歌的角度来谈。第三代诗歌就如被长期的冬眠压抑很久,积郁着各种各样的情绪和生活感喟的种子,在不期然的春雨舒润下,纷纷在诗坛的沃土上茁壮成长。成长于80年代,享誉于90年代的诗人张曙光在《90年代诗歌及我的诗学立场》中说,80年代诗歌能够留给人们深刻印象的"是那些流派和流派的宣言,尽管大部分流派并没有多少真正的诗学含量,尽管那些流派的宣言往往与具体写作名实不符,但它们仍然成为人们关注的焦点,而具体的诗人和写作反倒被忽略了。"这一定程度上说出了第三代诗歌的历史命运,这是一个奇怪而又有必然性的历史归宿。"诗歌不是逃离,而是回到生活的手段。我们从未准备成为修辞学家。我们着手于消灭内部世界的孤独和困惑。写作,你将同意,就是清除那些威胁我们存在和平衡的东西,努力达成和谐、默契和安全。我们期望诗篇发挥类似交通指示牌的作用。我们制作诗篇不仅为欣赏,更为被使用、参加。"[24] 通过诗歌来展示青春的躁动和激情满怀。一切都是新生,都是不成熟,"'莽汉'的肇事者万夏、胡冬却只当了三个月的莽汉就改弦易帜。"[25] 中华人民共和国成立以来,诗歌一直是激情反映和迎合社会文化的响箭。于是有胡风的《时间开始了》、郭沫若的《新华颂》,大跃进运动中出现的"诗歌村""诗歌乡","文化大革命"中有"小靳庄诗歌运动","四人帮"倒台,于是有"四五诗歌",等等。当一切情绪安稳,冷静和理性的洞察很容易带来否定和遗忘,人们不复清晰地记得上述诗歌的面影,第三代诗歌也已经恍如昨日,进入 90 年代以后的汉语新诗还是伴随着沉潜、沉思、独语和宁静生活着。

注释：

① 欧阳江河：《从三个视点看今日中国诗坛》，《诗刊》1988年第6期。

②④⑥⑧⑱㉕ 柏桦：《左边：毛泽东时代的抒情诗人》，江苏文艺出版社2009年版，第135、165、150、134页。

③⑫ 徐敬亚：《历史将收割一切》，《中国现代主义诗群大观1986—1988》，同济大学出版社1988年版，第2页。

⑤ 李少君：《从莽汉到撒娇》，《读书》2005年第6期。

⑦ 杨黎：《灿烂》，青海人民出版社2004年版。

⑨⑬⑳㉑ 徐敬亚：《中国现代主义诗群大观1986—1988》，同济大学出版社1988年版，第175、35、71页。

⑩ 徐敬亚：《1986，那一场诗的疾风暴雨》，《经济观察报》2007年7月9日。

⑪ 欧阳江河：《1989年后国内诗歌写作：本土气质、中年特征与知识分子身份》，《站在虚构这边》，欧阳江河著，生活·读书·新知三联书店2001年版。

⑭ 李亚伟：《什么样的爱情能喂饱我们——南回归线诗集序》，《豪猪的诗篇》，李亚伟著，花城出版社2006年版，第235页。

⑮ 奚密：《从边缘出发》，广东人民出版社2000年版，第206页。

⑯ 海男：《是什么在背后——海男集》，程光炜编，春风文艺出版社1997年版，第1页。

⑰ 舒婷：《以忧伤的明亮透彻沉默》，《舒婷文集》，江苏文艺出版社1997年版，第225页。

⑲ 李亚伟：《流浪途中的"莽汉主义"》，《豪猪的诗篇》，李亚伟著，花城出版社2006年版，第215页。

㉒㉔ 博浩、宁可：《地平线宣言》，《中国现代主义诗群体大观1986—1988》，徐敬亚编，同济大学出版社1988年版，第163、163—164页。

㉓ 京不特：《撒娇宣言》，《中国现代主义诗群体大观1986—1988》，徐敬亚编，同济大学出版社1988年版，第175—176页。

第十一章　重塑汉语新诗的语言镜像

——论杨炼的诗歌

　　20 世纪 70 年代末 80 年代初,杨炼的名字同那场轰轰烈烈的诗歌运动紧紧联系在一起,和北岛、舒婷等人一起被誉为五大朦胧诗人之一,其名作《诺日朗》也同其名字一起被文学史宣讲。因为众所周知的原因,杨炼、北岛、多多等人的人生轨迹在 80 年代末有了较大的转折,漂泊异域之后,生活地域和文化环境都发生了巨大的变化。在人生选择漂泊的同时,杨炼的诗歌也漂移出了大陆读者的阅读视野。直到 1998 年底,上海文艺出版社将杨炼的诗集《大海停止之处》出版,其中囊括了杨炼从 1982 年到 1997 年创作的绝大部分诗篇。不久之后的 2003 年,同一出版社又将其 1998 年至 2002 年的诗歌、散文和文论以《幸福鬼魂手记》的名字面世,他才再一次走入人们的视线。如果将与《大海停止之处》同时期出版的《鬼话·智力的空间》(散文·文论卷)(上海文艺出版社,1998 年 12 月)和 2009 年 3 月出版的颇带 "夫子自道" 意味的诗学论文集《一座向下修建的塔》[①] 放在一起研读的话,那么一个簇新的诗人杨炼及其诗歌世界就呈现在人们面前。这时候人们不禁惊呼,杨炼的诗歌世界竟然是如此的丰硕和充盈,先前文学史上对杨炼及其诗歌的描述充其量只是其诗歌局部的静态写生,甚至难以揭示这个伟大的诗歌世界的一角。

第一节　诗语重塑：汉语新诗语言的重新认识

应该说，20世纪70年代末80年代初的朦胧诗的功劳在于，将汉语新诗的生命形式以反驳历史的方式重新回归到诗歌本原。尽管在事实上，朦胧诗无论是在主题表述还是在诗学结构上与它所反驳的诗歌相比，并没有本质上的差别，只是一枚硬币的两面，汉语新诗并没有实现从"他律"向"自律"的彻底转型，或者进一步说，只是"一个精神的崛起。"② 但也恰恰是朦胧诗的这种贡献，却为后来的汉语新诗彻底地回归诗歌本体提供了前提，并培育了丰厚的诗人群和诗歌文本基础。显然，作为汉语新诗发展到一定阶段的"中间物"，朦胧诗辉煌地践行了历史赋予的使命。但也恰恰是因为朦胧诗的这种先天性缺陷，鼓励汉语新诗走向更为彻底的未来，"Pass北岛""告别舒婷"之后，汉语新诗迎来了百家争鸣的后朦胧诗时代，"大学生诗派"与"海上诗群"相拥而至，"整体主义""极端主义"和"新传统主义"各展风姿，百舸争流。

杨炼的诗歌写作就是在这样一个背景下展开的。虽然20世纪80年代中后期之后，他的主要诗歌花朵都是在异国他乡绽放的，但也恰恰是这种时空意义上的"局外人"角色给他提供了在更为宏观的文化视野下，重新思考汉语新诗写作的可能性。应该说，冷静和寂寞的深思成就了杨炼另一幅诗歌面孔，相较于朦胧诗时期的情感冲动，要成熟的多了，深刻得多了。

尽管大量的时间在域外，但杨炼并没有中断和国内诗歌的联系，尤其是新世纪以来，经常回国参加各种学术交流活动，时刻把握着汉语诗歌写作的动态。从汉语写作的语境来说，杨炼依然属于汉语新诗的范畴，没有脱离开中文写作的语言氛围。作为朦胧诗的颇为另类的代表，杨炼以曾经在场的经验和局外人若即若离的身份，能够以熟悉而陌生的眼光来打量汉语新诗的生命历程，对汉语新诗的创作境遇有着更为宏大的眼界。

语言问题一直是汉语新诗的根本性问题，而且是一个在整个新文学领域，都没有获得圆满解决的问题。之所以这样说，是因为相对于古汉语语系对古典汉语诗歌的支撑来说，现代汉语的非成熟性决定了汉语新诗在语言问题上的思考将会继续"喋喋不休"下去。但也恰恰是现代汉语的这种非成熟性,为汉语新诗语言的理论探讨和写作实践提供了多种可能性。20世纪80年代以来,随着西方文学研究所发生的语言学转向,在"道"与"器"的不休争辩中,长久以来处于"器"的地位的文学语言获得了"道"的本体价值。这种语言学转向波及到中国,反映最敏捷也最深刻的就是汉语新诗。尽管"诗到语言为止"、及物与不及物写作的争辩,民间写作与知识分子写作的划分,这些闪耀在后朦胧诗天空的耀眼词汇参杂着诸多非诗的成分,但这些围绕汉语诗歌语言而展开的诗学探讨还是激起了阵阵浪花,诞生了不菲的诗学成果。

　　但这种热闹是不属于杨炼的。他的诗学是建立在对现代汉语的深入思考和汉语新诗众多理论的审慎剖析和反思的基础上的。

　　首先,针对当前汉语新诗流行的口语化写作,强调新诗语言的"非口语化"、远离日常语言的贵族化意识,张扬汉语诗歌的形式主义传统。20世纪80年代中期以来,汉语诗坛开始盛行所谓的"口语写作",实际上这种写作倾向主要是针对新中国成立以来,包括朦胧诗在内的汉语诗歌象征意义的僵化趋势和诗歌结构的单一化倾向而提出来的诗歌新生之路,从汉语古诗的采风习俗中汲取灵感,试图重新为僵化的诗歌语言去除贴附其上的概念化含义,恢复其本来的面目,所谓"去蔽"与"还原"。采用日常语态,以"民间"的自由和散漫为精神导向,恢复语言的日常性质,所谓"拒绝隐喻"。从而使得人们的阅读期待从旧有的期待视野中走出,以陌生化的语感重建汉语新诗的语言感觉。实际上,这不是突兀的、新鲜的创造,而是具有伟大历史传统的诗学选择,体现为承接胡适开创汉语新诗遇到危机之时的民间救赎策略。因为孕育于从文言向白话转变的大局,汉语新诗从诞生起就注定将其发展的一个路向定义为日常化、大众化的打扮,无论是题材还是语言表述,胡适提出作诗如说话,"话要怎么说,诗就怎么做",应该说语言上的口语化,一直是汉语新诗的一种重要表征。歌谣、俚语、日常语言等等与口语表述相关的词汇成为界定汉语新诗语言表述的关键词汇。80年代以来,"口语诗"被作为一种写作潮流着重提出来,并融汇到"民间"的审美取向中,从而超越了单一形构的诗歌范畴,具有了更为深远的精神文化基础。

因而说,原生态的口语能够成为诗歌语言,显然是需要根植于特殊的诗歌背景的,文言诗歌之于初期新诗的口语化、新中国成立后诗歌的单一化表述等,离开这些特定的背景,口语就只能是口语,难以成为真正的诗歌语言。其实,口语诗只是将潜隐的新诗语言以看似"惊艳"的方式彰显出来而已,它并没有彻底重构现代汉语与新诗之间的关系,同朦胧诗反驳于"红色经典"诗歌一样,它也是"短视"的,是对朦胧诗"晦涩"表述的重新背叛。汉语新诗历史在这里并没有作多少深刻的停留。因为它并没有从根本上涉及现代汉语的自身构成、历史演变、语言特性以及在此基础上汉语新诗创作和批评所呈现的状态的考量。

显然,口语因为意义表述上的单一化,相对于象征和隐喻的语言来说,势必缺乏表述张力,离开这种特殊的诗学背景的衬托,其诗学意义自然面临窘境。"文学语言是凌驾于流俗语言即自然语言之上的,而且要服从于另外的一些生存条件。它一经形成,一般就相当稳定,而且有保持不变的倾向。对文字的依靠使它的保存有了特殊的保证。"③当代诗人西川的表述指出了这种局限,"将日常语言推向极端,以为日常语言可以解放文学语言仅是一种幻觉","日常语言表面上,以其活泼和新颖瓦解着意识形态,但其有限的词汇量所能做的事情其实有限。"④

正是因为口语与汉语新诗的这种关系,杨炼对口语诗的评价似乎很苛刻:"'口语'云云,颇像早年听腻了的'人民',一句玄学式的空话。谁知道什么是'口语'?谁的'口语'?哪首诗是用'口语'写成的?意象的跳跃、句子的间隔、特定的节奏等等,都在同日常语言方式拉开距离。"⑤他在接受别人的采访时,甚至将口语诗歌同十七年诗歌的某些特征相联系,"还有一个值得讨论的是'口语'这个词就我自己认为,和我们以前说的'人民或工农兵'等等其实是一个玄学,因为没有任何一个个人能够给出所谓精确意义上的'口语'的定义,口语只是我们设想的似乎大多数人共同使用的一种语言,然后我们又在这个虚构的基础上提供了一种所谓'口语'的基础标准,所以这种讨论相当空泛,笼而统之。他们其实没有把诗的写作跟他诗本来的性质区分开来,诗人、诗歌当然是个人化的,对语言、形式包括对社会、历史、传统,这一切所有的题目包括所谓的'口语',你使用的语言本身,都要通过个人的再发现,再处理。所以我觉得如果没有这一步详细的讨论,仅仅以一种群体来反对另一种群体,最后说好了可能只是给自己画地为牢,人为的故意的去拒绝一些可能性,说得不好呢可能常常沦为一种权力游戏。"⑥言辞之激烈处,也恰恰道出了"口语诗"成为一种用来对抗其他诗歌审美范式的旗帜之后隐藏的话语霸权的凶险。

　　杨炼对当前口语诗的认识虽然显得有点极端和草率,但也不乏道理,"关于'口语'的诸多谈论,在我看来,足以称为当代中文诗意识之差的一个标志。诗什么时候是'口语'的? 白话诗句看起来的'顺溜'就是口语? 那意象与意象之间、句子与句子之间的跳跃怎么解释啊? 段与段之间的空白呢? 谁要是在口语中那样说话,不被当做疯子才怪呢! 我以前讲过,'口语'和听腻了的'人民'一样,纯粹是一句空话。谁知道什么是'口语'? 谁能代表'口语'作出判断? 没准正义为谁都不知其所云,才好拿来骗人唬人。归根结底,这些'口语诗'——'口水诗'是'五四'以来的粗陋的文化虚无主义的嫡传。要不了多久,就会像可笑的'文革文学'一样,萎缩成历史博物馆里一个荒诞文化的标本。"⑦他将口语诗和文革文学都视为"文化虚无主义的嫡传",显然还没有走出70年代末80年代初朦胧诗的意气痕迹。但他对口语诗所潜藏的语言弊端的分析还是值得肯定的,尤其是对口语诗所带来的新诗写作随意性的批判还是有深度的。

　　正是建立在对口语诗弊端的认识基础上,杨炼说,"我常强调中'文',而非汉'语',正想点出历史上中文书写系统——形式主义传统——刻意与口语分离的意义。"⑧因此,他重提新诗汉语写作的形式主义意识,并将这种观点的精神根源归结于汉语诗歌的历史传统。"中文古典诗传统,从来与所谓'自然诗学'无关。恰恰相反,它的形式设计,体现出的正是极端的人为性——人为到令人误以为'天然'的程度——作为题材的'自然',不该也不能代替'诗学'。我常常强调'文',而不是'语',正因为'文'的书写性。中国历史上书写文字和口语的长期分离,促成了从汉赋,到骈文,再到绝、律诗体的形式创造。"⑨所以我们看到,在杨炼的诗歌里,有着浓重的语言雕琢的痕迹,匠心独运之处颇有古诗人炼句的影子。比如他历时多年潜心写作的几首诗,以中国传统文化典籍《易经》的哲学玄思为内在结构,以现代人的视角,运用现代汉语将其重新表述出来,将"天、地、山、泽、水、火、雷、风"等合为"气""土""水""火"四部,并按照"卦象对位"的要求,重新赋予《易经》的这种结构组成以新的组合融汇到《自在者说》《与死亡对称》《幽居》和《降临节》等诗作的具体四部分中。在每个具体的部分,也彰显出作者独特的语言安排。比如在《自在者说》中所有以"天"为题目的八首诗中,最后的叙述都归结到"同一"这样一个意象上,以显示《易经》的"天人合一"的哲学理念。比如他的《同心圆》组诗中的第四部分,在标题上以"构成的地点"和"重复的喜剧"为开始,然后是四首以"递进的迷宫"为题目的诗,最后以"重复的地点"和"构成的喜剧"为结束。开头和结尾的呼应显示出作者着力营构的"同心圆"诗学理念。

其次,立足于汉字的语符特性,试图创造具有"汉语特色"的汉语新诗景象。自从马建忠的《马氏文通》迈开汉语近现代化改革的步伐开始,西方的语言架构、理念一直是汉语改革的理想路途。傅斯年在总结"五四"白话文的弊端时说过,"现在我们使用白话文,第一件感觉苦痛的事情,就是我们的国语,异常质直,异常干枯……我们使用的白话,仍然是浑身赤条条的,没有美术的培养;所以觉着非常的干枯,少得余味,不适用于文学……我们不特觉得现在使用的白话异常干枯,并且觉着它异常的贫……可惜我们使用的白话,同我们使用的文言,犯了一样的毛病,也是'其直如矢,其平如底',组织上非常简单。"因此而提出欧化以丰富白话的表达,"直用西洋文的款式,方法,词法,句法,章法,词枝(Figure of Speech),一切修辞学上的方法,造成一种超于现在的国语,欧化的国语,因而成就一种欧化国语的文学。"[⑩]瞿秋白在和鲁迅谈到翻译的问题时,也说,"翻译——除出能够介绍原本的内容给中国读者以外——还有一个很重要的作用:就是帮助我们创造出新的中国的现代言语。中国的言语(文字)是那么贫乏,甚至于日常用品都是无名氏的。中国的简直没有完全脱离所谓的'姿势语'的程度——普通的日常谈话几乎还离不开'手势语'。自然,一切表现细腻的分别和复杂的关系的形容词,动词,前置词,几乎没有。……翻译,的确可以帮助我们造出许多新的字眼,新的句法,丰富的字汇和细腻的精密的正确的表现。因此,我们既然进行着创造中国现代的新的言语的斗争,我们对于翻译就不能够不要求:绝对的正确和绝对的中国白话文。"⑪汉语的改革取欧化之途,显然有其历史的合理性和必然性。一个世纪以来,西学东渐的社会文化背景下,汉语在西方印欧语系的影响下告别白话和文言而形成现代汉语,这种欧化的或者说翻译体的语言体式自然成为新诗的主要语言选择,绝大部分的新诗人几乎都能找到其诗作的域外精神资源和技巧样板,尤为强调译介资源对汉语新诗写作的重要性,如戴望舒、卞之琳、袁可嘉、王家新、北岛等都是身兼翻译家身份的诗人,这也是中国新诗诗人群的常态。英美意象派、法国象征主义、俄苏诗歌等等都对某一时期的汉语新诗学形成核心性的影响。

　　另一方面,这种带有明显历史激进思想和对立意识的全盘欧化显然是行不通的,也必然引致汉语固有语言传统的抵制。1925 年,周作人在写给穆木天的信中谈到"国粹"的保护时说,"我不知怎地很为遗传学说所迫压,觉得中国人总还是中国人,无论是好是坏,所以保存国粹正可不必,反正国民性不会消灭,提倡欧化也是虚空,因为天下不会有像两粒豆那样相似的民族,叫他怎么化得过来。"⑫正如任何一种翻译的源语言都会受到目标语言的抵制一样,对源语言诗歌的模仿如果不能很好地融入到本土的汉语创作中来,必然会被视为异类而遭到排斥。早在 20 世纪 40 年代,何容就对汉语的过于欧化表达过不满,说《马氏文通》以来的"中国文法学","是把欧洲语言里的文法里的通则,拿来支配我们的语言"。⑬随着这种历史必然性和合理性的逐渐弱化,被压抑的汉语固有属性重新被翻捡出来。到了 50 年代,人们开始在这种不满中试图重建现代汉语的语法体系,从根本上改变欧化的影响,富有创造性地创建汉语新的独立语法学的问题。⑭ 20 世纪 80 年代以来,无论是语言学领域还是文学领域,人们在继续深入反思汉语的欧化选择,并且和具体的语言实践紧密结合起来,从而实现了从理论到运用的整体性反思,将此一问题引向深入。

　　在这种呈加速度发展的汉语现代化的进程中,"拼音文字中心论"一直在弱化和遮蔽着汉字的象形文字特性,语言学家王力先生在 20 世纪 40 年代曾说,"西洋语法和中国语法相离太远的地方,也不是中国所能迁就的”，“将来即使有人要使中国,语法完全欧化,也是不可能的。”但他也承认,汉语“欧化到了现在的地步,已完成了十分之九的路程；”⑮新时期以来,现代汉语的这种欧化不但没有放缓,而且有加速前进的趋势,台湾诗人余光中先生对此忧心忡忡,“鲁迅、傅斯年等鼓吹中文西化,一大原因是当时的白话文尚未成熟,表达的能力尚颇有限,似应多乞外援。六十年后,白话文去芜存菁,不但锻炼了口语,重估了文言,而且也吸收了外文,形成了一种多元化的新文体。今日的白话文已经相当成熟,不但不可再西化,而且应该回过头来检讨六十年间西化之得失,对‘恶性西化’的各种病态,犹应注意革除。”⑯现代实证主义下的逻辑推理式的语言形态,逐步取代了以视觉联想、类推譬喻为特征的汉语形态。在引入和模仿的姿态下,汉语新诗相对忽视了表述媒介的特性,至少是没有以其为前提。人常说,诗是不能翻译的,其原因也就在于媒介的独特性。比如大诗人郑敏就在一次接受访谈时说,“我认为,汉语新诗语言的问题还没有解决。以前我们是把传统这一页揭过去了,现在就要把它再翻会来看看。譬如,汉语的形象性、音乐性等等,古典诗中声韵、节奏、格律都非常地好,但这些特点在白话诗中都没有充分地发挥。”⑰正是在这种整体氛围下,朦胧诗之后的汉语新诗,涌起一股回归汉语传统的写作潮流,如何从历史语符中重新寻找新诗的出路成为当时众多诗人的选择,陈东东说,“我希望以我的写作去追寻我们的诗歌语言——现代汉语的中文性。”⑱这种观点得到了西川等人的赞成,“正是西方现代诗歌激发了现代和当代的中国诗人们思考两个基本问题:如何写出自己的诗歌？如何开掘现代汉语的可能性？”⑲其他还有欧阳江河、廖亦武等代表性诗人。如果说欧阳江河侧重的是从精神更新的角度接续传统,将汉语诗歌传统视为一个“运动的整体”,有其自身的内在规律性,并且从一切历史都是当代史的角度去理解传统,“传统的过去、现在和未来同时并存。”⑳其写诗的目的在于“谋求民族文化心理的总体结构在现代化目标下的再创造,从而使之与开放性的社会现实相适应。”㉑那么在相似的面影下,杨炼的诗歌寻找则呼应了西川上述的说法,从重新发掘长期以来被遮蔽的现代汉语的写作可能性出发进行写作。无论是他从对汉语语符的重新考量还是诗性智慧的重构乃至于诗歌语言纬度上的新的时空划分,这些都是清醒而审慎地面对现代汉语语境的前提下展开的。

因为立足于现代汉语的语言特性,杨炼的写作在某种意义上为汉语新诗开掘出了一条更为本体化的写作模式。他在很多场合和文章中一再表示,"对中文文字及其思维方式的大规模发挥,才是中文当代诗的正路。"㉒ "丰富与深化'中文性'的程度,是评价一首中文诗的标准。"㉓ 在他所列举的三个贯穿其写作历史的诗学层次中,前两条都是关于如何处理新诗与汉语的关系的,即"现实与语言的互相启示'中文性理解深度与诗作形式思考的互相激发;(另一条是"传统重构与个人独创性的互相引导")㉔ 具体而言,"在语言的层次里,我一直反复强调中文性。中文动词没有时态变化,是它跟欧洲语言最大的区别。这也许是某种约定俗成、自然形成的语言性质,但它又潜意识地左右着我们对生命和历史的理解,因为语言是思想最基本的载体。中文语言的非时间性,和中国历史的循环感之间,到底有没有某种必然的关联?谁为因谁为果等等,都是我们写作中必须思考的东西。在我来说,我希望有意识地使用这种非时间性,去表达处境和命运的不变这样一些对我来说非常重要的诗意。在某种意义上,我甚至觉得没有中文的这种特性,我就几乎无法表达那样的意。"㉕

他所出版的三部诗集中,都有意识地取消了每部作品写作和发表的具体时间,在消失了时间背景的限定后,读者的阅读接受愈益自由和阔达,从而进一步模糊了诗篇意义指向的具体性。在他的长诗《同心圆》中,杨炼正是基于汉字语符的相对独立性和语言结构的自由性,而用不断叠加的圆形来命名每一个诗篇,归结到整体上,又形成一个复杂的同心圆结构。在同心圆的第四个片断中,作者又在标题上做文章,"构成的地点,重复的喜剧,递进的迷宫,递进的迷宫,递进的迷宫,递进的迷宫,重复的地点,构成的喜剧",其中的四句"递进的迷宫"中的每一个又都围绕杜甫的《登高》中的四句诗"无边落木萧萧下,不尽长江滚滚来,万里悲秋常作客,百年多病独登台"来展开叙述,层层递进,最后又回到原点。这样运用重复和反复的标题来构造出"同心圆"的诗学结构。汉字符号本身不像西方的拼音文字,靠自身的变形来表达时间观念和逻辑关系,它本身不具有时间性,并且每个字又都是音义统一体,汉语本身又是在语法观念上相对散漫的。因此,正是这些特点,为杨炼能够成作出这些诗篇提供了语言前提。这种有点类似于古典回文诗的表述方法,应该说是杨炼诗歌里面,发挥现代汉语语符特点的一个值得关注的地方。

传统汉语诗歌是以意象为中心的,甚至是抛弃掉意象间的阐释连接语言,单纯地堆积意象就可以成为诗歌。汉语新诗在注重整体意境表达的过程中,相对忽视意象的作用,多采用逻辑严谨的叙述,借用小说、戏剧等文体的语言模式来重构诗歌。汉语新诗在意境上的直白相对于古典汉语诗歌的含蓄蕴藉来讲,恐怕多在于汉语新诗注重语言的说明功能,相对忽视意象对诗学意义的映现功能。周作人在评论刘半农的《扬鞭集》时说,这里面的诗歌多像一个玻璃球,玲珑透澈的太厉害了,少了某种可玩味的东西,恐怕说的就是这个。杨炼在诗歌创作中将传统汉语诗歌的"意象"语言重新捡拾起来,并在现代汉语的语境中有创造性的发挥。比如他在《自在者说》里,围绕"同一"的意象展开写作,将中国哲学的天人合一的哲学融入到此一意象中,以《天》为题目写了八首诗歌,分别阐释"狂欢、陨落、环绕同一仪式""翱翔,黑色胎盘黑暗地轰鸣,以同一节奏""宣谕的天空越来越深通体赤裸,吞吐同一渊薮""逝者,比时间更苍老,聆听风于同一空穴""死亡般富有,暴露出嶙峋海底的同一深度""淬了火,同一赐福,看见万物是神是白骨""从未开始,而同一片刻,鼓声沉寂成为主宰""赤足同一黑暗,我一脸黄金赫然无人之座:空旷。不朽。"等同一在"同一"意象下的从生命"仪式"到死亡。以致最后的永恒的过程。将抽象的哲学理念用生动活跃的意象群落展现出来,既具有现代汉语诗歌语言表述上的逻辑层次,又具有汉语古典诗歌的意象思维理念,其中文性特点体现得较为淋漓尽致。

第二节 多声部诗学结构的呈现

在二元对立思维和价值观念依然盛行的汉语新诗领域,追求诗歌价值标准的"纯粹性"和审美追求的身份界定成为一个潮流。每出炉一种理论,高举一个旗帜,就标志着一种诗学身份的确立。过度强调诗歌写作的身份,带来的也许并不是诗歌的多样性,恰恰是单一性。相比较而言,杨炼的诗歌写作呈现出的是多声部的特征。

首先,个体语调下的宏大叙述。当今汉语新诗写作是一个越来越具体,越来越追求细微题材,日常生活叙事、身体写作、私人化写作的年代。杨炼却没有放弃从80年代一出道就高擎的文化诗学的理念,以文化代言人的身份穿梭于古今中外的诗学资源中,用现代汉语的语境和现代人的视角来重构传统文化的时代身份,寓古于今,书写出一部诗学的文化史。他写诗,他的建构诗歌的空间诗学,都是"为了完成诗与整个人类生存的总体观照,诗抛弃外在的时间性,而在语言内部让不同层次的感觉互补,让相异的思绪相交,让局部充满流向和喧嚣而整体又浑然寂静如一。于是,构成方式本身成为诗之内涵的同义语。"㉖对诗与整个人类生存的观照,决定了杨炼诗学主题选择的宏大性。早期的《大雁塔》从"我"与"大雁塔"的换喻来思考"民族的悲剧","我将拖起孩子们 / 高高地、高高地,在太阳上欢笑……",这种接续鲁迅《狂人日记》"救救孩子"呼声的未来叙事成为杨炼风靡80年代的标志,并成为他一生的诗学坚守。再比如他在以佛教为题材写作的《雕塑》组诗中,这样写"菩萨","完美的裸体 / 被成千上万不信神的目光 / 强奸",世人对佛文化的亵渎和戏谑跃然纸上。虽然佛教同中国本土哲学相结合诞生了"禅宗","酒肉穿肠过,佛祖心中留",但毕竟"心中之佛 / 像一笔所有人都在争夺的遗 / 早已残缺不全",于是乎菩萨只有"手合十 / 任尘封的夕阳写出 / 一个受难的典故",一个在发源地以苦修为特质的宗教,毕竟难以抗衡中国的日常哲学,自然成了一个"受难的典故",但毕竟菩萨还是原来的菩萨,真正的菩萨还是无视世俗的偏见,"然而,你还是你 / 歌留给嘴唇,舞蹈留给风 / 荒野的清凉,总一样新"。再比如在《三世佛》中,他写了代表过去、现在和未来的三尊并列的佛像,通过宗教精神去感悟时间的哲思,"三张脸之间是一种不可证实的距离 / 三张脸,三副梦游者的微笑 / 呆滞如变幻时间的同一个抽象 / 或同一片刻中三重世界 / 谁也无法逾越这层薄薄的黑暗",过去、现在和未来看似有了明确的区分,但这种区分往往是徒劳的,在永恒的生命和宇宙中,时间的划分必然包含着荒诞和黑暗的未知。正如他在另一首诗

《命运》里说的"时间到处都是空洞"。杨炼的诗歌总是喜欢选择宏大的题材,比如写中国的易经所体现出的哲学思想,"六十四卦卦卦都是一轮夕阳 / 你来了 你说 这部书我读了千年 / 千年的未卜之辞 / 早已磨断成片片竹简 那黑鸦 / 俯瞰世界万变而始终如一",写神灵,"我是瀑布的神,我是雪山的神 / 高大、雄健、主宰新月 / 成为所有江河的唯一首领",比如在《自在者说》里写天与风,在《与死亡对称》里写地和山,在《幽居》里写水和泽,在《降临节》里写火和雷,等等。其中,在写"地"意象的时候,还将其幻化成商纣王、武则天、西施、司马迁等在某一个时段可以主宰中国文化历史走向的历史人物,从诗歌的感性视角重新解读中国历史,比如这么反思武则天,"她以喝令百花的威严凌驾山势 / 血光之灾一气演变 / 双乳坐北朝南,诸天星象缤纷神女 // 她以雾中长发挽成苍苍林海 / 欲归无路,高高在上的谥号无辞","老妇蜷缩于棉被中,阴唇枯朽如纸 / 无字碑文于万载茫然里似笑非笑,斑斑脱皮",这里,诗人已超越历史评判的勇气,来反思武则天作为一个普通人或者说一个女人的失败,历史舞台赋予的权威并没有成全她的幸福与美好,所谓历史功绩都随着历史的变迁而逐渐模糊,"斑斑脱皮"。杨炼对文化诗学的坚守毫无疑问来自于对汉语文学精神的深入反思和做出的现代性考量,相对于盛行的以消解深度为己任的平面写作来说,杨炼的诗歌自是难能可贵。这种宏大叙述显然和曾经流行的集体话语的宏大叙述有着根本的区别,它首先是立足于个人的视角,从诗人独特的个人体验出发来展现的历史宏观场景,并不具有代言的他者视角。

其次,建构穿越时空的对话体。将不同时代的诗歌和诗人,穿越时空,在一个共时的空间里进行对话,在汉语诗歌里面是有传统的。比如古人的集句诗,就是以今人的眼光将不同时期诗人创作的诗歌断章取义之后,重新组成新的诗歌的过程,比如洪升《长生殿》里的下场诗中的《私祭》诗,"南来今只一身存"来自韩愈的《过始兴江口感怀》,"新换霓裳月色裙"取自王建的《霓裳词》,"人生几回伤往事"来自刘禹锡的《西塞山怀古》,"落花时节又逢君"则是杜甫在《江南逢李龟年》中的佳句。戏剧家洪升是清朝人,诗歌里集聚了唐朝不同诗人的诗学感受,放置在一起,形成一种超越时空的对话,也是今人以现今的眼光重新审视古人诗歌的一个超越时空的对话。到了汉语新诗,这样的对话诗体依然时见笔端,相对于古典的集句诗,自有创造。比如闻一多的《红豆》一诗的开头引用王维的"此物最相思",然后再展开写作,《孤雁》一诗则引用杜甫的是"天涯涕泪一身遥"。诗人穆旦的《五月》则将汉语传统诗歌体式同现代新诗缠绕在一起,展开一个丰富有趣味的对话:

> 五月里来菜花香
> 布谷流连催人忙
> 万物滋长天明媚
> 浪子远游思家乡

> 勃朗宁,毛瑟,三号手提式,
> 或是爆进人肉去的左轮,
> 它们能给我绝望后的快乐,
> 对着漆黑的枪口,你就会看见
> 从历史的扭转的弹道里,
> 我是得到了二次的诞生。
> 无尽的阴谋;生产的痛楚是你们的,
> 是你们教了我鲁迅的杂文。

> 负心儿郎多情女
> 荷花池旁订誓盟
> 而今独自倚栏想
> 落花飞絮漫天空

> 而五月的黄昏是那样的朦胧,
> 在火炬的行列叫喊过去以后,
> 谁也不会看见的

被恭维的街道就把他们倾出,
在报上登过救济民生的谈话后谁也不会看见的
愚蠢的人们就扑进泥沼里,
而谋害者,凯歌着五月的自由,
紧握一切无形电力的总枢纽。

　　　　春花秋月何时了
　　　　郊外墓草又一新
　　　　昔日前来痛苦者
　　　　已随轻风化灰尘

还有五月的黄昏轻网着银丝,
诱惑,溶化,捉捕多年的记忆,
挂在柳梢头,一串光明的联想……
浮在空气的水溪里,把热情拉长……
于是吹出些泡沫,我沉到底,
安心守住你们古老的监狱,
一个封建社会搁浅在资本主义的历史里。

　　　　一叶扁舟碧江上
　　　　晚霞炊烟不分明
　　　　良辰美景共饮酒
　　　　你一杯来我一盅

而我是来飨宴五月的晚餐,
在炮火映出的影子里,
有我交换着敌视,大声谈笑,
我要在你们之上,做一个主人,
知道提审的钟声敲过了十二点。

因为你们知道的,在我的怀里藏着一个黑色小东西,

流氓,骗子,匪棍,我们一起,

在混乱的街上走——

他们梦见铁拐李

丑陋乞丐是仙人

游遍天下厌尘世

一飞飞上九层云

这种无论从诗歌文体上还是表现内容上,运用反讽的手法所展示出的诗歌意境的错乱,都赋予这首诗以无穷的张力。儿歌的牧歌情调和浪漫气质,战争的残忍和痛楚,相互照应。同时期的辛笛的《门外》也基本采取了这种诗学结构。这种写作方式从一个细小的侧面贯通了汉语古典诗和现代新诗的一种对话,是一种很好的系接选择,只可惜随后的诗人并没有对之作更好地、更为深入的探讨。

新时期之后,杨炼在继承汉语新诗的这种传统之后,又颇富独创性地进行延伸,在更为完善和深刻的基础上作了探索。他的那首《与死亡对称》中的诗,比如《地·第一》:

地·第一

（他:商纣王）

黄昏　　　　　静

而生坛

字　一个一个逃离

黄土盛大涌起

星宿湮灭远方

静于中心

暴君的庭院坐着　　石头累累如光

是这日子择定他,火择定他

反叛的莽原野性如吼,狼烟逼近

高台孤零零被弃像一尊巨鼎

松弛的臂力,宝弓鹰犬四散为暮色

那一袭玉衣

他说,是死神　　　　　:天命玄鸟

　　　　　　　　　　降而生商

群山俯首这一张犁下

四季的种子

膨胀成一只将出土的蝉

夜一击　白杨脱身而去

像悬空腐烂的尸体

太阳享受他的祭祀,堕胎之血一池烈酒

泼洒于地女人背叛的翩翩舞蹈

太晚了,如今已没有一只杯子能举起

游夜之火祈天之火,骸骨嘶嘶复仇的音乐

在云端盲目威严　这时辰空前

袭杀每一只飞鸟的嗅觉

预兆烧成琉璃瓦

零碎地死在周围

如水的静脉将引爆:兀立铜柱上炮烙的欲望

玩腻了心,漫天扬起耀眼的蝙蝠

当幽灵黄昏最后一道谕旨

通体透明地巡游碧空

他说,够了　　　　　:天曷不降威

　　　　　　　　大命胡不至

拾阶而上

脚掷进汉白玉的盘子哑口无言

被践踏的土　至高无上的土
黄　红　蓝　白　黑
聋于中心
推开一扇门　月亮罪孽深重

山上青烟袅袅
是积雪

　　在这首诗里,融汇着这样几层对话,一层是杨炼创作的现代诗歌部分,体现在现代汉语境下,作者对商纣王的酒池肉林、炮烙之刑以及遭致的遍布"野性之吼""狼烟逼近"的窘境的描述,感性而细微,真切而震撼世人,这当属历史的共识。另一层对话则是里面突兀出现的"天命玄鸟,降而生商"和"天曷不降威,大命胡不至"两句古典诗词所形成的意境。"天命玄鸟,降而生商"出自《诗经·商颂·玄鸟》,说的是商朝诞生的故事,据《史记·殷本纪》记载,"殷契,母曰简狄,有娀氏之女。"后来简狄在洗澡的时候,"见玄鸟堕其卵,简狄取吞之,因孕生契。"自此诞生了商朝,得自神灵,朝气蓬勃。"天曷不降威,大命胡不至"则出自司马迁的《史记·殷本纪》,记载的是商朝末年,不堪忍受周王虐待的老百姓发出的亡国呼声。这样,司马迁、《诗经》和杨炼对商纣王及商朝历史命运的不同理解共同汇聚到这首诗歌当中,穿越时空的阻隔呈现在一个共时的空间里,从而形成一种有意味的对话,从历史的在场人物到历史的评说再到当代诗人的评论,主题虽然是一致的,但表现方法还是值得赞赏的。在杨炼的诗歌中,还有另一种相似的诗歌结构,比如《同心圆·第四》里面的好几首诗歌的副标题都是杜甫的《登高》中的诗句,《递进的迷宫——无边落木萧萧下》《递进的迷宫——不尽长江滚滚来》等等。这种围绕一首古诗而展开的汉语新诗写作,在一定意义上引发人们对现代汉诗和古典汉诗,现代汉语和古典汉语关系的思考,在断裂的历史关系中,用融合与系结的方式来处理两者的关系,还是值得肯定的。在他的《幽居》组诗中,杨炼熟练地运用反讽的手法来,将看似突兀的民间俚语、俗语创造性地嵌入到诗歌的创作中,彰显出另一种诗歌对话结构。比如《幽居·水·第一》：

水·第一

在死核桃中挣扎　泥菩萨们狂饮自己的命
在砸碎脸的一刻　像貌出走
扑到我肩上吃我　日子回来吃光日子

灭了顶笑抽着烟笑
喂我说时间有的是
陷入死核桃中的脚　又在枝头倒吊着
像被掐住鳃的鱼　快活地游
那儿风多的是

流啊流啊流啊流啊
猪八戒照镜子　这片晴空不远也不深
总得有一条狗泡涨在脏水里
饶成舌　流成诗人
总得会　透过黑暗狂饮自己
像石饮叶　叶饮鸟　鸟饮云　云饮梦
知足者长乐臭烘烘的姻缘遍地是

不逃了那都是昨天的事啦不逃了
死核桃一副地狱的面孔
石在石中漠然逝去而叶在叶鸟在鸟云在云
梦沤烂了我被影子狠狠嚼食

残缺的手　散落在朽坏的杯子旁
隔开一秒钟我已看不见我们

在这首诗中，我们看到，诗人用新鲜的比喻来描述"水"意象，如"核桃"被砸碎后的样子，水被击中后"像貌出走"的景象。尽管水在树叶、飞鸟、云乃至人的梦中不停涌现，互相饮用、吞噬，连人的姻缘都用到"水到渠成"这样的词汇，但这些并不能够改变"石在石中漠然逝去而叶在叶鸟在鸟云在云"的现实状态。其实，这些诗学思想上的表述还不是最引人注目的。最值得瞩目的是，诗歌里的那些黑体字，这些突兀出现的民间俗语或者说哲理名句。这首诗如果删掉这些句子也能成为一首现代诗，但恰恰是这些句子的存在，给诗歌带来一种反讽的色彩，在深邃的哲理和肤浅的大白话之间交错，在阅读上产生一种意境的间离效果，有点类似于马原小说中的叙述套路。"归根到底，诗人生存的深度，认识的深度、思想的深度，最后都要落到诗歌语言的深度上。《幽居》的结构，前八段和后八段是一种互补的曲线：泽泽水水水水泽泽—水水泽泽泽泽水水，从文字上也是相对的。如果说'知人知面不知心'是一种约定俗成的公共格言，那么'声援时间与生命为敌并不是罪恶'就是我个人的格言。我所引用的大众的格言和我自己创造的个人的格言之间，也是一个既相对，其实又呼应的关系。即使在语言的对比上，也反差强烈，色彩鲜明。像'猪八戒照镜子'和'咬人的狗不叫'这类大众口语的直接引用，直触某种语言的集体潜意识。别忘了我也是这集体的一部分！后面的个人格言呢，像不像对那潜意识的一种回答？这种语言组合又最终被这部诗的标题《幽居》所概括。'幽居'就是个人的内在困境。不管是大众格言还是个人格言，都是自我之内层层困境的隐喻。"㉗同样的诗歌还有很多，比如《水·第二》中将"知人知面不知心""防人之心不可无""咬人的狗不叫"参杂在写作中，在《水·第三》中将"自作孽不可活""哀莫大于心死"等参杂其中。尽管很难说杨炼诗歌中的这些叙述模式有多成功，但至少为汉语新诗写作提供了一种可能。这种可能在海峡另一面的诗人余光中那里能够找到大致的回应。余光中说，"我理想中的新诗的语言，是以白话为骨干，以适度的欧化及文言句法为调剂的新的综合语言。只要配合得当，这种新语言是很有弹性的。我想在实践上，不但新诗人，即使现代小说家，也多少有此信仰。"㉘也许，在这条实验的路上，能为汉语新诗重新开创中一条康庄大道来。

第三节　被遗忘的诗学符号

对于汉语新诗来说,杨炼是一个恒久而卓异的存在。他的创作贯穿整个新时期以来的汉语新诗,并且将继续下去。他虽然作为朦胧诗的代表诗人之一,但从一开始就显示出迥然不同与其他朦胧诗人的诸多特征,比如,当众多的诗歌或明或暗的来控诉刚刚过去的时代,揭出伤疤来诉说冤屈的时候,他从一开始就超越了这些具体的形式之痛,走向更远的思索,因此有了长途远足之后的《诺日朗》这样既有诗剧、对话又有抒情写意的诗篇,从民族宗教信仰到具体的山水风景,其遍布的象征意义并非能为当时代所能理解。无论是题材选择还是意象选用,乃至诗歌理念的阐发,除了接受层面的"晦涩难懂"外,他都不同于其他的朦胧诗人。如果说,归来者诗歌和朦胧诗都属于"应激"作品,也就是出于不满和激愤而进行反驳式的写作的话,那么杨炼的写作则是立足于诗歌自觉,他在写于1986年的《诗,自在者说——》中提出要"学会以诗歌的名义说话",反对用现实、浪漫、象征等各种"主义"来"囚禁诗歌",并认为80年代中期的诗歌面临一个如果摆脱西方诗歌资源的拘牵和对"古老遗产脸谱化搬用"的陈旧模式的关键时刻。"在中国,诗歌已经到了这样一个时刻,它对任何古老遗产的脸谱化搬用或追随西方流行观念后亦步亦趋均不屑一顾,它毫不容情地把那些猎奇者、故弄玄虚者、哗众取宠者和西方文学'未注册的函授学生'们从自己身上淘汰下去。"㉙

杨炼诗歌的被忽视,或者说没有获得应有的关注,并不是个例,它几乎是一代诗人的景象。诗歌评论家唐晓渡说:"《诺日朗》在很多人看来是杨炼的代表作,这个事情很悲惨啊!这也不是杨炼一个人,大家现在一说北岛就是《回答》,北岛很郁闷呢! '那是我早期的作品而且是问题非常大的作品,都羞于再提,但是没办法,一说,就是《回答》。'有的时候这种东西,就是非常要命,后面有的东西就完全被遮蔽掉了,像杨炼后来的《大海停止之处》《同心圆》等。"㉚汉语诗歌史的讲述基本也是停留在朦胧诗的阶段,相对忽视了这些以朦胧诗起家,但创作重心并不局限于朦胧诗的一代诗人。杨炼认为自己朦胧诗时期的创作只是"练笔的'史前期'",并因此"而从自选集中统统删除",其理由在于那些诗歌不具备他理想的"从生存感受,到语言意识,再到诗歌观念的整个'诗学'特征"。[31] 相比较于他后期众多的诗歌写作和诗学论文,重新厘定杨炼对汉语新诗的贡献显然是必要的。

　　杨炼本人对目前文学史对他的认识也是有深深的怨言的:"今天中国的'诗歌批评'(文学批评)百分之九十五压根儿没碰到诗本身。它们充其量只能被称为蹩脚得吓人的翻译,在讨论着不知是谁的问题!"[32] 这种不满,显然是有其个人意绪的,但也反映出一定的批评现实。造成这种窘境的,固然同这些诗人的作品的出版情况有关,但另一方面也彰显出文学史书写的沉滞,同时为当代诗歌研究提出了新的挑战,面对那些曾经叱咤风云,基于各种原因消失在视野中很长一段时间,忽然又出现的这么一批诗人诗作,该如何处理。采取什么视点,该如何重新面对这些延伸出来的新的诗歌生命,从整体和微观两个角度给予新的文本分析,重新厘定其文学史位置,以掩盖和补足当代诗歌史因为时间的域限所带来的学术尴尬。

注释：

① 杨炼：《一座向下修建的塔》，凤凰出版传媒集团、凤凰出版社 2009 年版。

② 郑敏：《思维·文化·诗学》，河南人民出版社 2004 年版，第 235 页。

③ [瑞士]索绪尔：《普通语言学教程》，高名凯译，商务印书馆 1980 年版，第 194 页。

④ 西川：《答米娜问》，见西川：《深浅——西川诗文录》，中国和平出版社 2006 年版，第 290 页。

⑤ 杨炼：《诗，自我怀疑的形式》，《一座向下修建的塔》，杨炼著，凤凰出版传媒集团、凤凰出版社 2009 年版，第 51 页。

⑥ 春燕：《汉诗的未来——杨炼访谈录》，中华工商时报，2001 年 7 月 25 日。

⑦ 杨炼：《一座向下修建的塔》，《一座向下修建的塔》，杨炼著，凤凰出版传媒集团、凤凰出版社 2009 年版，第 244 页。

⑧ 杨炼：《诗，自我怀疑的形式》，《一座向下修建的塔》，杨炼著，凤凰出版传媒集团、凤凰出版社 2009 年版，第 51 页。

⑨ 杨炼：《IN THE TIMELESS AIR——中文、庞德和〈诗章〉》，《一座向下修建的塔》，杨炼著，凤凰出版传媒集团、凤凰出版社 2009 年版，第 170 页。

⑩ 傅斯年：《怎样做白话》，《新潮》第 1 卷第 2 号，1919 年。

⑪ 鲁迅：《鲁迅与瞿秋白关于翻译的通信·鲁迅的回信》，见《翻译论集》，商务印书馆 1984 年版，第 266 页。

⑫ 周作人：《与友人论国民文学书》，《语丝》第 34 期，1925 年 7 月 6 日。

⑬ 何容：《中国文法学》，转引自昊乐：《母语与写作》，山西教育出版社 1999 年版，第 51 页。

⑭ 语言学家王力如此认为："有些研究外语的朋友反对我们建立汉语自己的语法体系，以为看不懂，看不惯。这是善意的批评。但是我们也诚恳地告诉这些朋友们，五亿五千万汉族人民完全有权利建立自己的语法体系，而不依傍任何语言的语法体系。有些人说我们标新立异，没有事实根据的标新立异当然是不对的；但如果是根据汉语语法特点而建立自己的语法体系，那应该是无可非议的。""新，就是我们所要建立的新的语法体系；异，就是我们将来这个语法体系的汉语语法特点。这个新体系建立了以后，将无往而不利。不像现在我们天天谈汉语特点，天天还是在西洋语法的范围内兜圈子。必须跳出了如来佛的手掌，然后不至于被压在五行山下。"（见王力：《汉语的民族特

点和时代特点》,《中国语文》1956 年第 10 期。)

⑮　王力:《中国现代语法》,商务印书馆 1985 年版,第 335 页。

⑯　余光中:《余光中谈翻译》,中国对外翻译出版公司 2001 年版,第 99 页。

⑰　郑敏:《思维·文化·诗学》,河南人民出版社 2004 年版,第 262 页。

⑱　陈东东语,《访问中国诗歌》,西渡、王家新编,汕头大学出版社 2009 年版,第 146 页。

⑲　西川:《答米娜问》,《深浅》,西川著,中国和平出版社 2006 年版,第 290 页。

⑳　江河:《小序》,《青年诗人谈诗》,老木编,北京大学"五四"文学社 1985 年版,第
　　25—26 页。

㉑　谢冕:《诗在超越自己》,《黄河》1985 年第 1 期。

㉒　杨炼:《一座向下修建的塔》,《一座向下修建的塔》,杨炼著,凤凰出版传媒集团、凤
　　凰出版社 2009 年版,第 235 页。

㉓　杨炼:《中文之内》,《一座向下修建的塔》,杨炼著,凤凰出版传媒集团、凤凰出版社
　　2009 年版,第 92 页。

㉔　杨炼:《诗,自我怀疑的形式》,《一座向下修建的塔》,杨炼著,凤凰出版传媒集团、
　　凤凰出版社 2009 年版,第 45 页。

㉕　杨炼、叶辉:《冥思板块的移动——杨炼、叶辉对谈录》,《诗探索》2003 年第 1—2 辑。

㉖　杨炼:《诗的自觉》,《一座向下修建的塔》,杨炼著,凤凰出版传媒集团、凤凰出版社
　　2009 年版,第 82—83 页。

㉗　杨炼、叶辉:《冥思板块的移动——杨炼、叶辉对谈录》,《诗探索》2003 年第 1—2 辑。

㉘　余光中:《论新诗的语言》,《余光中集》第 7 卷,百花文艺出版社 2004 年版,第 47 页。

㉙　杨炼:《诗,自在者说——》,《诗刊》1986 年第 1 期。

㉚　张学昕:《"后锋"诗学及其他——诗人杨炼、唐晓渡访谈录》,《当代作家评论》2009
　　年第 4 期。

㉛　杨炼:《我的文学写作——杨炼网站"作品"栏引言》,《一座向下修建的塔》,杨炼著,
　　凤凰出版传媒集团、凤凰出版社 2009 年版,第 161 页。

㉜　杨炼:《一座向下修建的塔——答木朵问》,《一座向下修建的塔》,杨炼著,凤凰出版
　　传媒集团、凤凰出版社 2009 年版,第 227—228 页。

第十二章　回不去时回到故乡

——论杨炼的空间诗学

　　曾经被视为朦胧诗代表性诗人的杨炼，以《诺日朗》《大雁塔》等获得显赫声名后，巅峰之时突然销声匿迹。最近十多年来才重新浮出诗坛，以《大海停止之处》《一座向下修建的塔》等诗集和理论文集宣布强势回归。这时候的杨炼已是今非昔比。在经历过众多沧桑之后，从更为宽广的视野出发，面对近现代以来汉语发展的轨迹，从历史意识和现实思考相结合的角度，重新反思汉语的这种变迁对文学的影响，尤其是对汉语诗歌所造成的断裂性破坏。于是，他在重新检视汉语传统，依据汉语的语言特性来思考新诗的历史和未来，著述甚丰。这其中他从重塑汉语新诗的时空维度出发，提出"空间诗学"的概念尤为值得重视。

第一节　智力的空间

　　对时空认知的重新思考，促使杨炼试图建立新的诗学理念，这就是空间诗学。从空间而非时间的角度来厘定汉语新诗的基本观念。"'空间诗学'是我个人的写作策略。它既贯穿又变形地渗透在我不同的作品中，使它们成为一个层层漾开的'同心圆'。"① 杨炼甚至将自己的整个诗歌创作都视为一个庞大的空间结构。这在很大程度上改变了人们从时间的纵向角度来看到一个人的创作轨迹。

近现代中国将西方的线性时间观念引入以来，汉语文学认识世界和表述世界的时空概念得到颠覆性变化。"五四"文学改革的始作俑者胡适提出"一时代有一时代"的文学进化观念，这为文学领域的西学东渐提供了理论支援，同时也为汉语文学拒绝传统找到了口实。以时代为首要判定标志，自此将汉语文学传统一股脑丢弃。其实这种做法本身就是特殊情势下的非理性行为。在现实中也是很难实现的，鲁迅文学花园的缤纷多姿恰恰得益于他身后古典文学的功底。无论是作为人学，还是作为反映一定地域或时代生活的文字，对于优秀的作品来说，其关注的内容和表述方式总是要超越一定的地域和时代，也只有实现了这个要求，著之书帛，传之后世的创作初衷才能实现。胡适后来认识到了自己的失误，所以不久就对此只字不提，去整理"国故"了，他的时代文学的理论也只是一时之需，但恰恰是这个一时之需，却影响着整个 20 世纪中国文学的发展，引来了包括汉语新诗在内的浅尝辄止的快速更迭，以新为美，缺乏足够的历史沉淀。[2]

杨炼对汉语新诗的这种进化论价值观的负面影响是有着清醒的认识的。他首先从汉语本身出发来规避汉语新诗这种潜在的"祸端"。杨炼的诗歌创作从一开始就在试图超越具体时间的痕迹，从他早期的《诺日朗》《礼魂》到 80 年代中期在外流浪时创作的《面具与鳄鱼》《无人称》《大海停止之处》，等等。这些时间跨度很长的诗歌都有一个共性，那就是所描述的题材、运用的意象大多不具有具体的时间指向，写"神话"，写"石斧"，写"陶罐"，写"墓地"这样的"很久很久以前"的意象群落，以精神"穿越"的方式将整个文化意象放置在同一个生存空间中，现在、过去和未来都丧失了具体所指。杨炼在探讨他对伟大诗人屈原的理解时说："屈原的诗不是'史诗'，他那些结构深邃精密的长诗，其意识比'史诗'高级得多——渗透了中文（汉语）方块字内涵的独特时间意识：建构一个诗的空间，囊括（倘若你愿意，也可以用'取消'）全部时间——《天问》：自宇宙初创问起，而神话，而历史，而现实，而诗人自己。"[3]这种抛弃历史主义，而从超越时空的角度将屈原诗歌里面的所有元素都搁置在一个空间的概念内,增加了诗歌表现的张力,这种发现确实大胆而富创造性。实际上,这种诗歌理念在一定程度上颠覆了人们判定诗歌的标志。节奏、韵律、平仄等判定诗歌的纬度都是诗歌的声音表现,诗歌语言是否具有音乐性一直是古今中外诗歌认知的标志性灯塔。音乐作为时间的艺术,取消了时间也就意味着取消了诗歌认知的音乐性特质。那么,失去了时间标志的诗歌该如何被认知呢? 杨炼将诗歌的"智力"性因素引入进来,提出建构诗学的"智力的空间":"智力的空间作为一种标准,将向诗提出:诗的质量不在于词的强度,而在于空间感的强度;不在于情绪的高低,而在于聚合复杂经验的智力的高低;简单的诗是不存在的,只有从复杂提升到单纯的诗;对具体事物的分析和对整体的沉思,使感觉包含了思想的最大纵深,也在最丰富的思想枝头体现出像感觉一样的多重可能性。层次的发掘越充分,思想的意向越丰富,整体综合的程度越高,内部运动和外在宁静间张力越大,诗,越具有成为伟大作品的那些标志。"④ 从这段话的界定中,我们大致可以析理出杨炼运用智力建构诗学空间的内容:第一,强调诗歌的整体结构。相对于古典汉语诗歌表述上的"散漫"和对意象的倚重,现代汉语实证性的特征决定了现代汉语诗歌从一开始就强调整体表述,强调语词之间的逻辑关系和整体表述效果。相对于古典汉语诗歌频出的经典佳句,中国新诗很少有诗句能够脱离整体诗歌的"牵绊"而单独成佳句的。"无边落木萧萧下,不尽长江滚滚来"可以脱离《登高》的其他诗句而彪炳千古,"我是一条天狗呀"则绝对不能脱离郭沫若的《天狗》的其他诗句而原滋原味的大行其道于诗坛。如果说,杨炼的早期创作如《大雁塔》《诺日朗》等还是表现出围绕单一意象进行写作的征象的话。那么,后期的创作,尤其是出国之后,则尤为注重每首诗之间的意象的内在联系,以组诗的形式来构造一个个庞大的诗歌空间。"《同心圆》的诗意空间,正是通过取消时间,来凸显人万变不离其宗的根本处境。这来自对中国现实和'中文性'之间一种至今诡谲的血缘关系的自觉。对于我,'共时性'不是一个形而上学的游戏,它是植根于作品内涵的一种'必须'。"⑤ 比如他的那首《同心圆》,整首诗中很难找到核心的、突出的意象,主题表达上蕴含深刻,但在表述结构上确是非常明显的层层递进的圆形结构。比如用同样的题目来表示循

环的"圆",在第五部分中,有两首名字同为《诗》的诗歌,不妨将此两首诗
作一比较:

诗

零

日期停在危险的一刻

译成

小小心脏失血的艺术

水滴与水滴的界限

比喻历史

鸟鸣边缘

但丁躺在拉文纳

云起源之处

地下挖出的手表戴到萨拉热窝街头

复数的黑暗

孩子们作曲

风和风的间隙

红色大理石切成薄片

疼握住手

黄昏　撤离窗户

叶子　蚕食自己的绿

从背后射击秋天的建筑

语言学

容纳现实

火舌

舔中爱情的要害

一次内分泌　我们摇摇欲坠

但丁　背上遍布童声的弹孔

躺在海底

作为行刑乐队的读者
被零变成
像雾的 一根晦涩的食指指着中文
此刻 什么不是诗

诗

零
把死亡减少到共同的一次
重复
死者思想里的花园
减去主语
剪草机下一片金色阴毛
非时态
飞上头发的蜘蛛网
动
 一条狗孤独的歌剧
着
孩子蹂躏一朵花的天才不朽
哭泣 就哭泣不停
盖在诗人脸上的石板
那无边的
从子宫里远远掷出鸟儿
疯狂 掷出疯子
你埋葬一把口琴
花园
死者思想里一滴灿烂的墨水
完成
缝合木
一个

　　母亲　一万朵肉质玫瑰的

　　处境

　　不写　已死在一起

　　谁都是旧作　嗅着一个腐烂的封面

　　重复　臆想中的零昨夜

　　不可能了　才是诗

　　这两首同为 29 行的诗歌所表述的"诗"都是从"零"开始,"零"从象征意义上说既可以象征着死亡和虚无,也可以象征着生命的开始和新生。杨炼将自己诗歌写作真正开始的时间,标志在母亲去世的那一天,正是现实中的死亡惊醒了他潜在的诗歌之魂,死亡意象从此成为其诗歌创作的核心意象,一如土地和太阳之于艾青,麦地之于海子。在他以象征性的散文形式归纳出的十个诗歌核心意象中,几乎都是从死亡辐射出来的,比如鬼魂("目睹过""上千次出生地、死去已久的那一纸"鸽子),比如雪("雪是,死人投向这个世界的无所不在的目光"),比如"这里"("这里,一直在发生一首诗里的崩溃"),比如"向海复仇"("必须写出一首关于海的诗,你才能像死者,拥有看海的神秘知识。""悬崖上空的海,什么也不说就暴露出我们,一个关于死的小小隐喻"。)写"谎言的血缘"("只不过无力去死")⑥ 第一首侧重于"语言"的角度来论述"诗"与"零"的关系,强调的是死亡和虚无,所以诗歌里面的意象和主题多趋于消极。要归零的日期之危险如心脏失血,但丁在一个名叫拉文纳的地方创作了描述死亡之后的场景的《神曲》,对于经常打仗的萨拉热窝街头来说,地下被腐蚀的无法标志时间的钟表就是死亡生命的象征,爱情在火舌的舔噬下死灭,等等。第二首侧重于从"土地"孕育众生的角度来写"零"的另一层意思。这里的诗歌意象选择和主题表达多侧重于积极。"零"把死亡减少到一次,略去了各种个体性死亡的痛苦,"重复"本来对思想者来说象征着思想的死亡,但这里却成了"死者思想里的花园","孩子蹂躏一朵花的天才"不朽,"谁都是旧作",但也恰恰是这种带有死亡痕迹的"旧作","一个腐烂的封面"上蕴含着丰富的诗意。实际上,杨炼在这两首诗里所贯穿的对于死亡和新生相同一的哲学理解,无论生死都是蕴含在诗歌之中的,是一种循环,这样放置在《同心圆》的组诗中,在结构上形成一种呼应,也正是这种呼应使得两首诗在整体上完成了单个诗篇所无法实现的表述深度。耿占春教授认为:"诗在语言的活动中所显示出来的人类想象力的和精神的结构,仿佛是一组无限扩展着的同心圆,中心是语言结构的张力场。它向外扩散,容纳了生命的秘密大自然的和谐,推而广之构成了对于存在整体的感应或应和。"⑦ 这种对诗歌语言的表述倒和杨炼的诗学主张不谋而合。

第二,深度写作。"我的态度可能更极端一点,我有一句话说得很清楚,就是建立诗的空间,以取消时间,把时间作为一个有意识地去取消的对象。"⑧ 既然取消了时间的参与,诗歌实现自己身份的标志就只能是依靠思想的深度,依靠隐喻和象征所引发的思想层叠,以区别于依靠说明和平面主题表述为特点的小说和散文。实际上,这也是现代诗歌区别于古典诗歌的最为重要的标志,从外在的声音内化为内在的声音,从有定则的音乐转化为无规则的声音呈现,逐步的将诗歌认知的视角从外在的格律化演变为内在的意绪,诗歌语言之间的节奏服从于主题表达的需要,随机赋型,这也是新诗无法出现诸如词牌、律诗、绝句等诗歌形式的原因,西方十四行诗在中国的写作大多也是停留在行数的一致上,内在的节奏还是各个不同的。在这条路途上,杨炼走的更远,他的诗歌取消时间的表达手段后,只能走向对思想的依赖,他在谈到近几年尝试的"艳诗"时说:"诗歌的题材一概不重要。写'色情诗'和写别的诗一样,关键在你能否从'感觉'里提炼出一首诗独特的意识和形式;并经由它们,写出某种人性的深度",他由此而对当代诗歌有了期许,"当代中文诗人'必须'把自己训练成杂食、杂交的动物,当之无愧地成为'杂种'——精选中西、古今的一切好东西,把它们统统吸附到自己身上。这是我们这个貌似平庸恶俗的时代提供的绝无仅有的最佳机会。今天,要当一个好的中文诗人,你必须是一个思想巨人,小一点都不行。"⑨ 并且将这种思想的深入性同汉语的视觉性特征结合起来,因为语言的视觉性恰恰是属于空间性的。"对我来说,诗(特别是中文诗)的叙述是空间性的,而其他文类(例如小说、戏剧)的叙述更偏重时间性,也就是线性地把一个过程讲述清楚。在诗里,全部的'过程'就是建立语言本身。具体而言,第一层是意象,第二层是句子中意象与意象间的关系,第三层是涵括所有句子的整体结构。诗不'阐述',诗通过这个语言的整体环境去'呈现'。"⑩ 所以我们看到,他的众多诗篇呈现为多声部的特征,表述上层层叠叠,甚至是晦涩和极难理解。大型组诗《面具》,用三十首诗来写面具,各个内涵不同。比如第一首,"面具自脸诞生 / 模拟脸 / 又忽略脸 // 面具　自空白之页诞生 / 掩饰空白 / 又仅有空白",意思是只有有了脸,才能有相应面具的出现,而面具的价值实现又是通过遮蔽脸来实现的,所以,对面具来说,本身作为脸的象征,并不具有多少真实的意义,所谓"空白",脸之所以需要面具存在,是因为要使一些不愿示人的东西被遮蔽起来成为空白。这首诗就将面具的存在意义和象征内涵用哲学化的手法表述出来,层层递进,意味深长。在后面的第五首诗歌中,诗人写到了面具的虚假,"彩绘的脸犹如谎言中的字眼 / 一旦啐出　月光下 / 病人就成群梦游 // 一尾尾死鱼 / 诞生似的翻起 / 以空白　触摸黑暗",面具意味着谎言,谎言则意味着人的精神的病态,如死鱼泛白。再如第九首所写的另一种面具感觉,"假面无须再被油漆遮掩 / 或胭脂 / 或黑布 // 沿街展览 / 薄施的笑容下 / 脸已逃之夭夭",写虚伪战胜真实,面具横行的世界的荒诞。再比如第十三首,"你把自己抵押给一个辞 / 抵押给一把刻刀 / 修饰得比寂静更哑默 // 辞在你嘴上横行 / 辞炫耀你的脸 / 挥霍赎不回的笑声",从面具作为脸的一种符号进而想到"辞"也就是语言的荒诞和虚妄,再进而想到"笑声"的不真实。再比如第二十一首,"墓碑是最后摘下的面具 / 放弃脸的人们 / 终于彼此认出 // 开始说同一种语言 / 耳朵烂掉时 / 海　洞穿头颅越响越清晰",将墓碑作为生命最后的面具,真实的肉体的脸真的死亡后,面具也就没有了意义。《面具》组诗中的每一首都从特定的角度来呈现对面具及其象征意义的理解。这些理解组合在一起,就呈现出一种层层叠叠、意蕴丰富的"面具"意象。明白这样的构思,也就可以理解他为什么如此解释另一首组诗《大海停止之处》的章节安排了:"这组诗是个四章的结构,每章之间不用第一、第二、第三来联结,其实在暗示这是四个层次。""我希望通过空间诗论提供一个更大规模的表达的可能性,把这个探索发展得更充分。因此,这首诗里四章的轮回,一层深似一层。每章的第三段,'单调与被单调重复的'—'什么与被什么'—这样一个句型反复出现,构成一种类似于音乐的内在记忆力。加上其它形式因素,这个组诗的形式设计非常自觉。"⑪整首诗是由四首名字皆为《大海停止之处》的诗组成,同组诗的整体名字一样,这样,摆脱了逻辑上从属关系的每首诗歌各自独立,而又共同形成一个互相对应和平等的整体,这种设计显然独一无二。

第二节　汉字字符的魅力

"拓宽语言的领域,从而敞开感觉和思想的可能——这是'诗'古往今来不变的唯一主题。具体而言,其他文类(小说、戏剧、大部分散文等)可以仅仅'使用'语言,但诗不行,它必须'创造'语言。它的生命力全在于与现成语言间自觉拉开的距离,所谓'陌生化',所谓'震慑效果'。因此,'诗'之本义不仅对一切语言和文学始终如一,我甚至认为:它并非诸多文学体裁之一,它是完全不同的一种思维方式,象征着语言生命的源头。"⑫从甲骨文成为真正意义上的文字开始,汉语到今天都没有改变它象形文字的事实。即便是"五四"以来的现代汉语时期,尽管字形上有些变化,使用的依然是秦朝以来的汉字,港澳台地区至今使用的繁体字几乎和秦以来的汉字没有区别。今天的人在阅读历朝历代的典籍时,在文字上并没有多大的障碍。对于汉字来说,时间的痕迹几乎可以忽略不计。在语法上,也只是在近代才开始采用西方印欧语系的语法系统,时间不过百年,相对于漫长的汉语发展史来说,并不能构成本质性的影响。诗歌语言作为一种特殊的语言形态,其最根本的使命就是在"扭曲"或者说"陌生"于严格遵守语法要求的日常语言的基础上来完成的。因此说,现代汉语对现代语法体系的追求并不能动摇杨炼空间诗学的形成基础。因此,杨炼认为"作为一个诗人,是我的语言——中文,教会我:本质地拒绝时间——一首诗建立自己的形式,不是为了'争夺时间',恰恰为了'取消时间'。中国古典传统中,一种诗体可以延用千年。因为'千年'在一首诗中没有意义,有意义的是生存、诗人以及这首诗的语言之间的关系:外在千变万化之内一个不变的'三角形'。"⑬

　　另外,汉语相对松散的语法体系天然地是一种理想的诗歌语言,为适应诗人的需求,可以做相当随意的变形。汉语表述的不过于强调人称的变化成就了杨炼的《无人称》的写作,而汉语象形文字的字符特征为杨炼诗歌的文体试验提供了视觉基础。比如他的那首《活这个字》中的一段:

```
没有   只有   没       只   没有
有没   这里   哪里     这    有
没有没有  只有只有  只      这
哪   没   有没有   哪里       不
是   这里  这里没有这里      这
里只有这里  不是  不哪      不
里   哪是这里  不是哪里      是
只是  不只是  只不是       没有
只有  是不是  没有这里只有哪
里   哪  是  哪不是      哪没
这是  这不  这里      呼吸之臭
```

　　这首只是用代词、指示词和疑问词组成的诗,看似荒诞,但仔细体会,每个词之间的空白处可以有众多的填充可能,这首诗也可以看作是用语言连接词组成的一个类似于箱子一样的东西,读者怎么加进自己的阅读经验进行再创作都可以成为新的作品。即便是不做其他的加工,就是这首诗本身也可以当作是一个脑子里空洞无物、语言结巴、口齿不清的人的发言,引起听者的极大反感,名之曰"呼吸之臭",以此来形容一些人对"活"的糊涂理解。"诗歌空间感的获得首先必须依赖于意象之间的跳跃来实现,因为跳动就容易造成时间、空间的断裂感,就可以改变意象线性流动所带来的平面感,产生立体交叉和复合的状态,追求这种多维的复合状态,可以说是杨炼诗歌艺术重要特征之一。"⑭

第三节 旁观者的诗学

　　"不盲目追随西方的时间观、或简单代之以'东方的'时间观,而是建立'自己的'时空观,使作品的每一部分间,甚至作品与作品间全方位共振共鸣,由此把'同心圆'的寓义推向极致,才真是我想象中的'幻象空间写作'。"⑮ "深植于中文之内的诗歌形式,不止要向人类当代意识敞开,而且,要敞开人类的当代意识。……一个'共时'的语言,能够更彻底:建立诗的空间——以删去时间。"⑯ 说是取消时间,显然只能是相对的,并不能从真正的意义上拒绝时间的影响,相对于历史主义的认识,杨炼对诗歌时间的理解在很大程度上体现为"一切历史都是当代史"观照视角。"什么是诗的'共时性'? 概括而言,在时间概念上,以'共时'包容'历时':在生存经验上,以'处境'包容'事件';在语言意识上,以'抽象'包容'具体';在叙述角度上,以'无人称'包容一切'人称'。最终,写作不仅仅谈论存在,它本身就是存在——在另一个层次上,把古往今来的世界,统统变成材料和片段,供它拼贴。诗并非只是把过去拉回到现在,因为既没有过去也没有现在。只有 AIR——TIMELESS 地存在在纸上,一首诗。"⑰ 也就是说他要从一个当代人的视角重新处理历史传统、语言影响以及当下经验。因此他认为诗作《与死亡对称》"可以称为我为自己重写的中国历史。在诗中,我把对历史人物的叙述、当代抒情诗,和对古典作品的摘引直接拼贴到一起,三个层次的语言却又浑然一体。我之所以能这么做,正是由于中文的动词没有时态变化。一个共时的动词'粘合'起过去、现在、未来,把一个人物变成了一个'处境'。我不能设想,如果我用有时态变化的英文来写,会有什么结果? 三个层次的语言会不会七零八落?"⑱ 我们来看《与死亡对称·地·第八》中所描述的历史人物"司马迁",作为第一部传记体史书《史记》的作者,司马迁一直是以忠于历史、客观写实的史官形象贮存于历史长河中的,所谓"史家之绝唱,无韵之离骚"。但在这首诗里,司马迁书写的历史成了"断壁残垣"的碎片化、非逻辑的存在,他书写历史的选择如一株老树"猝然莅临开花时节",只是偶然的冲动,并不具有历史必然的逻辑。在他的笔下，"最深的埋葬任意挥霍这些王国"，司马迁写出的所谓盖棺定论的历史中，"众多名字如果实，一一变色／石化饥饿的季节"，一切都变得不真实，"战争更换面具，星辰不真实的亮度"。他写遭受阉割之苦后的司马迁的痛入心肺的感受，"皮肤下有人的白／被撕开时一片光芒，不看、不听，那忍受生存的世界"，这种带有浓重羞辱意味的刑罚，"陷落于此　无力繁殖的器官／煽动夜鸟之笑蔓延同类／根腐烂至头"，于是"最遥远的风暴囚入这咫尺之圆／面无血色的乱石以影子为归宿／忘了一切。黎明一声鸡啼／进入这胸中／秃鹫横行的空地"，这里杨炼将司马迁受刑之后的如夜鸟自我嘲笑一样的顾影自怜，"咫尺之圆"的宫刑将历史的风暴开始引入知耻而后勇的气概，然后在"闻鸡起舞"的司马迁的视野中，种种历史在他想象中如秃鹫横行，充满死亡的悲壮气息。诗歌的这种写法即融合了历史的某种事实，更重要的是体现了作家个人的感性想象，一种当时代的历史影像。诗歌将汉乐府《上邪》中的"山无棱，江水为竭"引入到诗歌中，用于描述司马迁对历史的重新过滤，帝王将相入其法眼，但"阿Q"一类的大多数死亡的冤魂却失却了声音，"荒野上逃亡之血频频回顾／象征而高悬"，于是在杨炼看来，司马迁写下的不过是"一纸空文"，因为没有顾及到"一将功成万骨枯"的历史景象。用《论语·微子·第十八》中的"凤兮，凤兮／何德之衰"来哀叹司马迁所遭受的身体的痛苦和经受的羞辱。司马迁、汉乐府、论语、杨炼四种声音统一到这首诗歌中，历史上对同一事件的各种话语超越时空共存在杨炼的个体意识中，形成一个丰富的、意义层叠的"共时"世界。

在日常生活化写作，平面化写作甚至口水化写作盛行的时代，杨炼的诗学思想及其创作显然是一个"异类"，一个能够跳出汉语文化圈，从更为宽广的视野中来观察汉语新诗的探求者。在文学思维时空的研究从时间向空间转变的时代，杨炼为汉语新诗试图创建的空间诗学还是值得称道的，为汉语新诗的写作提供了另一种可能性。

注释：

① 杨炼：《"空间诗学"及其他》，《一座向下修建的塔》，杨炼著，凤凰传媒集团、凤凰
出版社 2009 年版，第 110 页。

② 参见陈爱中：《现代时间与新诗》，《北方论丛》2006 年第 2 期。

③ 杨炼：《在死亡里没有归宿》，《一座向下修建的塔》，杨炼著，凤凰传媒集团、凤凰出
版社 2009 年版，第 31 页。

④ 杨炼：《鬼话：智力的空间》，《一座向下修建的塔》，杨炼著，凤凰传媒集团、凤凰出
版社 2009 年版，第 77 页。

⑤ 杨炼：《再被古老的背叛所感动》，《一座向下修建的塔》，杨炼著，凤凰传媒集团、凤
凰出版社 2009 年版，第 154 页。

⑥ 杨炼：《鬼话：智力的空间》，《一座向下修建的塔》，凤凰传媒集团、凤凰出版社 2009
年版。

⑦ 耿占春：《隐喻》，河南大学出版社 2007 年版，第 119 页。

⑧ 杨炼、叶辉：《冥思板块的移动——杨炼、叶辉对谈录》，《诗探索》2003 年第 1—2 辑。

⑨ 杨炼：《一座向下修建的塔——答木朵问》，《一座向下修建的塔》，杨炼著，凤凰传媒
集团、凤凰出版社 2009 年版，第 245—246 页．

⑩ 杨炼：《一座向下修建的塔——答木朵问》，《一座向下修建的塔》，凤凰传媒集团、凤
凰出版社 2009 年版，第 222—223 页。

⑪ 杨炼、叶辉：《冥思板块的移动——杨炼、叶辉对谈录》，《诗探索》2003 年第 1—2 辑。

⑫ 杨炼：《在死亡里没有归宿》，《一座向下修建的塔》，杨炼著，凤凰传媒集团、凤凰出
版社 2009 年版，第 32 页。

⑬ 杨炼：《因为奥德修斯，海才开始漂流》，《一座向下修建的塔》，杨炼著，凤凰传媒集团、
凤凰出版社 2009 年版，第 63 页。

⑭ 程光炜：《朦胧诗实验艺术论》，长江文艺出版社 1990 年版，第 52 页。

⑮ 杨炼：《诗，自我怀疑的形式》，《一座向下修建的塔》，杨炼著，凤凰传媒集团、凤凰
出版社 2009 年版，第 48 页。

⑯ 杨炼：《中文之内》，《一座向下修建的塔》，杨炼著，凤凰出版社、凤凰出版社 2009 年版，
第 92 页。

⑰ 杨炼:《IN THE TIMELESS AIR》,《一座向下修建的塔》,杨炼著,凤凰传媒集团、凤凰出版社 2009 年版,第 170—171 页。

⑱ 杨炼:《"诗歌将拯救我们"——和阿多尼斯对话》,《一座向下修建的塔》,杨炼著,凤凰传媒集团、凤凰出版社 2009 年版,第 279 页。

第十三章 静默地谛视世界
——论张曙光的诗

第一节 问题的提出

知道张曙光并进而阅读其诗歌是在十多年前。在那时,据说他的那首《岁月的遗照》为当代诗歌烛照出一场甚为喧嚣的"舞台艺术"。那场至今仍然充满谜团并时不时地在诗坛泛起微澜的"盘峰论争"①,让一个无辜的宾馆进入诗歌史的同时,也直接演变出当代新诗创作的两大阵营——所谓知识分子写作与民间写作的面红耳赤的口水迸溅。从以"会议"这样一个开展文学运动惯用的时空媒介开始,到论争双方诗学态度的截然对立甚至带有"阶级斗争"的谋略的处理方式,这些几乎和1949年后历次新诗运动相似的套路,并没有给沉寂的诗坛带来根本性的变化,诗歌的"死水"里并没有飘出悠扬的歌声。至今为止,我总觉得这是一次"有预谋"的诗歌策划活动,无论是试图揭示"内部的诗歌真相"还是知识分子写作倾向的厘定,最终彰显的道理似乎都和诗歌的关系不大。口水遍布的地方终究缺少安静的思考,只能是焦躁难耐的虚弱聒噪。

其实,我一直在怀疑,总觉得他这样一个低调而又喜欢安静的诗人,怎么能表达出如此喧嚣的意愿？近期仔细阅读了新近出版的《午后的降雪》和《一个夏天》两本诗集，感觉到张曙光对自己诗歌的要求应该是严苛而低调的。比如《午后的降雪》中，入选诗篇的创作时限是从1983年直到2001年，基本是按照时间发展的顺序编排的，书后附有完整的创作年表，大致可以看做是诗人对自己诗歌写作的一个小的总结。但对诗人来说，这么重要的诗集却少了被评论者视为代表作的《给女儿》和《1965年》，即便是那个曾被视为某个写作方向的"旗帜"的《岁月的遗照》，也只是里面普通的一篇，被埋没在"时间"的流水里，并没有获得特别突出的位置。磨去岩石上的尖锐之角，以凸显厚重的石之本色，这符合张曙光为人、为诗的性格。

翻检他的旧作，印证了我的猜测。他是一个冷静观察诗坛喧嚣的思索者，而非狂热的当局者。"在一些批评和赞扬文章中都把我列入了'知识分子写作'的行列，但这无疑是一个误会：我从来不曾是这一理论的倡导者，尽管我一向不否认自己是知识分子，正如我不否认一切诗人也都不可避免地具有知识分子的身份一样。再进一步说，我认为这一理论有着一定的局限性，虽然我能理解这一观点是在怎样的具体环境和语境中产生的，也能理解在我国很多理论和观点是在一种无可奈何的情况下——倒并非由于政治因素——而更多地是针对写作中的一些偏差甚至是不应有的偏差提出的。"他对于另外一种写作倾向同样有自己的感悟："民间立场"，"这一概念的提出并非出于推动汉语诗歌发展的良好愿望，而只是建立在个人功利性的目的上——而这最终同所谓'民间精神'是完全相悖的——因而它既不具有任何科学性，更不是对诗坛状况的客观总结。""坦率地讲，这场论争带给我相当程度的失望，甚至是一种无法掩饰的厌恶。我原来总是以为，尽管在诗学上存在着分歧，但这仅仅是由于观点不同，是出于个人的喜好和趣味，至少大家可以坐下来平心静气地讨论问题。而诗人，在相当程度上应该摒弃成见，更多地去考虑诗歌自身的问题而不是其他。但事实并非如此。由于一些人的不正当的做法，使得诗坛成了一个名利场，或像武侠小说中的江湖，一句话，一次排名，甚至一本书就会引出轩然大波。一方面，可以对别人的成就视而不见,抓住一些皮毛问题大肆攻击;另一方面,还可以利用自己所掌握的媒体册封所谓天才。这样不但无益于诗歌的发展,最终会搞乱诗坛,导致更大的混乱。"② 张曙光甚至在一篇文章中将诗坛比喻成一间闹鬼的房子,其中既有诗歌创作之鬼,也有诗歌评论之鬼。

之所以这么长篇大论地引用张曙光对那场论争的观点,在很大程度上并不仅仅是旧话重提,而是一方面试图抹去人们对他的诗歌的某些先入为主的认知,抹去附着在上面的虚浮后来看待他的诗歌,应该更为贴近诗歌的本体。另一方面,这也符合我对他的诗作的阅读感受。其实,这种考量似乎也是当前汉语新诗评论的一个困境,急于为诗歌创作命名,急于创建所谓的阐释体系,急于从逻辑推理上探寻汉语新诗的堂奥。事实上,一旦有了定义的标签,也就人为地遮蔽了新诗的诸多丰盈的东西,诗歌从此也就变"瘦"了,条理化之后的诗歌意义也就成了抽象化的概念。但在现代阐释理念的规范下,似乎不如此做,又无法来展开相关的论述,古代诗论中的那种"品""滋味"等浅尝辄止但却含意深刻的概念很难在现代的诗学论述中找到位置。这实在是一个让人纠结的事情。

第二节 "这一个"的诗学体验

海德格尔在《荷尔德林与诗的本质》中说:"十分明显的是,诗的活动领域是语言,因此,诗的本质必得通过语言的本质去理解。这样,随后的情形就了然大白了:诗是给存在的第一次命名,是给万物之本质的第一次命名,诗并不是随便任何一种言说,而是特殊的言说,这种言说第一次将我们日常语言所讨论和与之打交道的一切带入敞开,因此,诗决非把语言当做手边备用的原始材料,毋宁说,正是诗第一次使语言成为可能,诗是一个历史的、民族的原始语言。因此,应该这样颠倒一下,语言的本质必得通过诗的本质来理解。"在处理存在经验和语言的二元关系中,存在的诗性内涵是成就语言的初始,这也是诗性经验的最重要意义所在,诗歌之所以能推动和丰富语言,其根源就在此。张曙光的诗歌也是在这个意义上,丰富着现代汉语的词汇,陌生化的个人体验丰富着语言对存在的感知。比如那首《月亮》：

> 我乘车经过西大直街
> 在阴影的巨大废墟上升起
> 二十世纪的月亮
>
> 苍白得像梦游者的脸
> 轻轻叩击
> 会发出瓷器般的声响
>
> 使我想起生命如此脆弱
> 一个人静静躺在车轮下
> 月亮目击过无数次的死亡

　　从目睹一场车祸的具体场景出发，来看待夜晚的阴影和死亡的阴影相融合，死者的苍白有了月光冷冷的映衬如梦游者的恍惚，生命的脆弱相称于月亮永恒的、并无表情的谛视着无数次的死亡，这是一个旁观的、冰冷的月亮。这个"月亮"不是李白笔下的"相思"之物，也不是白居易诗中的团圆之意，也不是韩东在《明月降临》中那种"在空中 / 在所有的屋顶之上 / 今晚特别大"的意旨，更不是陈东东那个"荒凉而渺小"的月亮（《月亮》）。在人类对月亮的众多感知中，增加了张曙光的影子。这是一种强调"在场"的瞬时诗意体验，相对于汉语诗歌的"原型化"意象，张曙光的诗歌对月亮在不同时空场域中的内涵的赋予体现还是惊人眼目的。再比如他的那首《时间表》：

> 早上七点钟：起床，然后
> 洗脸和漱口，然后吃早饭
> 稀饭或一杯牛奶。八点钟
> 上班，挤公共汽车或是骑

自行车,然后走进办公室

就是一个生活的流水账,事无巨细,甚至包括上厕所、接电话等生活细节,和其他诗歌客观描述生活的鸡零狗碎不同的是,诗人在诗歌最后营造了一个可爱的梦境:

> "哈欠,九点半或十点,上
> 床,抚摸,亲热,打着鼾
> 进入梦乡,哦,生活那么
> 充实,美好美好美好——
> 他微笑,然后再一次微笑
> 在中午强烈的光线中,他
> 走进墙角的那面镜子,在
> 虚无中消失,像一个句号

也恰恰是这样一个能够营构出虚无的镜子之梦,将之前描述的充实到繁冗的生活场景作了两相对比,实质与表象的差距,诗歌的内在思辨张力也因此而得以彰显,从思想深度上说,显然是超越任何一首所谓客观描述生活流的诗歌的。在他的诗歌中,有时候还会创造出文本的虚像,比如《夜读卡瓦菲斯》,就借一个雨夜,看似在读卡瓦菲斯的诗集,但却由诗集封皮上的宠物的一排"整齐的齿痕",想到了具体的宠物之死,"现在它长眠在楼下的花园里/那里在下雨,也许早就停了/一道窗帘隔开我和世界——/但寒冷仍会渗进我的灵魂/我在桔黄色的灯光下读着/那本桔黄色的书,心情就像/雨中的花园,变得湿漉漉的。"

荷尔德林在阐述诗人感受世界的时候说:"诗人带着原始感受性之纯净心境而感到自己在整个儿内在与外在生活中被攫住了,他看一看周围的世界,于是如下这些东西便使他感到惊奇,感到陌生:他的全部经验,他的知识、直觉、记忆、艺术以及表现在他内部与外部的自然——一切似乎是第一次出现,因而便以不确定的、未想到的、溶化在纯事务与纯生活中的东西看成是给定的,他不应以任何肯定的东西为起点,他早先认识到的那种自然与艺术不应在语言形成之前起作用。"诗人面对世间物象的这种"第一次出现",成就诗歌存在的意义。依靠直觉的诗意判断在张曙光的诗歌中还体现在对同一意象的多义性理解。比如他对"诗歌"这个意象的理解上,这是一个人们惯于运用理性思维去阐释的定义型词汇。但在《现代诗歌》这首诗里,诗人却用看似风马牛不相及的图景构造出了诗歌内在的层层关系。诗人以"雪"来喻指"诗意":

> 雪就这样下了起来
>
> 像渴望,或一个蹩脚的比喻。
>
> 你在纸上把它们召来
>
> 用语言的符咒,却无法使它们
>
> 变得温驯,或遽然终止。
>
> 我曾向往——在年轻时——得到一个气球
>
> 那疲惫而明亮的载体
>
> 它们在时间和历史之外。如果你能使
>
> 地球仪倒转,我们
>
> 是否会重新变得年轻,穿过
>
> 干净的街道和平整的草地
>
> 去会见旧时的恋人?
>
> 死者们是否会从墓地中站起
>
> 白色的尸衣像新婚的礼服?
>
> 教堂的尖顶,唱诗班的歌声
>
> 以及,化妆舞会华丽的面具
>
> 空气中有一种危险的气味
>
> 像中世纪,一个修士穿过幽暗的长廊
>
> 去会见一名见习修女。

在这首诗中,诗人谈及了诗歌中的很多层次的关系,比如语言表述的困境,在真正的诗歌面前,任何一种比喻都是蹩脚的,语言的承载力也是弱势的。从"在场"的时代语境中去质疑诗歌承载历史使命的可能性,无论是中国的"恋人"还是西方的"修女",当代语言似乎都无法真实的再现他们。诗人在这里强调了现代诗歌的个人经验和时代经验的独特性,剥脱诗意表述上的历史蒙蔽,重新纠缠于语言和诗意的困境中。写于20世纪80年代的一首《诗歌》中,诗人这么描述,"在我们这个时代 / 诗歌不过是一声声呻吟、伴随着每一记沉重的皮鞭 / 蟋蟀们在求偶,小狗尖声叫着 / 我想到我的诗 / 应该是一块石头—— / 曾经筑起特罗伊德城墙 / 斯巴达克斯在上面磨过刀剑"。80年代的诗歌在政治或文化的外在压力和引诱下,继续发扬代言的角色,这在诗人眼中看来是被迫的,因此只能发出呻吟的声音。面对主题宏大和诗情激昂的诗歌理念,诗人期望自己的诗是一首布满历史智慧和文化积淀的沉甸甸的石头,沉浸在生机昂然的具体生活中,冷静但意蕴深刻。时间流动到90年代,诗人的笔下的"诗歌"意象有了新的景象,题目同样为《诗歌》:

> 是否有一天,这天空,街道,以及两旁
> 夜色中闪亮的槭树和白杨,这些旧建筑
> (厄运的幸存者,仍然留存着不复存在的
> 时代的完美或并不完美的风尚)将离开我
> 或我离开这一切。而在另一些凝视的眼睛里
> 它是否仍然美丽?仿佛时间纠正了
> 所有的错误,此刻我们谈论着的
> 古老的技艺(抚慰我们疲惫的心灵)
> 是否会受到嘲讽,像那所传说中闹鬼的房子
> 只是引起少许的好奇,或一些惶恐?

充满怀疑和不安,甚至还有一点点的落寞,这符合90年代以来诗歌被边缘化的命运,这样一个长期占据汉语文化核心位置的文体,忽然之间成为诗人书斋里孤芳自赏的心灵栖息之地,无论是诗人还是读者都在争相议

论着诗歌的诸多问题,负面的否定的评价俯拾皆是。诗人曾将将当代诗坛视为"一间闹鬼的房子",诗歌的命运在这里还真是发生了质的变迁,于是我们看到诗人随后写作的《诗》中,诗歌就成为日常事件的陈述了,"拉开这只抽屉,看到里面 / 几张明信片,寄自大连",然后逐步检看抽屉里的每件东西,忆往昔,追思细节,一番思绪的波澜起伏之后,最后说,"哦,多么丰富的意象 / 现在要做到的只是把这一切 / 倒入一只黑色的塑料口袋。"这里的诗呈现为一种过去杂乱景物的映现,一种由静物想象的往昔之美。

20 世纪末,那个已经沉睡在海底好几十年的,名字叫做泰坦尼克号的船,因为被赋予悲情的感动和惊天动地的爱情而家喻户晓,男女主人公淋漓尽致的爱情之旅成为一个时代情感的象征,在今年的沉没百年的纪念中,3D 版的《泰坦尼克号》重新唤起人们久违的记忆,电影院人头攒动的景象映现出的恰恰是现实爱情理想的枯槁。诗人则跳出世俗认知的圈子,在诗歌中呈现出历史故事的另一番景象,在《一个比喻》中,诗人写道:

> 这不过是一个玩笑,上帝开的
> 只是为了好玩,或给那些狂妄者
> 一点小小的惩戒。海水平静,使人想起
> 五月的夜晚,这正是萌发爱情的
> 时刻。星星在水面上洒落
> 像一朵朵盛开的花。哦,多么动听
> 我是说席琳·狄翁的歌声,它引导着
> 我们,像赛壬。当然,这是
> 一个比喻,就像上帝,或那艘
> 在不经意中触怒上帝的船

诗中的塞壬指的是古希腊神话中的一个有着人的头颅和鸟的身体的怪物,经常浮现于海洋中,故又名海妖,常以优美的歌声引诱船员,使他们丧失心智,迷失方向,从而触礁身亡。在荷马史诗《奥德赛》中,英雄奥德修斯让水手们用蜡封住了耳朵,才躲过了赛壬的歌声诱惑。在这首诗中,诗人赋予泰坦尼克事件另一层含义,那就是上帝对人的贪欲的惩戒(船长为了追求高速,早一天到达目的地,获得报纸的头条,忽视了海况,装上了冰山。)席琳·迪翁的主题曲在悠扬的声调中,极具诱惑力,如赛壬的歌声,但这并不能让诗人就此沉溺于幻觉的爱情畅想中,而忽视由泰坦尼克沉没而带来的人与自然关系的反思,比喻虽轻浅,但主题深刻,名利的欲望如塞壬的歌声在诱惑着脆弱的生命。另一首《泰坦尼克号的沉没》可以看作是将这种"比喻"的进一步深化和具象化,"一艘大船,它从虚无中驶向我们 / 带来了一些意外的礼物",但"当我们漫步在石砌的街道 / 平稳得像甲板,但天知道,还会有多少座冰山 / 突然在我们面前出现,击碎 / 人类用骄傲和自负精心 / 铸造的神话"。

响应启蒙、救亡等时代主题的中国当代诗歌是恋恋于"人事"的,从朦胧诗到第三代诗歌,其论题的境界和题材的选择都是围绕个人的悲苦、国家民族的宏大叙事或者反崇高、反世俗的"人事"来做诗学认同的。这种强加给诗歌的外在力量和意图总是推动着诗歌急匆匆地"往前走",诗歌很难从容的审视自身和思考诗歌与外在世界的关系。也就出现不了陶渊明那样的"悠然见南山"的优游诗境,更谈不上王维的"空山新雨后,天气晚来秋"的妙语之处了。一般来说,为满足阐述社会人事主题的需要,在写法上,直抒胸臆是最为常用的,最典型的应该属北岛、舒婷为代表的朦胧诗人,这种写法最为让人焦灼的表现就是诗意"风景"的偏枯,橡树的多姿风采演变为单一的情爱定义,而那个意义丰韵的"钥匙"在梁小斌的笔下也只是成了迷茫的代言,这些都为时代所取义。清初诗论家叶燮在《原诗》中说,"文章者,所以表天地万物之情状也。"郁达夫在写于1928年的《卢骚的思想和他的创作》中说,卢梭的《忏悔录》"在自然发现的一点上"是"留给后世的文学上的最大的影响"。日本学者炳谷行人在论述卢梭的这种自然的发现时说:"正确地把握住了风景通过对外界的疏远化,即极端的内心化而被发现的过程。"这种现代意义上的风景的发现一方面强调被发现的风景主体的意义,但另一方面又强调在描述风景的客观化的过程中,在看似"写实主义"的笔法中,突出风景再造性的重要,"写实主义并非仅仅描写风景,还要时时创造出风景,要使此前作为事实存在着的但谁也没有看到的风景得以存在。"③ 而这种发现和创造的"风景",成为诗意飞翔的重要翅膀。因为身居龙江大地,白山黑水的地域风景对张曙光的诗歌创作的影响是非常明显的。"哈尔滨这座城市对我的写作有着很大的影响。它四季的鲜明变化,它的容纳了异域特色的风情,它的欧式建筑,在其他地方都是难以找到的。……这座历史很短的城市具有国际化的色彩,包容性很强,没有传统文化的因袭和重压,后者至少对我个人的写作是重要的。简单说,这些特点使我的写作保持了纯正的风格和世界精神。"④ 张曙光是善于写风景的,他在《风景的阐释》里说,"对风景的误读是一种政治性谋杀 / 重要的事情是避开惯常的姿势 / 或长久注视着一把椅子,直到它变得陌生 / 并开口讲话。我们的全部工作 / 是让这一切完美,像一份顶呱呱的早餐。"从内心的静穆思索或者情感移情的方式来赋予风景诗意化,这是张曙光笔下彰显出的风景的视角。因为身居北方,对"雪"的风景的塑造自然是其诗歌中浓墨重彩的一笔。"雪"也可以说是张曙光诗歌中的核心意象,他试图赋予雪意象以"死亡和寒冷,更多时候是死亡。因为它在严酷的同时也美丽,它给生活同时带来痛苦和意义。"⑤ 在他的笔下,"雪"展现出多姿多彩的风格,可以是诗人寂寞季节的陪伴:

> 季节进入季节像从一扇门
> 进入另一扇门,现在
> 长椅上落满了雪,你仍在等待
> 直到夜晚召来了寂寞的灯光
> 在日子溃烂的口腔里
> 一切都在迅速成长
> 房间空旷——
> 雪地上有很多声音。"
>
> ——《季节》

有时候是诗人兴奋惊讶的灵感:"这场雪突然降临,仿佛 / 一个突如其来的思想 / 带来了惊喜,忧伤,或几分困惑。"(《得自雪中的一个思想》)

甚至是一切,包括自己:

> 古老的饰物,一本读腻了的书,被蛀空的意象
> 无法知道会带给我们什么
> 又一次,我面对午后生命的苍白
> 并在无限中延展:寒冷,淡蓝色的忧郁
> 我厌倦了这一切,包括我自己
> 但哪里是它们的终点,或新的起点——
> 欢悦,洁白,像我们曾经拥有过的灵魂?
> 现在它那样疲惫,鱼缸中一条倦于游动的鱼
> 哦,主呵,赐我以这样的词语:像雪中的树
> 盘旋,上升,以巨大的枝干擎起晴朗的天空。

在这首诗里,雪带来苍白的寒冷,忧郁的天空,一望无际之处的茫然,进而作者怀疑灵魂的去处,在疲惫的生命下,诗人渴望得到如挺立在雪原中的树那样昂扬向上的力量,支撑起晴朗的而非忧郁的天空,在雪的背景里,思想舒展、畅达而顽强。在《冬天》里,"雪"从看到麻雀短暂过渡到生命的漫长,时空的相对变化,雪也就有了地老天荒的寓意:

> 又下雪了
> 我在雪地上大步走着
> 跨过二十几个冬天
> 奇怪地想了那些麻雀
> 想到生命真长
> 冬天真长。

雪在诗人的笔下鲜活起来,这种鲜活既没有历史的因袭,也没有诸如冰清玉洁、单纯剔透等意义的定型,而是"这一个",斐然着,飘逸着。

从地域上说,哈尔滨是边缘的,从文化精神上说,历史的短暂让哈尔

滨失却厚重的文化灰尘变得生机勃勃的,无论是清爽的夏天还是沉寂到落雪有声的冬夜,我似乎都能感觉到张曙光在诗歌的召唤下注视着这里的日月光影。张曙光是善于写季节的,温婉而沉静。在看似日常语调的冷叙述中,融汇着哲学的问讯,清晰而深刻。他曾如此写《春天》:

> 雨水淋湿了公园和赤裸的树木,
> 空气中弥漫着云杉淡淡的香气。
> 灌木丛吐露微弱的红色
> 几片枯黄的叶子,展示
> 上一个秋天最后的残迹。
> 白色的微光。两个少女
> 走过,她们没有雨伞。
> 静寂。这一切使人想到了什么
> 尽管春天似乎还很遥远。

既没有春暖花开的欣喜,也没有万物复苏的生机勃勃,有的只是对春天静物般的展示,缓缓地铺开,雨水、云杉、香气、叶子及至少女,层层叠叠的融汇到寂静的默然里,青春之"意"在沉静的叙述之外,期待中的春天早已妖娆,现实中的春天和情感的春天何时才能翩翩而至呢? 在另外一首《春天》里,这种期待的感触则是另一个样子:

> 哦生活! 耗去我们多少
> 激情和生命
> 当春天隐匿
> 在花丛中,像一辆
> 旧式卡车,没有人发动
> 我想念着你
> 我渴望死亡,像
> 渴望一次新生

将死亡的气息带进春天的寓意里,没有激情和生命的春天自然不是作者所期望的,莫如凤凰涅磐般地再生吧。在《春天的巢穴》里,诗人表述的春天里则饱含着对现代都市爱情的怅惘:

> 股票的行情每天都在上涨,还有江水
> 而爱情不是,它被搁置在货架上
> 落满灰尘。也许,对于我们的生活
> 它是不可挽回的奢侈品
> ……
> 一次欢乐的为了告别的聚会,或写一封
> 简短的信:亲爱的,我将不再给你写信
> 虽然我仍然爱着你　仍然,就是这个词
> 这结局令人伤感而愉快

春天的巢穴里却有了绵绵不绝的"悲秋"情结,遍布灰尘的爱情,聚散的纠结,为告别而写的信,等等。但诗人通过对"仍然"一词的强调,又为情感的生生不息作了注脚,情感在现实中的死亡,迎来的却是情感驻留的"心中的春天"。写冬天,《回忆:1967年冬》"1967年/那一年在中国/诗人们早已绝迹/我读着《诗人之死》/不时往炉子里面/填入一两块木柴",那个文革进行的如火如荼的年份,诗人的浪漫和理想都是不合时宜的,诗人和诗意随着诗人的自杀和诗集的焚毁而荡然无存,一如寒冷的冬天,真正的诗意只能隐藏在炉子和木柴的生活隐喻中,因此有了《冬日纪事》中"我最终学会了缄默。/我知道在冬天里无话可说。"

第三节　疑问和反思的哲学对话

诗缘情也好,诗言志也罢,古老的汉语诗歌传统都是性格外向的,"愤怒出诗人",无论是浪漫主义还是现实主义,诗歌总是要承载自身之外的东西。白居易在《与元九书》中说:"自登朝来,年齿渐长,阅事渐多,每与人言,多询时务,每读书史,多求理道。始知文章合为时而著,歌诗合为事而作。"这已经成为汉语诗歌传统的一部分,承载"兴、观、群、怨"功能的诗歌经常言说着别家园地的绚烂与多情。显然的是,在一个以"齐家治国平天下"和"达则兼济天下,穷则独善其身"为最高修为和人生目的的文化氛围里,诗歌自然无法"孤独"地吟唱自我。自从汉语诗歌步入到现代诗歌的领地以来,现代意义上的"个人"的发现和对传统"载道"观念的解构,从价值层面上为诗歌开创了新的表现天地,诗歌可以"独语"地歌唱一己情欢了。另一方面,从文言到白话的语言的变革也促使汉语诗歌从根本上重新界定诗意的内涵。胡适的"做诗如作文",郭沫若的诗歌专在"抒情",袁可嘉的"新诗戏剧化",废名的"新诗的内容是诗的,形式是散文的"的名言从更深层次的意义上道出了汉语新诗这次从文体到内容的变迁。汉语诗歌的诗学认识从外在音韵、节奏的外向型特征转向以"内视点和想象"为特征的内向型性格。

对于这种转变,每个诗人都有自己的理解,从而彰显出汉语新诗的缤纷多彩。汉语诗歌的这种内向型性格在张曙光诗歌中的表现,不少人喜欢用"个人化写作"来表示。对于这种带有强烈的对抗性色彩的概念,它的存在是需要特定的时间和空间内涵来做背景的。朦胧诗之后,诗人们终于可以畅所欲言的写自己的诗意感受了,不必再局限于时代的主流话语下,于是乎,众多旗帜和理论蜂拥而出,似乎就此可以告别传统,一切以我为中心。其实,如果离开朦胧诗,离开自20世纪40年代以来逐渐强化的集体表述意识的话,个人化写作将会是一个伪命题,所以用个人化写作来表征90年代以来的诗歌写作倾向或者说界定一个诗人的创作,具有鲜明的"在场"经验的同时,也难免会遮蔽诗歌中的某些超越此一概念的更为宝贵的东西。另外要说的是,"个人化写作"为当代新诗带来的负面效应已经显现,过度私语化的语言构造,过度浸淫于"一己情欢"所带来的诗歌表述视野的窄狭,等等。2009年北岛在《缺席与在场》中说:"诗歌与世界无关,与人类的苦难经验无关,因而失去命名的功能及精神向度。"显然,当代汉语诗歌被弃置于社会文化一隅,除了社会文化本身的原因外,和诗歌的这种写作倾向显然是有关系的。

个人化写作的标签是不能够真实的表征张曙光的诗歌的。

和 90 年代以来诗歌的私语化或者说个人化写作相比较的话,张曙光的诗歌显然是开放的。无论是思想的开放性还是题材选择的开放性上,乃至诗歌语言的营造上,张曙光都显示出和时代相对间离的意识。他抛弃掉诗人独尊的独语式写作范例,开始拉进来其他的声音,刻意营构诗歌的对话性。在他的诗歌里,既有和莎士比亚悲剧的主人公哈姆雷特的对话,也有同卡夫卡的聊天。我们来看他的这首《哈姆雷特的内心独白》:

> 我的全部故事不过是一场悲剧
> 在舞台上我惊奇地发现
> 另一个我,就像发现
> 另一轮月亮。一位王子,丹麦的王子
> 为了亚麻色的头发,和
> 一双紫罗兰的眼睛
> 发疯(他情愿在里面淹死自己)
> 真可笑,在颓圮的古堡的岸边
> 我说出了莎士比亚的哲理
> to be or not to be, 噢上帝
> 我可没有时间去思索
> 这么复杂的问题
> 我不过是干了几样时髦的玩意
> 击剑,狩猎,酗酒
> 玩几个女人。但上帝作证
> 我从没有听到过
> 奥菲莉娅的名字
> 由他去,人生不过是
> 一个虚构的故事
> 或刻在水上面的历史
> 于是,在另一个时间和舞台上

　　我变成了另一位

　　哈姆雷特王子

　　从接受者的角度来看，这首诗有着层层叠叠的含义，第一个层次的含义是，12世纪牧师萨科索奉丹麦国王之命，写的关于丹麦历史的书中记述的关于阿姆莱瑟斯的故事，一个饱受被叔父杀父娶母的仇恨折磨的孩子，利用自己的智慧复仇的故事。这是莎士比亚创作《哈姆雷特》剧本的原型。第二个层次的含义是，莎士比亚笔下的哈姆雷特，一个充满思索和忧郁之色的贵族形象，莎士比亚将枯燥的历史叙述赋予了丰润的生活之色。第三层意思就是张曙光在这首诗里所要表达的，一个异域的读者在另一时空的重新赋形。"to be or not to be"，一个让莎士比亚笔下的哈姆雷特跃然纸上的伟大拷问，在这里成了一个可笑的命题，那个令人唏嘘不已、纠结惆怅的哈姆雷特的生活，也只不过是"干了几样时髦的玩意""玩了几个女人"而已，对奥菲利亚的美好情感消失殆尽，于是一个"虚构的故事／或刻在水面上的历史"一样的新鲜的哈姆雷特王子萌生了。在《第六交响曲：田园》中，诗人则营造了好几层的对话场景，有妻子和女儿，"妻子和女儿在厨房里谈着话／我听不清她们在说些什么／也许是在谈着外面的雨"。有我和贝多芬，从听觉到视觉，从屋内到田野的我和贝多芬，"但我同样听不见雨声／我淹没在贝多芬的旋律里——／此刻他正在田野里散步"，并延伸到陶渊明：

　　　　从他的心中

　　　　流注到手指和琴键

　　　　陶渊明没有听到过贝多芬

　　　　贝多芬自己也不曾听到

　　　　他已经聋了

　　　　他只是用手指同琴键交谈

　　　　用心灵通世界交谈

　　　　他谈了很久，一百多个夏季

> 而陶渊明更久
>
> 他在东篱下采下的菊花,仍然
>
> 使天地间充满
>
> 色泽和香气

　　最后在想象中回到现实,"我将从田野中归来 / 带着一身的芬芳 / 去到妻子和女儿那里 / 同她们谈一谈晚饭和天气"。

　　如果说青春更多的是好奇、感叹和抒发的话,那么人到中年之后,则沉思、怀疑和追问成为思想的标志。诗人说,"大约是从 20 世纪 90 年代初开始的,注重在诗中表达更为复杂的经验,也开始关注语境的转换,诗歌中出现了沉思性的调子。"⑥ 如果按照时间的线索来梳理张曙光的诗歌的话,伴随着岁月的流逝,追问的声音越来越铿锵,而且这种追问不仅仅只是停留在疑问的简单层面上,而是有着层层逼近和推理的逻辑深度。比如写于2006 年的《命运》:

> 我自以为足够冷酷,足以忍受
>
> 命运的打击,但是我错了,
>
> 我真的错了。于是我发问——不止一次
>
> 是否真的有神明或上帝存在
>
> 创造并且主宰我们? 而死亡
>
> 是否真的是生命的终结
>
> 抑或是一次重新的开始?
>
> 如果灵魂将会随肉体的消亡
>
> 而消亡,那么我们所做的一切
>
> 最终有什么意义? 当我年轻时
>
> 我曾相信生命会无限地延续
>
> 或只是从一种形态转变为另一种——
>
> 就像在玫瑰的凋零之处
>
> 仍会开出灿烂的玫瑰——

现在我却开始怀疑了
因为我的发问和祈祷
从未得到过任何的回应。

从青春时期相信冷酷可以忍受命运打击开始，一步步展开对神明、上帝、生命的终结、意义等人类和个体命运的终极问题的拷问。在《终局》里，先是以肯定的口吻说，"有些事物我们必须承受／譬如爱情，责任和背叛／还有死亡。""但当一切结束／我们将会在哪里谢幕——／在空荡荡的舞台，面对／空荡荡的剧场，虚无而黑暗？"以这样的问句作结束，匠人在声明中苦苦追求和逃避的东西一下子幻化为虚无，思想的力量由此而升腾起来。写于 2006 年的《忧伤的自行车》，写在梦中对故乡和亲人的怀念，看到一座房子，但却丢掉了钥匙，进不去房子也就无法见到亲人：

我看到里面亲人的身影在晃动着。
但似乎过了很久，我才再次想到它
我握着手中的钥匙，而它已经丢失——
然后又一次在梦中出现，仿佛
它是一个幽灵，一匹马儿，带我回到
我的故家，回到我少年时的日子
然后消失。它固执地重复上演着
这一幕，是在向我暗示着什么

这把记忆的钥匙在拥有和丢失之间，在开启和锁闭之间，在梦想和现实之间回荡，暗示着什么呢？亲情的怀念？自我的迷失？可以是钥匙开启后的一切，也可以是钥匙丢失后锁闭的一切。在同年的《老年的花园》中，作者的发问更为充沛，其中有对时光易逝的无奈："是否应该感到绝望？如今我的两鬓／已被岁月染成白色，就像落满了雪"，有对一向奉为生命所至的怀疑："沉迷于诗歌，这门古老而衰落的艺术／更多是幻象，耗去了一生中美好的时光／却带给我什么？可曾使我的生命变得／完美，或给了我某种安慰?"亦有对一切的怀疑:"是到了应该改变一切的时候了。/结束或重新开始。但哪里是我的开始?"写于2003年的《致杜甫》以问句开头,

> 为什么赞美你? 仅仅是因为
> 你虚构了一个混乱的年代
> (甚至同时虚构出你自己)
> 并在想象的战乱和流离中,用诗句
> 铸就你的愤怒和忧伤? 我们无法
> 验证历史的真实性。而在时间的尽头
> 一切终将被遗忘,或还原成
> 一个遥远而残缺的旧梦。但此刻
> 玫瑰仍旧是玫瑰,无论你
> 把它看作灰烬,或其他什么

这在质疑中展开的疑问同样走向的虚无、灰烬的世界。再比如诗歌《纸房子》,通过勾画一个纸房子的故事:"事实上,它只是被画在纸上/用淡淡的颜料,加上/好奇,和一点点幻想","'这是个好故事,有趣/但并不真实'。真实是什么?/它只是一个词,确切说/是一个比喻,相对于/虚假,而不是幻想?/那么抓住它,就像抓住了/地铁车厢中的拉环/在列车启动和加速时/保持着你身体的平稳?"通过这样的层层追问,最终诗歌实现了"这一切/只是发生在梦里。或只是一张照片,很久以前/拍下,被一只漫不经心的手/放在一本关于时间的书中"。在《旧金山》一诗中,作者通过对旧金山光怪陆离的生活的简单描述后,对于这样一个盛行同性恋、脱衣舞,而不知道书店的地方,诗人有了自己的疑问,"它们可以把我们/载向任何地方,抑或是天堂?"难怪诗人喜欢阅读"沉思性的,形而上的,新奇的,仿古的,以及极复杂和极简单的"作品。⑦

注释：

① 盘峰论争:指的是 1999 年 4 月 16 日，由北京作家协会、《北京文学》编辑部、《诗探索》编辑部、当代文学研究会和中国社会科学院文学研究所等单位，在北京平谷县盘峰宾馆召开的"世纪之交中国诗歌创作态势与理论建设研讨会"。此次会议产生了影响深远的关于中国新诗的"知识分子写作"和"民间写作"的争论。

② 张曙光：《90 年代诗歌及我的诗学立场》,《诗探索》1999 年第 3 期。

③ [日本]炳谷行人：《日本现代文学的起源》，赵京华译，生活·读书·新知三联书店 2003 年版，第 19 页。

④⑤⑥⑦ 张曙光：《生活、阅读和写作——答钢克》，西渡、王家新编《访问中国诗歌》，汕头大学出版社 2009 年版，第 68、69、65 页。

参考文献

王福祥、白春仁编:《话语语言学论文集》,外语教学与研究出版社 1989 年版。

李瑞华主编:《英汉语言文化对比研究》,上海外语教育出版社 1996 年版。

[俄] 列维·谢苗诺维奇·维果斯基:《思维与语言》,李维译,浙江教育出版社 1997 年版。

梁启超:《饮冰室合集》,上海书店 1992 年版。

胡适:《胡适学术论著》,上海古籍出版社 1997 年版。

彭明主编:《近代中国思想历程》,中国人民大学出版社 1999 年版。

[美] 诺姆·乔姆斯基:《句法理论的若干问题》,黄长著,林书武等译中国社会科学出版社 1988 年版。

孔德:《论实证精神》,黄建华译,商务印书馆 1996 年版。

王力:《王力语言学论文集》,商务印书馆 2000 年版。

申小龙:《中国句型文化》,东北师范大学出版社 1988 年版。

[奥] 鲁道夫·哈勒:《新实证主义》,商务印书馆 1998 年版。

[英] 约翰·穆勒:《穆勒名学》,严复译,商务印书馆 1981 年版。

胡适:《胡适文集》,人民文学出版社 1998 年版。

[美] 约翰·克娄·兰色姆:《诗歌:本体论札记(1934)》蒋一平译,赵毅衡

编选,《新批评文集》,百花文艺出版社 2001 年版。

赵家壁主编:《中国新文学大系》,上海良友图书公司 1935 年版。

[德] 威廉·冯·洪堡特:《论人类语言结构的差异及其对人类精神发展的影响》,商务印书馆 1999 年版。

申小龙:《中国句型文化》,东北师范大学出版社 1991 年版。

叶维廉:《中国诗学》,生活·读书·新知三联书店 1992 年版。

冯文炳:《谈新诗》,人民文学出版社 1984 年版。

李广田:《诗的艺术》,开明书店 1943 年版。

周作人:《中国新文学的源流》,河北教育出版社 2002 年版。

彭放编:《郭沫若谈创作》,黑龙江人民出版社 1982 年版。

陈绍伟编:《中国新诗集序跋选》,湖南文艺出版社 1986 年版。

卞之琳:《卞之琳文集》,安徽教育出版社 2002 年版。

李健吾:《咀华集·咀华二集》,复旦大学出版社 2005 年版。

杨匡汉、刘富春编:《中国现代诗论》,花城出版社 1986 年版。

朱自清:《新诗杂话》,生活·读书·新知三联书店 1984 年版。

赵毅衡编选:《符号学》,百花文艺出版社 2004 年版。

[德] 黑格尔:《美学》,朱光潜译,商务印书馆 1981 年版。

张廷琛编:《新批评》,四川文艺出版社 1989 年版。

陈梦家编:《新月诗选》,新月书店 1931 年版。

梁宗岱:《诗与真、诗与真二集》,外国文学出版社 1984 年版。

[德] 海德格尔:《海德格尔选集》,孙周兴译,生活·读书·新知三联书店 1996 年版。

[德] 哈贝马斯:《现代性的哲学话语》,曹卫东译,译林出版社 2004 年版。

杨炼:《一座向下修建的塔》,凤凰传媒集团、凤凰出版社 2009 年版。

耿占春:《隐喻》,河南大学出版社 2007 年版。

西渡等编:《访问中国诗歌》,汕头大学出版社 2009 年版。

程光炜:《朦胧诗实验艺术论》,长江文艺出版社 1990 年版。

柏桦:《左边:毛泽东时代的抒情诗人》,江苏文艺出版社 2009 年版。

徐敬亚:《中国现代主义诗群大观 1986—1988》,同济大学出版社 1988 年版。

杨黎:《灿烂》,青海人民出版社 2004 年版。

欧阳江河:《站在虚构这边》,生活·读书·新知三联书店 2001 年版。

李亚伟:《豪猪的诗篇》,花城出版社 2006 年版。

[美]奚密:《从边缘出发》,广东人民出版社 2000 年版。

海男:《是什么在背后——海男集》,程光炜编,春风文艺出版社 1997 年版。

舒婷:《舒婷文集》,江苏文艺出版社 1997 年版。

[日本]炳谷行人:《日本现代文学的起源》,赵京华译,生活·读书·新知
　　三联书店 2003 年版。

[英]约翰·穆勒:《穆勒名学》,严复译,商务印书馆 1981 年版。

茅盾:《茅盾文艺杂论集》,上海文艺出版社 1981 年版。

卞之琳:张曼仪编:《卞之琳》,人民文学出版社 1995 年版。

李金发:《食客与凶年》,李金发著,北新书局 1927 年版。

黎志敏:《诗学的构建:形式与意象》,人民出版社 2008 年版。

[英]马·布雷德伯里、詹·麦克法兰编:《现代主义》,胡家峦、李新华等译,
　　上海教育出版社 1992 年版。

王瑶:《中国诗歌发展讲话》,江苏文艺出版社 2008 年版。

冰心女士:《繁星春水》,人民文学出版社 2000 年版。

周作人:《〈农家的草紫〉序》,中国人民大学出版社 2004 年版。

[苏]卢那察尔斯基:《卢那察尔斯基文集第二卷》,苏联国家文学出版社
　　1962 年版。

艾青:《艾青谈诗》,花城出版社 1984 年版。

廖亦武主编:《沉沦的圣殿——中国 20 世纪 70 年代地下诗歌遗照》,新疆
　　青少年出版社 1999 年版。

陈超:《中国先锋诗论》,人民文学出版社 2007 年版。

杨匡汉:《中国新诗学》,人民出版社 2005 年版。

北岛、李陀主编:《七十年代》,生活·读书·新知三联书店 2009 年版。

杨小滨:《今天的"今天派"诗歌》,《从最小的可能性开始》,人民文学出版
　　社 2000 年版。

鲁迅:《鲁迅全集》,人民文学出版社 2005 年版。

任重编:《文言、白话、大众话论战集·白话》,上海书店 1934 年版。

汪耀进编:《意象批评》,四川文艺出版社 1989 年版。

[英]罗姆·哈瑞:《科学哲学导论》,邱仁宗译,辽宁教育出版社、牛津大学
出版社 1998 年版。

王力:《汉语诗律学》,上海世纪出版集团、上海教育出版社 2002 年版。

陆耀东:《中国新诗史》,长江文艺出版社 2005 年版。

蓝棣之编:《闻一多诗全编》,浙江文艺出版社 1995 年版。

刘烜:《闻一多评传》,北京大学出版社 1983 年版。

徐静波选编:《梁实秋批评文集》,珠海出版社 1998 年版。

王力:《汉语诗律学》,上海世纪出版集团 2002 年版。

林庚:《问路集》,北京大学出版社 1984 年版。

林庚:《新诗格律与语言的诗化》,经济日报出版社 2000 年版。

余光中:《井然有序》,九歌出版社 1996 年版。

卞之琳:《人与诗:忆旧说新》,生活·读书·新知三联书店 1984 年版。

周才珠、齐瑞端:《墨子全译》,贵州人民出版社 1995 年版。

王尧:《文字的灵魂》,山东友谊出版社 2007 年版。

王尧:《错落的时空》,河南大学出版社 2007 年版。

朱竞主编:《汉语的危机》,文化艺术出版社 2005 年版。

潘文国:《危机下的中文》,辽宁人民出版社 2008 年版。

胡明编:《胡适诗存》,人民文学出版社 1993 年版。

梁启超:《饮冰室合集》,中华书局 1989 年版。

钱玄同:《钱玄同文集》,中国人民大学出版社 1999 年版。

冯文炳:《新诗十二讲》,辽宁教育出版社 2006 年版。

司马长风:《中国新文学史》,昭明出版社 1975 年版。

陈子展:《最近三十年中国文学史》,太平洋书店 1937 年版。

郭小川:《诗论》,上海文艺出版社 1978 年版。

吴思敬:《走向哲学的诗》,学苑出版社 2002 年版。

郑敏:《思维·文化·诗学》,河南人民出版社 2004 年版。

[瑞士] 索绪尔:《普通语言学教程》,高名凯译,商务印书馆 1980 年版。

西川:《深浅》,中国和平出版社 2006 年版。

罗新璋、陈应年编选:《翻译论集》,商务印书馆 1984 年版。

昊乐:《母语与写作》,山西教育出版社 1999 年版。

王力:《中国现代语法》,商务印书馆 1985 年版。

余光中:《余光中谈翻译》,中国对外翻译出版公司 2001 年版。

老木编:《青年诗人谈诗》,北京大学"五四"文学社 1985 年版。

[英] 吉登斯:《现代性与自我认同》,赵旭东、方文译,生活·读书·新知三
    联书店 1998 年版。

孙绍振:《美的结构》,人民文学出版社 1988 年版。

何其芳:《何其芳文集》,人民文学出版社 1983 年版。

朱湘:《草莽集》,上海开明书店 1927 年版。

冯至:《冯至全集》,河北教育出版社 1999 年版。

霁楼:《革命文学论集》,生路社 1928 年版。

胡适:《国语文学史》,安徽教育出版社 1999 年版。

胡适:《胡适文集》,人民文学出版社 1998 年版。

梁宗岱:《梁宗岱文集》,中央编译出版社 2003 年版。

徐纥、韦夷编:《延安文艺作品精编》,浙江文艺出版社 1992 年版。

阮章竞主编:《中国解放区文学书系》,重庆出版社 1992 年版。

《中国新文学大系 1927—1937》,上海文艺出版社 1985 年版。

《中国新文艺大系 1937—1949》,中国文联出版公司 1996 年版。

《中国新文艺大系 1949—1966》,中国文联出版公司 1990 年版。

朱自清:《朱自清选集》,蔡清福、孙可中等编选,河北教育出版社 1989 年
    版。

孙兰、周建江:《文革文学综论》,远方出版社 2001 年版。

骆寒超:《20 世纪新诗综论》,学林出版社 2001 年版。

王福湘:《悲壮的历程:中国革命现实主义文学思潮史》,广东人民出版社
2002 年版。

林庚:《新诗格律与语言诗化》,经济日报出版社 2000 年版。

《东风万里春雷动——批林批孔诗集》,河南人民出版社 1974 年版。

[英] 戴维·洛奇:《二十世纪文学评论》,葛林等译,上海译文出版社 1987
年版。

[德] 威廉·冯·洪堡特:《论人类语言结构侧差异及其对人类精神发展的
影响》,姚小平译,商务印书馆 1997 年版。

[美] 乔姆斯基:《乔姆斯基语言哲学文选》,徐烈炯等译,商务印书馆 1992
年版。

肖冬连、谢春涛等:《求索中国——"文革"前十年史》,红旗出版社 1999
年版。

张意:《文化与符号权力:布尔迪厄的文化社会学导论》,中国社会科学出
版社 2005 年版。

王光明:《现代汉诗的百年演变》,河北人民出版社 2003 年版。

王一川:《语言乌托邦:20 世纪西方语言论美学探究》,云南人民出版社
1994 年版。

孙玉石:《中国现代主义诗潮史论》,北京大学出版社 1999 年版。

陈仲义:《诗的哗变——第三代诗歌面面观》,鹭江出版社 1994 年版。

罗振亚:《中国现代主义诗歌史论》,社会科学文献出版社 2002 年版。

罗振亚:《朦胧诗后先锋诗歌研究》,中国社会科学出版社 2005 年版。

张桃洲:《现代汉语的诗性空间:新诗话语研究》,北京大学出版社 2005 年
版。

后 记

汉语新诗的语言是我十年来研究的重点,伴随着从硕士到博士的学历教育,然后是博士后乃至访问学者的研究经历。博士论文完成后,因为觉得视野狭窄,我曾经有过转移研究方向的想法。硕士、博士期间的从业老师罗振亚教授和博士后指导老师王尧教授都建议我继续做下去。我理解他们的语重心长,一方面是资料的积累大多在此领域,另一方面是对我研究习惯的了解,认为此领域尚有继续探究的价值。这应该是此书的缘起。

2007 年出版的《中国现代新诗语言研究》是第一个有系统的成果,也是我的博士论文。先后获得了黑龙江省社会科学研究优秀成果一等奖和黑龙江省文艺奖一等奖。2013 年能获得霍英东教育基金会第十三届高等院校青年教师奖,它的功劳自然不菲。即将付梓的这本书,也就是《20 世纪汉语新诗语言研究》当属第二个还算有系统性的成果。能否有超越前者的反响,不免惴惴然。

《中国现代新诗语言研究》有些论题延伸到了整个新诗领域,但主要的研究对象还是立足于现代新诗,因此《20 世纪汉语新诗语言研究》的着重点多是放在了当代新诗领域,在出版的时候为了整体理解的方便和阐述的需要,选取了其中的部分章节,经过些许修改和重写,放置在本书中,也算是一个总结性的做法。

　　不管怎样,零零碎碎,这本书即将面世了。也算是给最亲最近的两位老师的一个不成敬意的交待。在攻读硕士和博士期间,罗振亚先生给我确立的研究方向至今是我工作的重心,并时时给予叮嘱和鼓励。2007年暑期刚过,我就直奔江南跟随王尧老师做博士后研究,2年的读书生涯,先生颇为繁忙,但仍不辞辛苦的赐予指点,做学问,思生活。记得初来莱顿大学的时候,王老师在邮件中说,人有集中的时间,未必做很多事情,好好体验和思考生活。几年来跌宕起伏的生活,是需要沉思和宁静的时刻来沉淀了,王老师的教诲伴随着我在海外写作的每个夜晚。

　　本书里的一些章节曾经在一些期刊杂志发表过:

1.《论实证思维对新诗语言的影响》,《江汉论坛》2005年第10期。

2.《格律与自由的恰切糅合——试论新月诗歌的语言表述》,《江汉大学学报人文科学版》2006年第4期。

3.《试论中国新诗的语言表述空间》,《沈阳师范大学学报》2009年第1期。

4.《认同危机与汉语新诗》,《广东社会科学》2010年第4期。

5.《闻一多新诗学困境的语言学分析》,《学术交流》2010年第11期。

6.《论中国新诗命名的异质性——基于翻译的视角》,《文艺评论》2011年第11期。

7.《以旧的姿态矗立——重读〈尝试集〉》,《广东社会科学》2012年第1期。

8.《朦胧诗:一个需要继续重述的概念》,《当代作家评论》2012年第2期。

9.《现代视野下的古典面影——重述汉语新诗格律困境》,《文艺争鸣》2012年第4期。

10.《回不去时回到故乡》,《南京理工大学学报》2012年第6期。

11.《静默地谛视世界——论张曙光的诗》,《文艺评论》2012年第11期。

12.《激情泛化的诗——论第三代诗歌的青春化写作》,《扬子江评论》2012年第6期。

在此向刊发这些拙文的韦健玮、刘保昌、刘洁珉、韩冷、曹金钟、林建法、王双龙、黄发有等先生表示衷心的感谢,尤其是韦健玮先生,亦师亦友,性格相投之处,见诸宽厚仁爱之心。

莱顿大学坐落在历史悠久的莱顿小镇上,商业不浓,店铺每天迟迟开门,早早歇业。幽静的街道上,昏黄而古朴的煤气灯光里,钟声悠扬。小桥流水,红墙碧草,无论晴天雨雪还是海风癫狂,这都是一个令人陷入沉思的所在。

感谢莱顿大学区域研究所 Maghiel van Crevel(柯雷)教授给我提供这样一个交流的机会,感谢黑龙江省教育厅和哈尔滨师范大学提供资助!本书也是"首届黑龙江省战略后备人才出国研修资助项目"的成果之一。

感谢责任编辑李惠女士,能这么容忍我这样的拖拖拉拉的性格,在文字处理、封面设计等方面赋予本书另外一种生命。

感谢每一个关注并帮助过我的亲人、朋友们。

陈爱中

于荷兰莱顿大学区域研究所

2013 年 6 月

责任编辑:李 惠 pphlh@126.com
装帧设计:雅思雅特

图书在版编目(CIP)数据

20世纪汉语新诗语言研究/陈爱中 著. -北京:人民出版社,2013.7
ISBN 978-7-01-012443-8

Ⅰ.①2… Ⅱ.①陈… Ⅲ.①新诗-诗歌研究-中国-20世纪
Ⅳ.①I207. 25

中国版本图书馆 CIP 数据核字(2013)第 187976 号

20世纪汉语新诗语言研究
20 SHIJI HANYU XINSHI YUYAN YANJIU

陈爱中 著

人 民 出 版 社 出版发行
(100706 北京市东城区隆福寺街 99 号)

北京市文林印务有限公司 新华书店经销

2013 年 7 月第 1 版 2013 年 7 月北京第 1 次印刷
开本:700 毫米×1000 毫米 1/16 印张:18
字数:253 千字 印数:0,001-2,000 册

ISBN 978-7-01-012443-8 定价:42.00 元

邮购地址 100706 北京市东城区隆福寺街 99 号
人民东方图书销售中心 电话 (010)65250042 65289539